記住愛，記住時光，
記住愛傷終將過去。

鍾文音

鍾文音

鍾文音

憂傷向誰
傾訴

當那個說故事者被時間之神拖在後面而傷痕累累時，
她先寫下一些記憶與紀行之書，等待豐饒之神降臨。

Opticians
iStore
ComCab

這不是她的城市，也不是他的城市。
他們相會在此，戀人有著如蛾的呼吸，
煽動著寂寞的夜與夜。

By Appointment Only
www.lucytanner.com

寫作，是她唯一在現世生存阻塞仍可建立的一道逃生門。
他也是她的逃生門，感情洪荒的彼岸。

在此閒晃，
靜靜地如一片落葉。

John Bayley
IRIS
A Memoir of Iris Murdoch
Sylvia Plath The Bell Jar
The Bell Jar
JANE AUSTEN
SENSE AND SENSIBILITY
EVERYMAN AUSTEN

愛情是她們的精神膠囊，若久久不服用，就成為危險的人。
焦躁憂鬱失落迷幻瘋狂……
愛情病情的徵兆，不治療不會死，但也不會過得好。

宛如一個孤獨者在漫長的大雪裡，
被灰藍的光影籠罩著。

卷壹

藍眼睛與黑眼珠

卷壹

藍眼睛與黑眼珠

她望著眼前這座深不見底的海洋，藍色的海洋引她進入夏日幻覺。

藍眼睛望著她，黑眼珠深不可測。

藍眼睛與黑眼珠，如一座山一座海。

她望著已然走到身後的那雙藍眼睛，她知道自此將帶著某些遺憾度日。遺憾不是她想用的字詞，但她忘言。

大藍深海缺氧，她總得上岸。

黑山高原稀薄，他終是下山。

荒原裡的愛情

她曾喜歡都柏林，因為喬伊斯。

現在愛都柏林，因為你在那裡。

但我離開了，男人說。

那我還是愛都柏林，她說。

我住到羅馬尼亞，男人說。

那我愛羅馬尼亞。（雖然她想說的是：我愛羅馬，廢墟與文明。）

她試著在飛機上寫著他們之前的對話，源於朗讀的交會。他覺得她用不標準的英文說話帶著一種奇異的異國情調。

記憶碎片像歷經太空爆炸，無重力飄蕩四周。

藍眼睛回想著黑眼珠的朗讀。感官的氣味，性感的聲線，帶著嫵媚的聲調，朗讀奇怪的故事。她朗讀的故事是關於氣味，一個失去嗅覺的攝影師，每天在攝影棚裡遇到來拍寫眞集的女人，女體以氣味挑起他的影像感官，但卻無法挑起他的腐蝕鏽去的嗅覺。最後他得仰賴各式各樣奇異的方式去召喚儲存在記憶裡的氣味。

黑眼珠回憶著藍眼睛朗讀的故事：

一個旅行者在突尼斯市場遇見請他進屋喝茶的男人。西方旅者和伊斯蘭男人討論上帝存在的問題，旅者薄荷茶未喝竟，心靈卻蒙上了死亡的陰影。最後在水煙裡瞥見灰塵滿天的落日，時光已悠悠。文明的乾旱，提早到來，彌賽亞降臨也無法解決戰爭的謬錯與精神荒原的貧瘠。

藍眼睛在未抵達前，寫給黑眼珠的信：「想到死神已經做掉那麼多的人，連永恆的空氣也將戰慄不已，在一把塵土裡，人就瞥見了恐懼。」

黑眼珠在抵達前，給藍眼睛一個信息：「對現實，或有嘆息卻不哀傷，豐饒之神等待再生。」

他表面戲謔實則哀愁，她看似哀傷實則堅韌。

他曾是海明威與福克納的信徒。

她幻似莒哈絲與吳爾芙的孿生。

如蛾的呼吸

這不是她的城市，也不是他的城市。他們相會在此，戀人有著如蛾的呼吸，煽動著寂寞的夜與夜。

曾經有那麼幾年，自愛情之城歸來，旋即感染了愛的熱病，感染了不治的鄉愁。年年的冬日寒氣入侵，仍醫不了她的高燒一〇三度。

她像是愛情廢墟後的荒野雜草，將短暫地陷入挨著荒牆下存息的睡眠期，將自己裹在由另一個異己的愛情唾液吐細絲所編織的回憶之網裡。

自願被俘虜似的圈禁著自己，在睡海裡潛伏，囚伏。冬日宜安寧，漂浮在無重力空間。她渴望化為他，卻多年不可得。只好入歐蘭朵的夢，好讓雌雄合體。

潛伏經久，離此刻不遠的某一年，爲了終結這種說不清卻又清楚感知存在的莫名思念，她終於從無重力的愛情星船歸返大地，帶著寂寞星球赴約，開張自己的身體帝國，任際遇帶引她上岸或者漂流。

她提醒自己要不卑不亢，但不卑不亢似乎是屬於處世的，在愛情裡少了不顧一切的激流與沖刷之美。卑微國度沒有愛情可以存活的空氣，高傲國度當然也讓愛情失去飛翔的天空。

人應該成爲自己，在愛尤是。

未見他時，她如此確定，思想如此堅毅。見了他，也許瞬間就軟弱了。

一個軟弱者，還能談什麼自己呢。

理想的自我撲殺

冷冬之日，寒流來襲，不復年輕的她處在雜沓的人群裡。她一個人自處時，通常得從別人的瞳孔裡，望見自己恆常掛在臉上的那種寂寥神色，但她想這一回或許會有所不同，她不需借助別人的折射，即可以照見自己。

因爲她即將前往年輕時浪蕩過的城市，它充滿著時空差異與年華生熟的並置對撞。熟女歲月，是被自己的記憶熱燙溫熟的。

她回憶著，想像著，因距離，故連淚水，也是甜的。

但往思潮一躍，昔日年輕身影卻拼湊不起來，反而城市鮮明歷歷，泰晤士河、大笨鐘、水石書店、博物館、攝政街、唐人街、紅色雙層巴士……那種常出現廣告的制式風景，很容易就會浮現腦中。細微浮動的光影，則要靠剝除外殼假象，才能一探究竟。

晚上航廈的機場擁擠著離鄉的人潮，櫃檯上的小燈光與電腦看板不斷閃爍著時間與航道，劃位小姐與行李輪軸的聲音被龐大的人潮擠壓成一只蜂箱。

蜂箱，巢穴，偏離航道的離鄉者。

眼見著城市與咖啡館逐漸換了妝，預告著耶誕節年年又將來襲的紅潮，刺目的幸福與信仰，媚俗地沾染著視覺。

文學與人生理想信仰的崩落，毋寧是她感到頹喪的根本原因。是典型已遠？還是人理想的自我撲殺？

二〇一三年她在海外時聽聞多麗絲・萊辛過世，以八十九歲高齡仍寫作，意志力如此強悍，文學已是信仰，在漫長的文學馬拉松裡，巨人化爲一座高山。她也常想起第一位女攝影家伊摩根・康寧漢，她常還原一下旅程，想像伊摩根在九十歲時拿著笨重的單眼相機去拍那些和她一樣受時間侵蝕的老人臉孔，出版《九十之後》，她想起和同業聊過的：假使寫作只爲了某些目的，或是僅僅爲了博得入行的票券，那只需要動員內在一丁點東西或許就足夠了。但若像是萊辛與伊摩根則是整個生命猶如寫作大海，整個生命都在寫作的汪洋裡擺盪。

在通往機場的路程，她打了盹，夢見萊辛，夢見吳爾芙，夢見伊摩根，夢見莒哈絲……文學的高山與深海。

不真實的思念

經曼谷到倫敦。

請問要靠窗或走道？櫃檯小姐說（還好她沒戴耶誕帽）。她必須貼近櫃檯才能將聲音兜攏得清楚。

靠窗，她說。她想看離別與抵達的城市風貌，她想目睹機窗外的雲與風，離開地球的星際之子，在兩萬公尺的高空航行，如此地孤獨與奇特。轉頭就見星星，靜靜地懸浮在天際，那是否是一個個未被人類慾望汙染的淨土？

看似空蕩蕩的天際，雲朵如天床，讓飛機如夢奔馳。飛機依星圖前進，速度讓她不斷地靠近異鄉。愛爾蘭男人正在羅馬尼亞的家裡打包著行李吧，十小時之後，他緩慢地登機啓航，都能比她早一步抵達，他將蛻變成藍眼珠情人。

她一向思緒亂竄，忽焉想起文成公主與尼泊爾公主，兩個女人同時間欲嫁給藏王松贊干布，但居長安的文成公主，花了三年才抵達西藏，漫長的旅途裡只有風沙與孤寂，還有小小的經書與佛像。另一邊的尼泊爾公主緩慢地準備著嫁妝，她也帶著佛經與佛像，但三個月她就來到了藏王的身旁，她早一步抵達，忽然就成了正室之感，而尚在旅途的文成公主不知自己受盡千辛萬苦所抵達的國度已經有人比她先馳得點。

距離成了戀人的障礙，距離考驗堅貞者的恆心，而她是個意志薄弱的人，尤其對愛情缺乏信念。

離台前，她去了一座大學講座，入夜落腳學人宿舍。在校園遊走時，被一陣如浪的原住民

在通往機場的路程，她打了盹，
夢見萊辛，
夢見吳爾芙，
夢見伊摩根，
夢見莒哈絲……
文學的高山與深海。

聲音給吸引，由於校園寬廣，一直找不到路徑通往的迷航狀態。待抵達時，癡醉如浪的渾厚之音卻已轉成尖叫嘶吼。原來如浪的潮聲是求偶之歌，之後是搶婚戲碼。

彼時頓然失落。

就像現在，她已看見分離畫面的失落。相聚就看見分離的預言，但她和他皆渴望這不易的相聚，因不易，故相聚的本身就存在著美好，這美好足以沖刷分離後在陌生城市的孤單。

他說：「我知道這次若錯失了妳，將會是我生命版圖的一塊永恆缺失，雖然我並不知道我缺失了什麼。」

不知旅程結束，她是否有足夠的能力去彌補他生命中的那塊缺失？

那是什麼樣的缺失？她不知道，遺憾憂愁哀嘆不捨……在拉著行李箱時，漫過無數的念頭。

實情是她早已不那麼需要他了，甚至可說不那麼需索情愛了。在佛法中心幾年的學習，也就是在清理這些心河阻塞與陳積的東西。然而幾年過去了，歷經幾次的情愛考驗她都節節敗場。明知不動聲色是藥，但她的心不僅拒絕服藥，且還大動聲色。

啓程前，看見就要敗陣下來的自己，那是很奇怪的輸家之感，因爲征戰的對象其實也是自己。

明知情愛成幻，但她願意爲他赴約，就光憑一種靠近意志美學般的等待。等待被賦予高貴，因爲人總是善變。出現不變的等待，人才有了點眞心。

洪荒的彼岸

雖言直航，卻停曼谷一站。

曼谷機場，由物質堆砌起來的熱帶莽原。莽原比荒原來得生氣勃勃，文明的乾旱和愛情的潮濕，對撞出一座異質與雜蕪性的機場，蘊含一種愛情祭典的悶熱與死慾的狂騷，晃動的旅者，出入航道的表情帶著一種熱帶式的廉價與輕浮。

機場輸送著夢與肉身，短暫的轉接航站，人們行經對它似是毫無眷戀，只餘倦怠的氣息飄散在帶著鹽分的刺紅肌表上。

曼谷到處是露出曬得紅透像皺紋紙的西方人，這國度完成他們廉價又充滿異國情調的東方之旅。海灘、大象、蘭花、魚露、河粉、酸辣海鮮湯、月亮餅、椰子汁、女郎、人妖、紋身、按摩、度假村……每個人的肌膚與表情，都在流露著他們征戰過的人事地物，睜著無限好奇或者疲憊的目光。

獨坐在椅子上望向玻璃，看到自己的臉映射於帷幕上，她頓時有點忐忑去面對即將抵達的陌生地。

旅行在過去的信仰裡，它幾乎是化爲她致力完成自己的一種行動，一艘舟渡，一個通過孤獨對境的發現之鑰。

於是年輕時闖蕩島嶼之外的廣漠世界，不太會恐懼，也不太會遲疑，總是初抵異地，即如探勘者。旅行時光總是被孤獨而調慢，到了夜裡，因過久的一個人狀態所產生的黑暗之感，且因孤獨而產生一種好似旅程永遠也走不到盡頭的錯覺。

除此之外，年輕時的孤旅充滿了可喜的故事，人與人遭逢的故事無所不在。她用青春時光所交換來的故事，甚比一天零一夜，但沒有說出故事也沒關係，沒有人會索討她的命，沒有人要她交換故事以換取生命時間。她儲存著經年累月的他鄉故事，像個漂泊的水手，在許多港口上岸，也許捅了某男人一刀，也許挨了某個吃醋女人的耳光，也許有船長企圖強暴她，也許有男人希望她嫁給他，也許有人想收她當乾女兒，也許有人願意資助讓她再深造。比如蕩遊在瘋狂的愛琴海，旅館小電視不斷地傳來足球賽的聲音，而她有如盲眼詩人，不知前方是海溝或者懸崖，愛情通過身體的私處，在許多陌生的旅館床畔插旗搖擺。她的每一本書都在反映她的回憶，但其實那只是表層，她知道未說的遠比說出來的要多出好幾倍，寫出來的不過是冰山浮出的尖角而已。比如情慾，比如家族，比如社會，比如故事，都是如此，文字有限。

記憶被冰凍，萬花筒似的混亂裡有著自我的心靈秩序。

白晝時分，她大多漫遊。夜晚到來，她大多閱讀。她冬天往南方去，夏天往北國飛。雖然她冬日喜歡更冷更冷之地，夏天喜歡春秋，夏天從來沒有在她的心中長出喜愛的念頭。

而這回，因爲耶誕老人大方地送來了愛情禮劵，兌換是有時間性的。

於今她這個星球的漫遊者的步履已然緩慢猶疑，耽溺過去舊夢和舒適的軀殼也是恍惚的，幸而和他的對話猶如一扇扇窗，開窗引光，他是光的使者。

寫作也如此，在文學的邊界，在旅行的邊界上，明亮與黑暗交織。他們是抽象的鑿光者，在心的隧道敲敲打打，即使心壁支離破碎也握筆自認不朽。

作家是除了寫作之外別無他途的精神苦力者。

寫作，是她唯一在現世生存阻塞時仍可建立的一道逃生門。

他也是她的逃生門，感情洪荒的彼岸。

即使這個想像是帶著文學式的一廂情願。文字總是先抵達，而那個說故事的人還被時間之神拖在後面，它傷痕累累地爬行在聆聽者的冷酷眼皮下。

轉夢之地

問候與珍重，哭泣與耳語，在眼神在唇語在擁抱，在劃位在輸送帶在兌換鈔票在購買保險之間……不斷地錯身，不斷地穿越行過。海關即將阻絕送行者與離別者，戀人開始兩地相思。

機場甬道，說再見的都已轉身。

靜滅的身後逐一捻熄了燈，櫃檯的地勤人員與輸送帶的行李都已經背對。

告別機場外面的殺戮世界，旅人進入一座由離與返所組成的虛構之城。拖著行李的人，疲憊與興奮，靜默與喧譁，一人與一團人，商人與旅者，失歡人與求愛者，圓夢者與夢未竟者，各自通往左右前後的航道，不同的數字將帶往他們抵達不同的異地他方。

寫著曼谷經倫敦的英文字，閃爍著準時登機。

生命裡曾抵達多少機場？告別多少機場？轉機多少機場？

一個人在機場裡遊走，帶著想像的抵達。有時班機延誤，佔據兩三個皮椅睡覺，或者在咖啡座攪拌著飲料，有人以語言攀談，有人以眼神滑過。有多少個談過話的陌生人？閃過腦海的跳接畫面是斯德哥爾摩的森林學者、販售波斯地毯的印度商人、嫁至北歐的泰國女生、求學或築夢的青年、去加州探望姑姑的墨西哥少女、芭比娃娃公司總裁、三寸舌頭精妙如儀器的廚師、跨國經理人……每個人都帶著標誌血緣板塊的臉孔膚色，帶著被他人想像的原鄉故事，以無身分的過渡狀態進行極輕極輕的邂逅。若有極重極重的愛情等著被欽點，那都像是傳說似的。比如邂逅於夏威夷航空的愛咪，後來竟嫁給同班機邂逅的鄰座商人。

這麼多年來她一直記得愛咪曾提醒她出國要搭「頭等艙」才有機會把自己行銷出去。

思及此，她不禁笑了笑。

廣播聲正好響起，她放下攪拌咖啡的手，開始抓腳下行李，飛沫停止擴散，咖啡座玩一二三木頭人，換一組人來玩寂寞的遊戲。如星辰般閃爍的跑道，停妥幾架引擎轟隆的飛機。她等待著即將被其中一架吞沒。時間就像一座在太空旅行的噴射機，以光年幻化空間，旅人恍似星際之子，對於每個初初降臨的機場，睜著無限好奇或者疲憊的目光。

機場，於她每每有奇特之感，飛機刺耳的引擎像午後的雷鳴巨響。這座空間以高密度的時間壓縮與地名為座標，忙碌地吸收吞吐著人潮。空橋架起又縮起，輸送行李也輸送離愁。唯獨制式的免稅商店，飄著香水菸酒巧克力，犒賞著等待上機者的寂寥之心。

深夜走過一座商店關了門的機場，就像走進一個陌生者的家，在黝暗的通道，突然忘記了航行的方向。每個人都在轉機，身體轉機，愛情轉機，夢想轉機，關係轉機。有離開的能力，或許就有自救的希望。這麼些年她總是這麼地想著，移位多了思考空間，關係也多了退讓退位的可能。

上一次的旅行轉機時，機場窗外大雨，在玻璃窗前等待上機。窗前凝結著水滴霧氣，視野茫茫，綿綿地下著厭煩的雨雪，煩緒的心也泥濘著。前方的灰暗通道，滑動的輸送帶，旅人步其上，像是生產隊地走動著。

那些年，她像是候鳥，不斷飛行，只爲尋找棲息的樹。機場成了心情加油站，機場搭起每座城市的轉動。機場的每個元素都充滿奇異的鄉愁，即使庸俗的巧克力或菸酒紀念品，都能讓人聞到一種抵達或者遠離的氣味。

愛情多年來也像是一座機場

又比如那回的雅加達機場，當暮色來臨，她獨坐在椅子上望向玻璃，看到自己的臉映射於帷幕上，頓時害怕去面對即將抵達的陌生地。聽著廣播聲淡入淡出，飛機離境入境，而她卻冷不防打了個長盹，從盹中醒來，摸著口袋內的錢幣，錢幣有著行旅各國的不同身世面目，但卻沒有她抵達這座轉機機場可供使用的錢幣。

那時她只想喝杯咖啡。

不遠處也坐了個孤單旅者，隔著玻璃，他在吸菸室燃了支菸。他約是看到她摸著口袋卻無可用幣值的窘境，他拉開玻璃門，用英文對她說，可以請她喝杯咖啡嗎？日久他鄉的人，像是通靈師，可以讀出別人的需要，或者因爲沒有愛的孤單氣味瀰漫機場空間，冗長的待機時光，

旅行在過去的信仰裡，它幾乎是化為她致力完成自己的一種行動，一艘舟渡，一個通過孤獨對境的發現之鑰。

適合漫無目的交談。

喝咖啡聊天，惱人的廣播聲響。她往巴黎，他往紐約。她將抵達戴高樂機場，迎接他的是甘乃迪機場。注定分離，在機場邂逅一樁可疑的愛情。

機場時間可慢可快，無論如何，一定有屬於旅人各自欲待通往的航道。時間是黏合劑也是殺手，該再度登機了。機場是虛幻之城，它不通向柴米油鹽。兩個陌生人在虛擬的空間遭逢，這種遭逢預告著別離。從不同城市轉機來的陌生人將要被鐵鳥承載，鐵鳥伸出鐵翼，載旅人離開地球，遠離地球的流言蜚語。在夜黑裡，人子遊於星辰，望向擠著七十億人的地球，眞實開始幻翳淡去。

機場收納過她疲憊的身體與相思的痕跡。曾經，她處心積慮地反覆想飛走，最後卻只徒留兩地相思。

屬於她的旅行反覆病症，只有機場這座虛幻之城最瞭解。

機場這座空間永遠也留不住人，旅人注定如風穿行而過。既然命定生命來去，往後將不再有所掙扎。

而機場最是明白她的矛盾之心：既想安居，又想看世界。

機場也是如此，在送往迎來的無數日子裡，它吞吐人，卻不留人。它的時空轉動，牽繫著無數人的離與返，喜悅與淚水。她的愛情多年來也像是一座機場，不斷地被不同的人轉著，抵達又離去，離去又抵達。迎接旅人的終站永遠不會是一座機場，但沒有機場旅人永遠也到達不了目的地。

機場讓旅人通向各種奇異的夢想，心量很大的它，總是靜靜地讓旅人無情地穿過，一如人與人之間神祕邂逅地來來去去。

一座她尚未回憶的城市

她曾經喜歡機場，那種流動感讓她鬆開被定型已久的生命，讓她可以除卻了鄉愁，離開傷心往事。當然也有很多時候，她偶爾會難受一個人擱淺在一間破舊的旅店，那種迷茫於不知身在何處的異化之感，這世界會突然陌生得讓心無所適從。

倫敦旅館，將不會有這種異化之感。它最多只是悲喜交織，因爲有了愛情。

落地倫敦。海關對看似年輕的單身女郎充滿了警犬似的盤查。問著來訪目的、停留時間、旅館、盤纏、航班、機票證明，生怕偷渡似的防堵詰問。在身後排隊的人有點不耐她之後的這條隊伍特別緩慢。她拿起護照出關後，後面的人流瞬間動了起來，阻塞頓除。單身女郎，如潛藏的恐怖分子。他們質疑愛情的力量，他們懷疑相思的驅動力，他們忘了年輕時一談愛情就變得患得患失暴飲暴食的瘋魔樣，他們只是冷漠地問著她來倫敦的目的。

（來倫敦，爲了敦倫。）她在心裡自嘲著顛倒中文的截然不同意義。那個以前開玩笑說她是「留英」（流鶯）的美麗女孩已然燒炭自裁，她偶爾會不期然地想起她，一張被男人形容成絕妙好床的身體就這麼自棄了，她常感到奇異，想到自己曾在某個離島的旅館和她共眠一個房

上一回她問他會想她嗎？
他說離開後才知道。

那麼，離開後想嗎？
偶爾想。

偶爾，這種時間最抽象，如何丈量想念的長度？
偶爾，就是毫無預防時想念的種子突然發芽，
冒出了他的形影。

那妳呢？
有空才想。
那妳何時有空？

間。是夜，她失眠，因爲留英女人電話不斷地震動，她雖壓低聲量說話，但還是傳來試圖挽回什麼的卑微聲線與偶爾交錯的啜泣聲。

失去愛情，竟就失去一切的自信。

愛情是神聖的瘋狂，這種瘋狂確實會導致危險。愛情是她們的精神膠囊，若久久不服用，就會成爲危險的人。焦躁憂鬱失落迷幻瘋狂……愛情病情的徵兆，不治療不會死，但也不會過得好。

海關嚴格防守著異鄉人闖入邊城。

愛情卻長驅直入無人看守的心房。

每個她之後的異鄉人步履都輕盈了，彷彿新世界將善待與愉悅自己，充滿著假想的期待。

她沉思著約莫是在國中時第一次從新聞聽到「跳機」這個詞，當時天眞以爲是從空中跳下來，心想那是一種怎樣的絕滅？後來才知道跳機是滯留當地，不返鄉了。或許不返鄉的異鄉人也是一種精神的絕滅？如何徹底成爲異鄉人？這一直是她的難處，她渴望自己的窩，但卻不斷地換窩居住，一個貓旅者，如何調適她的毛爪？表面的行腳是何處不天涯的瀟灑，心裡卻養著一隻眷戀小窩的老貓，對新巢總是失眠，失眠倒非惶惶不安，失眠是頓失所依的舒適之窩，頓失老窩所仰息的熟悉氣味。

在惠斯勒畫作尙未出現之前，倫敦沒有霧。藝術家幫他們看出倫敦的霧，倫敦當然一直有霧，但平常人見不到或見而未見，需賴藝術家的銳眼指出被隱藏在事物內裡的觀點或覺受。

而他爲她指出了遮蔽在愛情天空的雲霧。

上一回她問他會想她嗎？

他說離開後才知道。

那麼，離開後想嗎？

偶爾想。

偶爾，這種時間最抽象，如何丈量想念的長度？

偶爾，就是毫無預防時想念的種子突然發芽，冒出了他的形影。

那妳呢？

有空才想。

那妳何時有空？

不寫作不畫畫不攝影不念經不演講不上課不見母親時，她連說了幾個不。

那妳哪裡有空想我，他笑。

睡覺時，夢中時間很多，夜長夢多。

她看著他的背影，倫敦大雨。

他揹著雙肩背包背對她，好像背包有著一張臉，說再見的是物不是人。雨中的他踩著凹陷的人行道積水，頭低低地埋在她送他的蘇格蘭灰藍色羊毛圍巾。

羊毛圍巾輕輕摩挲撫觸著他的臉頰，它代替了她的手，比她的手指還要溫暖。他曾說他最喜歡她的手，一雙魔手，會寫字，會攝影，會編織，會煮菜，會調情，會按摩，會解人憂

他是倫敦城市裡，

走動在她心裡的一抹暗影。

等待時，讀詩。

可以減緩焦慮。

愁……

在人生和愛情交逢的幾個場域裡，她總是把他放在心上，這種安放是帶點禪意的，想的時候拿起來想，不想的時候放下。看起來有點冷，其實是深情的底。「要用提起，不用放下」，禪的意境大概是近來才慢慢有的一絲體會。以往都是「理」上明白，「事」來了卻不明白。這類禪語，要能理事都明白得通過實踐的行動功夫，否則文字只是漂亮的魔術，甚至是廢話。那還不如讀詩，即使曖昧，還能帶來想像力。

以往對於人間情愛總是大動聲色，常不解弘一法師那不見妻小的決然。慢慢的，她想這股決然竟也悄悄滲入到自己的骨髓血肉了。只是，自己的決然還只是一種心境，對外人相處的外境上總是不這樣的，總還是可以有聲有色。因爲眾生需要，所以菩薩離開祂的蓮座，但如果沒有眾生，菩薩也不存在。火裡紅蓮是淬鍊，此淬鍊極難，有可能被燒得遍體鱗傷，仍開不了一朵紅蓮，而只餘灰燼。

他是灰燼。

他已是她那長長愛情地表上的灰燼。

而她的生命雖常疼痛卻很願意堅強。

她開始要航進回憶之海的一座他鄉之城，此城是大英帝國地圖上最璀璨的一顆翡翠。而他是倫敦城市裡，走動在她心裡的一抹暗影，曾是近年她移情別戀的定錨之處，她移情別戀了他，但轉眼他也化成了灰，燒成了燼。

他是灰燼。

記憶是火。

愛情焚燒過後的一切，最終揚起的一把灰塵，卻拓印成恐懼，禁不起撫摸，一一剝落，飛散。

像廣島瞬間被熱氣撞向牆上的身體，牆上留下一抹影子，人卻平空消失。而愛情更殘酷，有時根本是無影無蹤。

地鐵河流

風雪已去，日日冬陽露臉微笑，男人說妳把南方的熱太陽都帶來倫敦了。

大城的地上與地下人流如織，溫熱的節慶感，對比異鄉者的心寒，是殘酷的節日歡樂。

地鐵黑暗裡穿梭著巨大的管子，如熱帶河流，川流不息。凋零的大英帝國，地鐵殘存的舊工業痕跡，軌道聲與英國腔，在城市的下方航行。他們稱地鐵為管子（Tube），深埋城市地下，如骨骸嵌入肉體，體內流動的回音。

皮卡地里和環狀線，不知經過幾回，擁擠熱鬧，但並不會不舒服。就像炸魚薯條，吃了又吃，雖不美味，但卻也不討厭。

川流不息的地鐵河流，可順行可逆返，人躲在黑色大衣下，沒有打算交談的眼神。眼神緊緊相對的是戀人，只有戀人還渴望瞳孔倒映著對方，連幾秒映出他者彷彿都不願意似的。

陌生人彼此疊映在窗前，任地鐵搖晃，或者看報紙或者眼神空洞。才步出地鐵，紅色就寒冷地鋪天蓋地。

灰黑的倫敦，染上奇異的紅，說不上喜悅，但卻又是人極爲需索的紅，熱鬧的紅，儀式的紅，宗教性的紅，社交性的紅。忽然遇到耶誕老公公集體遊行，上千個穿著耶誕紅的人們，有的竟然還手持啤酒瓶，邊喝邊遊，歡鬧地走著，毫無神性的耶誕老人，像是嬉皮地擠進了她的鏡頭裡。他們遊行的盡頭是泰德美術館，和她欲去的路徑相同。

她在抵達前的信件裡問過男人，耶誕節要回愛爾蘭嗎？

男人說是的，耶誕節比較像是年度家族聚會的節日了。

帶回家的人都是要等著被家族認可的人，她可不希望跟他回家，他當然也在猶豫，她說不的答案，讓他突然鬆了一口氣。

她最怕去任何家族聚會的場所。但她卻寫家族小說多年，這或許是一種彌補，彌補她總是缺席，團聚畫面的不在場。她不喜節日，害怕說些表面話，害怕有口無心的讚美，害怕那種皮笑肉不笑的客套話。

但她總是以文字在場，以心在場。只是母親無法諒解，看不見的靈，她不信。

所幸男人信她，她信男人。因而相隔如此遠的海洋與陸地，也能夠讓兩個生命彼此撞擊。

一個孤寂的所在

她的耳朵掛著耳機，MP3儲存著一些她的島嶼朋友在她出發前幫她灌錄的歌，她並不知道那些歌都是什麼，她戴上耳機，按下鈕。那歌正好是她悲傷的最重一擊：「除非當作遊戲一場，紅塵任它淒涼，誰能斷了這情分，除非把眞心放一旁。」這故里的歌竟像是一個寓言。

白女人都是黑斑，露著可怕的兩團肉，到處有刺青者，把圖騰把希望把苦痛輕易地揭露給別人看。

咖啡館後面坐著一個在看時代雜誌的人，同時那人像是在採訪著，以黑莓機採訪著，一直聽那人問問題。問的似乎是一個關於自殺的議題，爲何會有人建議別人自殺？

一家獨立書店，貼著斗大的「Reading, Discussion&Signing」。

她喝完冷掉發酸的咖啡。

走去見前男友，趕在英國情人到來前，她去見他。

見老情人就像打開一本永遠無法改寫的舊小說，或不想完成的小說大綱。就像專業寫作久了，自己也已然成了老江湖，初心何在？

按了電鈴，前男友的畫室門開，松節油撲鼻，他還是一派紳士，即使身上沾滿了顏料。他和她的吻不會讓畫架撲倒，不會讓顏料崩落，不會讓畫筆戳到身體，結束一切乾乾淨淨。

問題就在太乾淨，而她是個纏綿的人。

熟悉的他忽然在眼前，就像倫敦，不眞實的城市。

你哥哥呢？她記得他當畫廊經理的那個哥哥的帥氣頹廢樣子，像是金城武與貝克漢的結合。

他死了啊，從樓上掉下來，死了。他說。

她聽到他這樣輕鬆地說著死亡，露出了極爲驚訝的表情。

幾年前妳從巴黎短暫停留倫敦時，我有跟妳講過啊。

她竟完全不記得。

他拍過她，以Canon全幅相機。她喜歡他拍她，那時他才有了點烈性，而她也才有點野性。相機像是獵人的槍，情慾的血腥一觸即發。

那時他說妳很漂亮。

我見過妳的裸體，妳連這事也忘了？

我的電腦記憶體死了。

這影響了妳的記憶？

嗯，我把所有的文字和影像都存在那裡了，如果要想起往事，我依賴它。

我感到很悲傷。

爲什麼？（她想是因爲他說她無法想起往事嗎？她當然想得起往事，不僅想得起，甚至往事畫面太干擾……）

因爲收音機正放著悲傷的歌，他說，手裡正往畫布抹上最後一撇，疲憊的一撇，淡漠色的綠，發舊的青山，一種被歲月燻黃的畫感。

她喝了杯咖啡，有點酸，衣索比亞耶加雪夫，本來就帶酸，現下更酸了，冷胃痙攣了一响。暖氣讓她少了離去的意志，但畢竟等會兒有另一個女人要來，她小心看著床單上自己的黑髮，像夜色河流。

他自己會除去的，黑長髮留在這裡會掀起戀人的滔天巨浪。

她放下咖啡杯，起身穿上衣服，緩慢地穿著，最後套上襪子與靴子。她在畫布前，看著那一抹褪色的青山，青山的草地裡，有一個模糊的長髮女子。

他放下畫筆，送她到門口，廊道黑暗，燈泡鎢絲燈閃爍著，一種不安全式的嗤嗤響，好似隨時會爆炸，她忽然天真地想這鎢絲燈可比他的心還溫暖幾分呢。

「還是要隔幾年才見上一面？」她套著蘇格蘭手套，沒回答。他知道她是順便來看自己的，畢竟沒有什麼理由再見面。

「什麼時候你要把拍我的照片底片還給我？」換他不語。她想那些鑲住年輕身體的底片也許有一天會流落到跳蚤市場，流落到無人可以指認影中人的境地，但他卻不願給她底片。僅僅給她幾張沖洗過的黑白照片作紀念，影中的她那樣青春，如貓的微笑，如狗的純情。

大門關上後，她戴上白色的毛帽，把風雨壓在小小的帽簷之外。

在倫敦，她不撐傘。

她的心裡想起一句詩：一個孤寂的所在。

詩致意的是吞噬鐵達尼號的海洋，一個寂靜的所在，一個孤寂的所在。

湯瑪斯．哈代，她愛的詩人兼小說家。

原先那艘標誌驕傲的巨船，被撕裂成碎片地汪洋漂浮，不再昂揚，僅能安靜地浮動蹲伏在海的孤寂裡。

她想起青春。愛情。時間之後，僅能安靜地蹲伏在孤寂的所在。

不真實的城市，充滿夢想的城市。

人如何逃脫精神荒原？

鐘聲寂寥

地鐵出口，紅色佔領天與地，旅人跟著遺忘憂鬱，即使有那麼一瞬的愉悅都是值得奔赴。西敏寺傳來鐘聲，登基婚禮慶生的喜悅都在這座教堂，死亡登上天堂也在這裡，鑲著寶石桂冠的西敏寺，鐘聲在黃昏的冷冬裡，竟顯得如此寂寥。

經過有著寒鴨水塘的公園，逐漸淡入的鐘聲有如是和尚誦經的那只引磬，將她的意識逐步地敲入了故里，帶出了已成他方的生動形象。

她想起，她憶起，像吳爾芙的戴洛維夫人，站在倫敦十字街頭，她要去買花，回憶卻不意地直擣她的腦海，揚起浪花濤聲，揚起意識的河流。

那總是滲著記憶光影的他方

她行經超市、餐廳、咖啡館、速食店……每一張嘴巴都在上下咬合，她緘默地行經，她冥思著自己這三寸舌根可以吃飯，可以說話，但常說的是廢話。如果有吐出什麼金玉良言，也不過是一種修辭式的語言，沒有行動力證明過的語言都是附加，都是標語，毫無力量。還不如文學作品裡的詩語，即使曖昧或者不確定，卻也還是眞心眞意。

她行過人流，她看見聖母聖子，水泉奔流石像，聖潔的仍只是雕像。人膜拜像，因爲像是心願的對境與投射。

她拿出放在布包裡的菩薩佛像盯著幾秒。她想流淚嗎？流，是因度眾願力之未竟而淚流。

這眞是苦了發願的菩薩。佛要眾生行任何佈施時需三輪體空，三輪表面說的是現在過去未來，但指的更是佈施時沒有人我對境，能空所空，沒有佈施者當然也就沒有行這件事的心，亦了無佈施時做這件事的對象，更不計行這件事的果。

但每個時刻都是輪迴暗喻，前一秒此一秒後一秒，昨天今天明天，人如何逃脫？

人如何逃脫精神荒原？

自制力，慈悲，佈施。

艾略特的荒原謎底。但詩人自己卻不相信可以逃出精神荒原。「希望」就像他的詩，牧羊報信人眺望海上，毫無帆影蹤跡，「一片霧海茫茫」。

男人一路聽著她的絮叨，時而感到暢心，時而覺得堵塞，時而覺得歡愉，時而覺得悲懷。

「我愛爾蘭的孩子，你在哪裡眺望啊？」

她改動艾略特的敘述者，男人笑著。

愛爾蘭，他就是愛爾蘭。

她的愛——爾——男。

晨光時分

不眞實的城市，充滿夢想的城市。

擁擠卻有秩序，早晨每張臉都清晰地穿過濃霧，露出一張張蒼白無血色的臉龐。藍眼珠下閃著灰淡的睫毛，過早得白化症的樣子，送來冷冽的空氣，還有一點狐臊味。

這座城市由於濕雨綿綿，所以少見早起在戶外行走的瘋行者，連宿醉的流浪漢都少見。拘謹的城市，外在有一種矜持的強悍尊嚴。

在台北城，夜行者如她，自也少見清晨的景致，除了一個月的某個幾日例外。

那時她在台北撞見的晨間的畫面是幾個人席地而坐，嘴巴讀著不是佛經也不是聖經的經文。集體朗誦，聲大卻咬字模糊。

她會遇見晨間時光的人，是因為她剛離開一座佛寺，由於沒有家累，夜營不歸全由自己作主，是宜於守夜人選。看守佛寺倒非是為了展現（懷有）一絲絲的菩提心，而是因她孤家寡人的，當留守的人選成了難題時，她願意成為那個人，雖然她的夜晚將從書寫的人間轉換到毫無遐念的佛寺一隅。

她旅行慣了，睡覺的空間本就不拘泥。所以夜晚有空時，她願意留守，守的其實常是自己的念頭或者煩惱，或者謹防的也是小事，比如注意有無鼠輩竄出，慎防鼠輩打翻油燈，或者守香，不讓香斷。但守的其實更多是自己的心，那曾經的夜慾之心，不斷地看守著，防止蔓延成災。

夜晚是危險的，對她的危險不是孤獨，而是放縱。睡在地板，常有蚊子來擾，加上有懺悔者夜晚頻頻行大禮拜所發出的貼地細響，或者本來就難眠的她，心緒心念奔騰。她聞著香塵油火的鮮明味道，有時會思起曾經有幾年住在宮廟的父親，她顧著廟，沒有魑魅魍魎，只有自己亙古以來纏繞的心緒如菩薩案上的燭火，忽明忽滅。

西敏寺鐘聲又起，鐘聲截斷她的沉思之河。

她是戴洛維夫人，但她不去買花，她四處拍著照。現代的戴洛維夫人就不冠夫姓了，但不冠戴洛維的戴洛維，就無法成爲小說裡的角色了。她的台灣女友嫁給西方老外多在中文姓後加上丈夫的姓氏，因爲據說這樣可以減少很多麻煩。她知道實情是這樣的，一個亞洲女孩和西方的婚盟，總被扭曲的想像與目光盤查。

那麼她如果當「留英」，她要冠哪個男人的姓？身旁這個男人的姓肯定她沒有想冠上，其實她沒有想冠的姓氏，她希望男人冠上她的姓，如此一想時，連她自己都不禁笑了起來，心想如果男人眞願意，那可將是一個很怪的名字啊，不中不西的。但在她的島嶼，摯愛她的島嶼，都有了和她一樣的姓氏呢。光憑這一點，她就不願意「留英」，她知道很快地，時光過去，她將航進島嶼港灣，浪跡天涯的水手終會想起被她擱置在原鄉的愛，無所求的愛，只盼彼此永遠更好的愛。難道這一切不値得奔赴歸返，當然値得。只是此刻她擱淺英倫，說來也不是爲了男人，她比較像是戴洛維夫人，心裡眷顧與恆念的其實是說不出口的青春同性之愛。

此時戴著黑色大毛帽的英國大兵豎起長槍，黑頭車步出，位高權重者坐在黑玻璃的後面，她看不見裡面的人。戴洛維夫人看著英國女王座車行過西敏寺，行過倫敦的街區，戴洛維夫人年老色衰了，派對女王要去買花，買生命中的第幾場要拿來裝飾派對的花？

而她呢？她來到生命第幾場的異鄉？戲伶噓嘆，舟行千里，看盡大千，忽然彼端出現接住即將墜淵的菩薩雙手，浪行日夜，終得上岸。涕泣落淚，願割皮肉，藏經於臂，乘願擺渡，再次入塵。這反覆的旅程，是願力，是詛咒，是黑業，是執著，是迷惘，是難捨，是好奇，是寫小說的迷幻效應？

夾著染汙與純潔，統合在一塊的旅程，已是她生命航行河道的一部分。

她想著百年後，如有人挖掘倫敦城的地底，荒煙蔓草裡人皮骨肉皆如灰燼，只有鑲在人們嘴巴的那口牙裡的銀粉還燦燦發亮。

他們的愛情則永遠不會出土。

因爲這愛情屬於黑暗，暗地裡它才萌芽。

怕光害，愛情像星星。

走在羅素街

隨時翻閱經典，精讀文本，雜處人間，成爲一名創作者必然行經的路徑。

沉浸於鑽石閃亮般的語言大海是至樂，深入語言精髓，熱切尋找每個字詞最精妙的意義，如蟻搬糖的專注，如工蜂效忠蜂后，創作時如不斷拋出戀語的發燒者。

因爲孤獨，自說自話。

離開市區後的城市小巷寧靜，有種冬日萬物凋零的詩性。

散步如犬，在寒冷空氣，吐納一身的亞熱帶氣息，她亟欲丟出的夜騷，卻是他等待多時的溫熱。她是棕櫚，他是海岸。他喜歡熱帶，她喜歡寒帶。交會處是黑潮，寫作的黑潮。

在這裡看不到海，除非往泰晤士河行去，至少可眺望出海口，帆影滿佈，醚醉的惰性氣體將使水手大量嗜睡，以熬過漫長的航行。夜晚到來，醚醉的氮，加深了愛之幻覺。她的心遙想著海，島嶼的海，下一本渡海者的故事，愛情與信仰結盟的海故事，也是東西交會的初萌之時。在全球化年代，這故事會不會太經典，爲了信仰的結合會不會太古老？

當大部分人正被金錢與職位權力甘願被這種隱形的事物殖民時，她則展開屬於自我的大航海時代多年。然後啊然後……時間換來了破碎式的故事，無望地上岸，可嘆的歲月飛逝，被母土鄙視的閒蕩，帶點輕浮的遊蹤，總是不可靠的愛情。

登陸島嶼的傳教士爲了信仰而堅定步伐，燒焦的熱海揚起著異邦的語言，發著高燒的夜，寫著書信給寒帶天主，十字架上的聖血，和島民祭天時燒的王船是否可以對話？倒過來的性別，倒過來的渡海者。一個東來，一個西去，一個男傳教士，一個女愛情信徒。

相信遠方終會迸出希望之光成了此刻暗沌時期的最大動力。

但自我的這種相信，和島嶼迷黃鴨子與圓仔的這種消費式的渴盼與相信，其實不也是差不多的某種瘋狂。

黃鴨子虛擬卻更眞實，貓熊眞實卻更虛擬（貓熊爲何會長成只有黑白兩色一直是她學色彩時的奇異夢幻）。

她在異鄉，孤獨的房間，她聽著原鄉的奇異新聞。她合上電腦，開始閉眼聽海潮聲。

她在心裡養著一座大海，時而平靜無波，時而浪激滔天。

她這麼寫著，心裡忐忑地想著他。

現實的廢墟裡，

有人在荒煙蔓草裡引領盼望著她的抵達。

那就是寫作。

愛情的廢墟裡，

有人在古羅馬斷垣殘壁裡企盼她的注目。

那或許也還是寫作。

她心跳加速，口吐思沫，雙手發抖，她亟需服用特製的愛情膠囊，以解任性之毒。

春色已渡冥河

光與暗在作品裡形成共生的層次結構，在生命的旅程裡也是。

耕莘寫作班學員留言：「雖只上過您兩堂課，但見您說話時眼角閃爍的少女光火，她想，會燃燒一輩子。」這種閃光的眼神，她在許多有生命力的作家身上都見到過，尤其是晚年的莒哈絲，眼神炯炯有神。她曾寫要瞭解莒哈絲，要先戰勝自己，不然會誤讀她的作品的悲傷。要寫出有光的生命之作，要先懷有對黑暗之絕美與孤獨之最的敬意。

她喜歡二〇一二年時在台北紀州庵文學館攝影展的照片。

事物崩裂，核心潰散，那是當時她聽到遠方傳來死亡消息的心情。

那是四月的季節，在艾略特《荒原》裡，四月是殘酷的季節，四月他寫〈埋葬死者〉，埋葬死者，以遺忘的冬日大雪埋葬著枯葉。

是四月。四月竟不春暖也不回春，這是奇異的四月，一如死訊。

她清楚記得在紀州庵卸下攝影作品時，手機響起。跟妳說一聲，他走了，很安靜，很安詳，手裡握著一本相簿。

死神在大阪男子的枕上棲息已久，她哀傷地想連無求無悔的他也要離開了，她在午後的雨聲中聽見他走了的訊息，渡冥河的路上有資糧否？不斷重複疊句呼喚的招魂儀式還有效嗎？

櫻花墜落的微細之音傳進她的耳膜……她再次體驗到生命最黑最黑的黑，最深最深的暗，孤獨孤絕裡那生命不可知的神祕敬畏。連最無所求的他都要走了，離開島嶼，離開東海岸，離開太平洋濤聲，回到東瀛祖國時以爲不久將再重返這片海，於是很多事物都還牽連著。

當櫻花開在枝頭的末端，辭世。她記得一月至三月以來，他仍間斷地回著信，他掛念著什麼？望著最末一季的最後一株櫻花樹，滿樹的綠葉裡依然高掛著一抹的南國粉櫻，終於也落土了。只餘筆端的未來之書還能記載一些他曾經浪跡島嶼的生活刻痕，如不由她書寫，她知道他將只是一個異鄉名字。他的刻痕並不比他人少，但沉默終究讓他如沙漠的風，一吹起即被埋葬，白日行者了無足跡。人生如曼陀羅砂畫，爲何她要堅持在水面上刻痕，在冰上雕刻？

這看似莊嚴的個體書寫，放大到大眾營營爲生的殘酷面相時，卻又是極爲無用。她問著，爲何要書寫？但歷歷在目的大英文學版圖又如此壯闊地開展眼前，不得不讓她敬畏的前行者，總是能如大火取暖於她。

男人聽著她的四月悲傷與埋葬死者。

他說感傷是無用的，當然是書寫，既書寫是熱愛的世界，不問其有用無用，這不關書寫者的事，書寫者只要執著他的信念，就像修行者有信心某天會開悟一樣。

「不要掉了妳的信心。」愛爾蘭男人安慰她。

「不會，已經闖關多年。生命早已和書寫黏答答了。」她答。生命永恆置於啓動的創作風帆，生命的傾斜或者豐盈與否都仍挺進創作的絕滅荒地。

廢墟裡的愛情

火照之路，迎亡者渡河。埋葬死者，但不埋葬慈悲，也不埋葬敬意。

春色已渡冥河。

色身已成枯葉，但感情的根莖仍相連。

艾略特不信仰熱烈的愛能安撫傷害與解救荒蕪。但她依然相信，有那麼一點相信，就是死亡旱土裡的信心甘霖了。

現實的廢墟裡，有人在荒煙蔓草裡引領盼望著她的抵達。

那就是寫作。

愛情的廢墟裡，有人在古羅馬斷垣殘壁裡企盼她的注目。

那或許也還是寫作。

暗室裡的微物之神

冬陽將兩棟獨立的房子疊成了合體。

她在午後的窗前轉開百葉窗，看見自己住的這間房子的屋頂投影到隔著花圃的鄰屋牆面，形成一黯影、一光亮的層次，一高一低，喃喃交談的愛。

普拉斯當年在休斯有了艾西亞時，她望著窗外的冬日枯牆，她想著什麼？藉著陽光交疊在一起的兩間房子，到了太陽下山，光影退去，又是分離的。分離才是假象，疊影不過是幻象。

就像愛情。

她多次問過自己：如果想寫作，又不幸交了一個和自己旗鼓相當的男友（假使像普拉斯和她心中的巨神結了婚，而他才情卻比她高，且又外遇……）；如果想寫作，卻被憂鬱的黑暗之心囚住。那麼她們會告訴她這個寫作行當與人生的艱困之處。

如果覺得不屬於這個世界，那麼日復一日的日與夜就成了難題，輪迴的相續就成了分秒的煎熬。

爲何人會覺得不屬於這個世界？她想著這樣的難題，蕭索地走在羅素街。

婚姻幸福者，可能晚年不幸。一個寫作者最大的不幸其實不是感情的風暴。就像普拉斯遇見她的巨神，她應該恐懼的更多是擔憂繆思會對自己不忠，繆思之神轉而寵愛的人再也不是她而是她的愛人兼對手，但她不論是愛情與才情她都不是巨神的對手。

寫作者最大的不幸不只是不能再寫作，而是連自己寫的作品也識不得。像晚年記憶與智商皆如流沙不斷失去的艾瑞絲・梅鐸（Iris Murdoch），晚年當郵差送來她剛出版的作品時，她已經不知道上面印的名字是誰了。接著，她連回家的路也找不到，她連字也識不得。

就在這條羅素街。

當年女作家常行經羅素街，和她現在走的一樣的路，踏過一樣的板塊。英倫女作家爲了去見她的出版商，島嶼女作家爲了去見她的男人（她眞希望去見的人也可以是出版商），但因生命有太多陷落，於是才讓去見男人這件事也顯得可貴，爲愛擱淺也是可以珍貴的。

英倫女作家手裡拎著一個藍色塑膠洗衣粉袋，這可眞是一只昂貴的大洗衣袋，裡頭裝的可不是女作家要洗的衣物，袋裡裝的是繆思鍾愛的創作，精神寶物：剛寫好的小說筆記本原稿。（她想起自己在小一上學時，母親的白蘭洗衣粉塑膠袋，曾扮演短暫的書包代替物，裡面裝著剛認字的生字本，一筆一畫都像是阿姆斯壯踏上月球的重大一步。）

那只塑膠洗衣粉袋，外表如此低廉，內裡如此莊嚴。

收到艾瑞絲稿子的出版社當然非常小心翼翼，據說總編輯派遣了最細心的編輯到影印店裡影印筆記本的手寫原稿，反覆叮嚀編輯得一路地守護艾瑞絲用生命寫出來的小說，在編輯還沒回到出版社時，總編輯心懸如處深淵，直到原稿再度歸還到艾瑞絲手中時，總編輯才鬆下一口氣，開始和艾瑞絲聊家常。萬一掉了，就是作者自己也無法還原，無法將書寫一字一字地再彈回紙上。

她想起自己也曾把寫作的稿子掉在計程車上，其結果可能變成司機的回收紙或是小孩的紙飛機。還有幾回是掉筆記本與日記本，在異鄉的捷運上。撿到者將因看見中文筆記本而丟棄，或者企圖想要解密？

改用電腦後，她也曾因忘了備份，在電腦硬碟壞掉前，因爲過於輕忽或者因爲寫作過於專注而忘其周邊該留心事項。

沒有及時能搶救那份已寫了十萬多字的胚胎小說，以及其他未成形的寫作碎片。注定消失的作品，肯定是沒寫好，所以文字要離去。

早年的電腦不僅速度低階，當然也不堅若磐石，且因常買廉價的電腦而顯得不耐用。但最嚴重的莫怪於某一回的心急，那是一個經過多日等待後突然響起的一通室內電話，雀躍地聽到電話鈴大響時，完全沒有顧及電腦正開著，那黑色電話線纏繞且瞬間絆倒了桌上擱著的滾燙熱咖啡，熱咖啡直接淋在電腦鍵盤上，頓時當機。

結果卻是一通分手的電話，被燙死的愛情。

男人要她深刻地記得他，而她也眞的是記得了他，以最傷心的方式，傷心的是消失的文字而不是男人提議的分手。她想這眞是一個奇特的記憶方法，以隱形的傷害包裹發爛的愛情。

情人各自出招，招招所欲擊中的不外乎是地位的排比，即使分離也要對方難忘，即使是露水，在露華濃時分，也可牽引初晨的整座草原氣味。

消失的紀錄，比如被蛀蟲慢慢地將字吃掉。食字獸以作家的靈魂爲糧，修行者以禪悅爲食，旅行者以邂逅爲行腳加配料，相逢是故事的起點，也是故事的結尾。因爲不會有結局，都是車站式的愛情。過站暫停或者過站不停。

這回，男人才是她此行的核心，而文學景仰的重要他者，竟淪爲旅途的對話與某種陪襯的文學風景。

相逢中國餐廳

回憶召喚舊影像。

此刻，她要去重逢眞實的他，不是回憶，不是電子郵件，不是夢境，不是幻覺，是要去和具有肉身的他相會了。

人應該做他自己，在愛尤是。她想著之前寫過的話，但她知道有時候事實剛好相反，因爲愛一個人怕失去他反而小心翼翼，密封著言語，唯恐傷到對方或被對方傷到。一旦不愛了，反而眞的做了自己，一切因不怕失去吐出所有的眞話與醜話，愛這時才顯得赤裸裸了。

做回了自己，可能失去了對方。

她在愛情面前常遮掩自己的眞性情，直到情人看穿了她。人是多面的，尤其創作者，有時只要交出一面的自己就已經很讓對方受用了。一面給愛情，八面留給創作，九頭身創作者。

來倫敦幾日，她一直在想著重逢的畫面。久別重逢，久別是多久的別離？不過是短暫的遭逢，卻牽連出往後如此的辛苦懸念。意念眞是讓她驚怖，大如須彌山或小如芥子，都是意念。

抵達羅素廣場時，她做了一個錯誤的判斷：走樓梯。因等待電梯的人擠在入口，她心想爬樓梯好了。爬到一半，就進退維谷。沒想到樓梯好高好高，好像永遠也爬不完。手中掛個重背包，這下眞想把過重的大背包丟掉。

出了地鐵，即看見賣行李箱的小販，決定買個有輪子的行李箱，花去五十英鎊。在路邊將背包的物品一一放進小行李箱，毫不顧他人眼光。

拖著小行李，尋找咖啡館，離見男人的時間還有兩個鐘頭。午餐時間，她在複合式咖啡館買了三明治和咖啡，打開電腦，將緊張的心情僞裝起來。

兩個小時後，她推開咖啡館的門，將依約走到下條街的中國餐廳等他。

咖啡館喧嚷，但窗外景致卻有著像是被夢滾過的昏濛色調，在她走出咖啡館，前往旅店時行經的羅素廣場前，落葉都如金箔，冬日的陽光顯得失真。

心想不該答應約在中國餐廳見面的，她一直都不喜歡西方的中國餐廳，總是失真地擬仿中國氛圍，假山假石假花，還有假菜，一種擬仿不知哪個譜系菜色的怪味，川菜與粵菜最常見，但吃起來總是不到位。

說著中國腔英語的女侍問她一個人嗎？她說兩個。

有著南方臉的女人擺了兩套餐具，同時給她菜單。她說等對方來再點，他會來嗎？這種想像幾乎可以殺了她。

但他來了，像是飄進黝暗中國餐廳的一朵白雲。

白色的肌膚像冰塊。

他非常準時的出現。他從布加勒斯特（Bucharest）飛來，她從台北飛來，倫敦像是貿易他們中西感情的仿東印度公司。

倫敦，感情的殖民地。

但誰被殖民還猶未可知，征途初抵，劍未出鞘。

愛的狼煙未起，詩的烽火遍燃。

她感受到一種靜止的忙碌，一個意圖。

她覺得這眞好。

握馬克杯的雙手，呆滯，遲鈍。
正搖響著這白色瓷器。
它們如此癡情等候他，那些小死亡！
像情人一樣等候著。好讓他興奮。

等待時，讀詩。
可以減緩焦慮。

愛情，愛情，她的季節

他帶她去Academy。
他們去學院，但他們不讀書。他們讀身體，語言沉默卻姿態尖拔。
那是一家名爲「學院」的旅館，戀人探索的是身體。至於靈魂，身體疲憊癱軟之時，才輪得到靈魂現身。她看見附近旅館的每一扇窗戶下，趴在窗邊喃喃自語的戀人。
走過一兩條街，穿過倫敦大學。她發現要去的原來眞的不是一間學院，那是一家旅館的名字。
作家住在學院裡，頗爲合適。
進房間前，裡面卻已經有人。以爲走錯了，結果是旅館的人在換燈泡。

沒兩下就換好了。換燈泡的男人臨走前，經過站在門口的他們，還對她眨了一下眼睛，眼裡藏著一抹微笑。

愛爾蘭男人從行李袋裡拿出牛奶與酒，說是從羅馬尼亞帶來的。她說第一次看見有人竟然還從家裡帶牛奶飛行，難道東歐的牛奶好喝且沒有汙染？他笑著說當然不是，只是正好沒喝完，這一離家將是一個月以上。冷凍過後放在行李箱，像是冰牛奶，頗爲好喝。

他連香皂也帶來。

果然旅行可以看出一個人的原鄉習慣。

說是手工皂。他攤開幾塊香皂，要她自己挑，她挑了兩塊分別是玫瑰與檀香的香皂。一個蘊含愛情，一個帶有靜坐氣息。

「當妳離開後，妳再拆開包裝，拿出來洗。」他說。

這是個不祥的預兆，香皂是愈洗愈薄的，最後多洗得剩下餅乾式的薄片，消失水中。除非不用香皂，但不被洗在身體的香皂也就失去香皂的用途了。

冬日窩在愛情的繭

學院旅館吃早餐的地方素樸安靜，人們都裹在冬日的繭中，或者英式的拘謹，用餐者多悄聲悄語的，即使身體看起來像是激情過後，皮膚還泛著紅潮的戀人也依然沉靜著。服務人員很認真地前來座位旁點餐，遞給他們菜單，問著是要香腸還是培根？要炸馬鈴薯還是薯餅？要咖啡還是茶？蛋要怎麼做？蒸的、炒的、煎的……問得仔細，一種帶著五星級的專業錯覺，當然送上餐點時，餐點卻是二星級的簡單，錯落在白瓷盤的幾片培根倒像是烤傷的木片。

早餐看報，沉默低語。

英式的早晨，人們的臉都還鎖在寒霜裡，連情侶戀人都僵著表情。

安靜至可以聽見刀叉，昨夜的歡愉或者惆悵如夢遠去。

異國男孩女孩

很多人看著她和他。她像是怪物似的，只因爲她的外型所意味著可能符碼：東方情調，而他是西方。好像她是投降者，他是征戰者。實則他們旗鼓相當，甚且她一點都不容易討好，更居贏面。

她的複雜他無能理解，他的複雜她一眼看穿。

沒有任何事情單純地只是一件事情，一件事情往往是許多事情的總和再現，一朵花是種在千萬種滋味的土壤上，透過小說家的透視靈能，即使最尋常的一個眼神或一個姿態，都能投射在人物身上，人與事物，彼此滲透。

文學作家是同時懷有對歷史的隔絕感與延續感，畏懼世俗大眾卻又想以寫作穿透人類與救贖自己。

她看著他的陰暗面在自己眼前的逐一剝落分離，那樣放鬆地毫不遮掩，而她連上廁所都覺得有一雙耳朵在隔壁的不自在，她確實一個人生活太久了。

她想，眼前這個寫作同業的憂鬱其實只是外皮，他的內心像個孩子，一種簡單的快樂，一點邪惡的嗜好，一些慾望的釋放。牡羊座男人，帶著孩子式的天眞混和成熟，讓他們兩個創作者相處起來不算難，她想只要用孩子的好奇與單純的心面對他，時光即如天使，帶引他們飛抵奇花異草與流水清泉的戀人花園。

柯芬園裡擺攤的臉孔有不少外鄉來的，他們興味地逛著。她腦海則不期然想起在島嶼的某創意市集遇到的男孩女孩們。賣尼泊爾物品的女孩看起來有點異鄉的味道，她笑說是因爲她和異鄉老公在一起久了沾惹上的吧！一個越發長得像異國女子，當然異國是相對她當時所在的島嶼座標。

這女生說是在澳門認識尼泊爾老公的，起先從沒去過澳門。而老公在威尼斯人酒店擔任廚師，正巧她也在酒店工作。認識，戀愛，接著結婚。因女生媽媽生病才決定返台定居，起先以爲結婚容易，沒想到回到台灣要受到移民署的檢驗。先是隔離拷問，交叉提問。問的都是很個人的私人問題：他們在哪個地方第一次接吻？老婆內褲喜歡穿的顏色？

落腳台北租了房子後，移民署官員還常來抽檢兩人是否有住在一起的事實。

女孩的姊姊嫁給英國人卻沒有遇過這種麻煩。也就是說，落後國家要和台灣婚盟，不論是和男的結婚或是娶了女孩，都比較需要被檢驗。她眼眶紅了，後來他們就搬到倫敦了。

她試圖安慰因爲窮國容易用結婚當釣餌。

但富國也很多窮人啊！小販女生不平地說著。

沒錯，是這樣啊。不僅結婚會使兩人愈來愈趨近於彼此，就是長期浪居他鄉的旅行也會，有幾年她在尼泊爾峇里島之類的國度落腳過久後，幾回出入台灣海關，都會被海關人員刻意拷

來倫敦幾日，她一直想著重逢的畫面。

久別重逢，久別是多久的離別？

問：「口音」。他們問她：「你的生日幾號？」起先聽了這問題都會怔一下，當她吐出不僅標準甚且是好聽的聲音時，嚴守邊境的海關人員才快速地蓋了關防章。

她的聲音為血緣掛起保證。

在柯芬園，回憶瞬間勾起她想起在島嶼的創意市集遇到的擺攤女孩。訴說著帶著偏見的詰問，將愛情丈量成交易。

女生的隔壁攤是一位來自智利的男孩，帶點南歐混血味道的他顯然受歡迎的程度遠遠超過她。聽說兒童容易相信美麗女人的話，何況心常硬化的成年人。

那麼她也許也是心盲的。

她常為美耽擱。偶爾也像個孩子會誤信美男子的言語。

但幾日下來，這美男子比她想像竟要好上許多，他不自大但很堅持，他不悲愁但有點憂傷，他不有錢但頗大方，他銳眼犀利但嘴巴善良，他情感豐富但不濫情……

唯一的缺點是他沒有那麼愛她，他愛她的成分裡蘊含的更多的是激情，激情一旦滿足就容易離別，即使她知道離別後他會思念她，但思念對一個創作者而言，尤其對他這種以社會觀察與議題書寫的作者而言，思念不會傷害他，思念遠方就像偶爾抬頭看見飛機馳過，會留下一抹陰影之外，很快就又晴晴藍天。但對她這種以感情和人性為書寫的作者而言，思念太重會吸乾了她的筆墨，使她陷入長久枯竭。

擱了長長幾季的大衣，似乎是赴俄羅斯那回買的，只穿一次，這回再因來倫敦而穿，摸大衣內袋還摸到了袋裡的小包乾燥劑，已鼓鼓失效的乾燥劑。

有些事物要保存，必須脫氧，注入氫氣，抽出氧氣，加之密封，如此保鮮。空氣無所不入，一旦開封，氧氣侵入，氧化老去。我們賴以爲生的東西，往往也是殘害我們的隱形殺手。愛情要空氣，缺氧的愛情活不久，但愛情也隨著熟悉與現實生活的日常摧殘而逐漸氧化。

她知道他們的愛情就像長年活在地下的兵馬俑，不能曝光，一旦曝光就像兵馬俑，瞬間顏色揮發。秦始皇好大喜功，自然兵馬俑要彩色的，誰知古墓開挖，色彩消失於人間。他們的愛情雖不到像開封古棺屍體般的瞬間灰飛煙滅，但也是失色異常。

他們適合以想像代替生活，兩個寫小說的「同業」試著想過愛情生活，其結果不是頓入柴米油鹽的困境，要不就是對彼此作品的互相較勁。

「請爲了愛我的緣故而愛我。」不是別的條件（因爲美，因爲錢，因爲年齡，因爲背景……），就只爲了「愛我」的緣故而愛我，「如此一來你方可一直地愛下去，穿過愛的永恆。」愛的永恆先抵達，才有隨後的寧靜永恆來到。

只單純地「愛我」，爲了愛我的緣故而愛我。她在心裡想著伯朗寧夫人的愛之語，她知道她企望的愛情都非人間的思考，故難。

「天后多是單身的。」C向她說過，一種暗示。

她明白這話的背後意涵，普拉斯不明白，泰德要她成爲天后，但她渴望泰德和她合體，她不要單身。吳爾芙明白，因此她和雷納德其實有名無實，她還是隱形單身的天后。她明白，她其實也是過著隱形單身的生活，至於能不能成爲天后，那不是她的事。

很多人誤以為她好像不能沒有愛情，只因為有很多的書寫漂泊在愛情海裡。但事實是錯讀的，愛情只是一種比較能試圖釐清的人生慾望清單，並非是必要清單。

天后的單身不是因為她想要單身（相反的，她們對愛情永遠有一種純眞的理想性），但這世界配不上她，愛情對象跟不上她，而她又如此誠實地面對與察覺自己的感知與那個不時來敲她心門的小女孩。

但天后雖是單身，卻不會拒絕愛情的來到，也絕對不會變成獨居老人，天后會把所有的能量，轉為創作，轉為對這世界的愛與能量……

誰能和天后睡久一點？

很難。

不長進者，很快就被天后踢下床了。

流淚的乾燥劑

有些感情就像衣物裡擱的乾燥劑，如果衣物永遠沒人穿它，是否久了那暗藏的乾燥劑也會流出淚？又是否愛情如乾燥劑印著充滿警語的字眼：「勿呑食請丟棄」。

俄羅斯，那是一趟冰天雪地的艱辛旅程，她被冰冷與陌生語言隔絕。直到一個留俄的台灣男孩有幾天來陪著她，他長得稜角分明，個性也稜角分明，幾天下來這兩個陌生男女竟也偶有齟齬，這眞是奇特，像是戀人似的述說（帶點抱怨）難相處的一種黑暗面。齟齬的看起來多是些尋常的事，比如他常找錯地方，多繞了很多遠路，比如他為了省錢，不顧如此冰冷要她走在雪地封天的大街。她知道自己不該不耐煩，這就是爲何她必須一個人旅行了，她有自己的節奏，需要沉默時光，沉默時別人會以爲她不開心，板著臉孔。偶爾開心卻又淫淫大笑，惹得對方很捉摸不定。

她的記憶就像電腦自然輸入法，自動記憶上一回鍵入的錯字，錯字必須再次更正，否則每回自動跳到版面的就是錯誤字。但她常忽略不察已經被電腦記憶的那些錯誤，但人腦卻又記著錯誤。這形成生命的兩難迴圈：一邊忽略，一邊緊抓，鬆緊錯置，感情禁不起這樣的兩端來回。

但總是留下美好鴻爪。

安娜．阿赫瑪托娃在這次旅程裡置換成希薇亞．普拉斯，她得小心感情的絲線將她的旅程勒緊，抽乾了愛情應有的空氣。

柯芬園附近有一家掛著西藏五色祈福旗的心靈小店，推門一探，盡是瑜伽、打坐、氣功或者標榜開悟的禪學，「佛」已然是一種時尙符號，淪爲只是一種心靈成長團體賣弄的氛圍，在集體的流行目光中逐漸消失了原意，甚且成爲異國情調的裝飾物。

他陪她逛著，隨口問著她「佛」是什麼？她也頓時語塞。即使可以輕易用「覺者」回答，但這又豈是她能輕率使用的莊嚴字眼，她笑著沉默著。

他想買一個香爐，要她幫他挑。

要圓的還是長的？圓的點盤香，長的又有長短不一的選擇。

他覺得有趣，造型這麼多，人總是把神複雜化。

她說複雜是爲了讓八萬四千種不同眾生各取所需。

八萬四千？哇，那我需要哪一種？他笑著回答。

他挑了個長形的，就像他的身形。鏤空的木面雕刻華麗，木面上鑲嵌著金色絲線的「無窮結」符號，不知結從何處打也不知結打向何方的「無窮」之意，她解釋著，嘴裡說著英文，心裡想著中文，「無窮」，是無窮無盡，還是再也無所貧窮。她需要脫離貧窮，但她一天到晚被懸在貧窮的懸崖上寫作。

他聽著聽著，像是在感受一個短暫的心靈安住，覺得「無窮」甚美，東方手藝眞巧，已內化成神性的美，這讓他十分喜愛。

長香盤的頂端安住著一個小小佛像。這佛是誰？他問的口氣像是問一個老朋友的名字。

她搖頭笑說她也不識。

他問她是否是佛學專家，瞭解佛教？

她說離專家甚遠，且還不夠資格說瞭解，佛學浩瀚如海。但至少在佛學中心近十年，一點皮毛應該夠應付他要問她的。

他問她關於佛教的慈悲，佛教的慈悲能夠施及動物和鬼界，這不容易。

她說明白因果輪迴，就會慈悲，因爲輪迴觀裡，眾生都當過自己的父母。

我們爲什麼認識且還繼續相逢？

因爲我們有緣。

他的出現就像普拉斯的句子「鏡中的騷動，大海打碎了它灰色的鏡子——」她的大海被晃動了。

極度乾燥

從牛津圓環地鐵站步出，往攝政街行，大不列顛海權時代邁向都市化的輝煌標誌，執行計畫者是建築名師約翰．納許（John Nash）。沿途精品氣味濃厚，建築群浮雕框沿著高窗林立，每片窗都映著藍天浮雲，像一幅幅流動的畫。攝政街說的是南端起於親王官邸英王喬治四世，北端終點於曾隸屬皇家的攝政公園。

他說他不喜歡這條街，因爲沿街的連鎖精品店，除了價格昂貴外，一點也不是他心中的精品。當然他的精品是「精神之品」謂之精品，普魯斯特、喬伊斯、葉慈、吳爾芙……才是他的精品，一座座文字高山或大海，讓後行者步履如此顚簸，和當代社會脫節而形成封閉的精神膠囊，已經很少人想再服用了。

這裡的精品全是他們不需要的，很快地他們行過物的河流。

「Superdry」以日文漢字的超大間時尙店讓她眼睛一亮，Superdry——極度乾燥，對比倫敦的霧濕，有些意思。入內低亮度的鐵鏽裝潢著彩度很高的上千款服飾，人就一個身體，但卻需要這麼多不同的外衣。他在這家店買了件外套送她，暗綠色的，帶點蓮莖色之感。他說適合她的黑靴子與一點點的流浪氣息，他接著補充說當然穿起來又不是那種無依無靠的天涯流浪，是比較接近城市漫遊者的況味。

鄉愁從何而來？
就是在已不屬於自己的城市街頭，
看著城市的燈火一一亮起時，
安然在此燃燒過的青春朝著自己
轟然開來，撞開了一片血色的回憶。

她想自己會因爲這件外套而愛上整條攝政街。

穿起來果然「極度乾燥」，但她的內裡渴望潮濕。

愛情潮濕，花園生命才能蓬勃。

極度乾燥，則僅宜雄性仙人掌。

繁花盛開的時光

和他來好幾趟柯芬園。

看舞台劇之外，也胡亂逛街。基本上他不購多餘之物，行李簡單，她偷偷看過他在浴室的黑色小包，十分簡潔，物品有序，牙膏牙刷牙線棉花棒刮鬍刀古龍水，竟無多餘之物。他說女生很瑣碎，但又說也因爲瑣碎而保留很多細節。沒有女生，世間很多美物根本都沒有存在的必要。握著她的手腕，他看著手腕上的玉環，又如此說著。

攤位擺得很亮眼，散著耶誕節的喜氣。

她向一位流動攤販買了墨西哥烤餅吃，冷冬的飢餓感來襲得毫無預警，心靈像是閉眼的托缽僧，突然被擲入缽內的一串嘩啦啦銅板震醒，意識流停擺，眼前旋即是異城倫敦。

她在身旁，隨著天黑，燈火捻亮，愛爾蘭男人在倫敦吐出了鄉愁。

鄉愁從何而來？

就是在已不屬於自己的城市街頭，看著城市的燈火一一亮起時，突然在此燃燒過的青春朝著自己轟然開來，撞開了一片血色的回憶。

他帶她去一些年輕時打工的場域，擠滿人潮的酒吧，他帶她進去，擠在捧著酒杯的人群裡，每個人都站著喝酒，她穿越酒杯與嘴巴吐出的酒氣才能抵達廁所。廁所盡是穿著低胸的女生在鏡子前補妝，忙著爲掉漆的臉皮換上時間的哀愁。他想著年輕時在這裡調酒的自己，想著想著，她就到了眼前。他在人群裡見到嬌小的東方女孩，給了她一個微笑。不知怎的她覺得這微笑裡有種慘澹的哀傷，在戴著面具的酒吧裡散著傷心的悼亡感。

她想他一定是想到了什麼，但這個關乎什麼的描述，卻不是語言可以訴說的，那是只有通過文字才能拼出的感受。他牽著她的手穿過擎著酒杯的手，她握著，感到這樣孤獨。

好像那雙手不是在牽她，而是命運之神在牽她。

美麗異形

「紐約本身就已是夠糟糕的，這時不知從哪兒飄來入夜的假鄉村清新氣息，不到早上九點，就如同美夢餘韻，消失得絲毫無蹤。巍峨高樓構築出城市型的花崗岩峽谷，谷底氤氳灰濛，直如海市蜃樓。暑氣逼人的街道在陽光底下搖搖晃晃，車頂熱得嘶嘶作響，刺目亮灼。灰燼似的乾燥塵土，跑進她的眼睛，灌入她的喉嚨。」她翻讀著普拉斯唯一的一本小說，在腦海裡翻轉著中文意象，同時想起紐約巴黎，一方人事聚散，一地青春喧囂。迷人的大城市，個體躲藏其中，發現孤單與衰老是大城市最糟的感受。

她先讀了一遍中文。

再要他爲她讀英文。

他說普拉斯的文字太詩意，而他喜歡敘事的文字，比較中性，不帶太多形容的字詞，名詞加動詞就可以完成的描述性字詞是他喜歡的。

她曖昧地笑著說那你會喜歡我的中文小說，但不會喜歡我的中文散文。

他也笑著回答說可惜不論小說或散文，中文對我都是一樣的陌生者，一個美麗的異形，像妳。

她是美麗的異形，那他是什麼？

僞裝美麗的異形，而妳是眞的。

追憶俱樂部

「它做活，沒什麼不對勁的地方。／你有了傷口，它就是膏藥。／你有眼睛，它就是影像。／小夥子，這是你最後的寄託了。／你可願意娶它，娶它，娶它。」

它，在詩人的隱喻裡其實是從物性（描述一個業務員推銷產品）轉成神性，感情的神性才是寄託，但多數人不需要這樣的神性，只需物性的撫慰。

因爲人不可能是空無一物的，就是托缽僧也有一只缽，流浪漢也有一只代表破布包，物使人的表面看起來沒那麼孤單。所以人孤單時總是去逛街，總是拿著書，總是講著電話，總是在鏡子前顧影，總是在上網，總是在玩手機，總是賴來賴去。如此時光很快就飛逝。

亞歷山大死後要臣子在其棺木四角開四個洞，將其雙手雙腳穿出棺木，然後繞街。他展示手腳空空，要他的子民知道人走後帶不走任何一樣物品。但即使如此空空然，還是有物相伴的，比如棺木，比如鮮花，比如眼淚，比如不捨，比如怨懟。

她知道，也知道他總是知道，他是她的寫作同業，也是她的愛情膠囊（需要時才服用，且常常缺貨），他是她的異語，也是她窺伺的對手。他非常高興來自不同的東西時空可以對撞攪拌在一起。於是倫敦之城他有了她這個旅伴，那意味著冬日的夜霧不那麼陰鬱了。但冷不防地，他生活過的青春之城，在冷冬即將墜入黑暗前的血色黃昏，他感到了前所未有的鄉愁。

也因爲又是一場注定的離別賦，更添冬日愁色。憂愁之色很快淡化，離別不是突然的，是早有準備的，是每分每秒從相聚就開始倒數的。有所準備的離別不會突然感傷，感傷是在離開後才有的。

這樣的感情像是密閉式的時空膠囊。她是他的另一個世界，他不曾渴望卻突然就來到眼前的東方。他是她的另一面鏡子，觀他如觀自己的鏡中影，情人是她的功課，訓練她看見埋在心海裡那更深更深的貪嗔癡。

惡寒詩鄉

死亡陰影瀰漫的城市，冬日綿長，愛最怕這樣的等待，老是撲空的愛情很難微笑地堅持下去。

爲何她要來這裡？表面是因爲詩人，背地是爲情人。

她的男性家族都是個子不高且瘦削的樣子，她的女性家族都頗高大且胖的身形，男性沉默，女生外放。但唯一的相似是不表達感情，表達出來的只是感情的僞裝品：情緒，比如生氣高興不滿……但很少是感情成分，只是情緒。他們不善表達，不願表達，以致寧可讓誤解帶進墳墓裡。

但她不要如此，她喜歡透明，喜歡清楚，即使曖昧也都是一種知道是曖昧狀態的模糊。這就是爲什麼她在這裡，千里迢迢如唐吉訶德地騎著瘦馬來到這座凋零的帝國之都。

和情人在一起，她老是聞到激情欲死的氣味，這氣味竟是帶點膩滯的甜蜜，落葉混著詩味，滿地辭枝的落葉，將天空的灰色也染了黃。覆滿落葉的街道，自愛情荒原發出的詩句，奔騰在熱情的血管內，化爲墨水文字流竄人間。悲慘的繆思女神，靈魂受盡愛情嫉妒的折磨。創作總是受到愛情的耽擱或者毀滅。

城市的黑影如傷悼者，她在其中，漫遊踱步，甚至闖進喧鬧的大賣場依然看見那些影舞者，埋在黑衣下的傷悼神情。

熱鬧的博物館廣場附近有家教堂的地下室是咖啡館，人們腳踩的地板卻是以石墓碑鋪的。聖人墓碑，謙卑地負載人們踩過的力量。

問了自己多年的問題，每回冬日在異鄉就會遇到隱藏在自由之下的僞神來撞擊她。那些年的紐約，那些個難熬的冬日……很奇異的失去。那場無預警的大火，吞噬了香菸工廠的畫作。

她跟他說著往事。

他們以嘴巴和耳朵交換時間。

他的往事卻還不打算吐出。他只說他神往一種寧靜的創作爆發力，和談一場沒有傷害性的愛情。

妳的愛情會傷人嗎？他問。

她閉目沉思，像是摸著水晶的盲眼流浪詩人。她只是輕輕地撫摸他的掌紋，粗糙的表皮，做家事的男人。手紋深邃，個性鮮明。感情線多處彎起島紋，豐富而多岔路，多舛而不疲。

這一切都是自己，除此無他。她睜開眼看著男人，她對他微笑著。多舛而不疲，這不也在註解自己嗎？

妳說我會有一個小孩，他忽說起上一次見面時她看著他的掌紋說的話。是嗎？我有說嗎？她笑著說不記得了，心想誰管你有幾個孩子，我只管你的愛在不在我的心。

承諾太重　誓言太輕

某日陰雨天裡，她來到普拉斯和休斯結婚的教堂：殉道者聖喬治教堂。但找到她人生關鍵點的這間教堂時，她其實也走到了許多迷路的岔路上（心情與實際上的迷路岔途）。

問了一個路人，約莫三十幾歲的男人，他說跟我走！

「跟我走！」好果決的字眼，就像吐出「我願意」般的不遲疑。可惜卻是從一個陌生人的嘴巴吐出，多希望這句話是從另一個男人的嘴裡吐出的。但另一個男人不要她跟他走，因爲跟

她想自己會因為這件外套
而愛上整條攝政街。

每回冬日在異鄉就會遇到隱藏在
自由之下的偽神來撞擊她。
那些年的紐約，
那些個難熬的冬日……
很奇異的失去。

他走就意味著兩個人都得做一個重要決定，新的身分新的關係將被浮出地表，而這不是他們眼前想過的生活，或者該說不是彼此眼裡的樣子。他們的樣子比較像是分種在地球兩端的樹，偶爾風吹鳥飛，不同品種的花粉飄散或者花葉送情。因爲樹還未壯大，樹於是只想著如何成爲一棵大樹，他得自私，而她也得自私。兩個若都得自私，那自私的愛情往後就無幸福的戲可唱。若有不自私者，還能誘發自私者可能的臣服與自動繳械，還有創造的空間，但兩個都自私就像是兩座封鎖的房間，各有忙碌的空間，各有要回返之地。偶爾穿牆讓愛情透透氣，只能說這是極舒爽的，但千萬不可談什麼天長地久，一談就會讓自己與他人起一身雞皮疙瘩。

除非將兩間心房打通，但工程浩大，不符愛的成本。

問路的男子，極爲簡單，不囉唆，也不指引，就是要她跟他走，他說這樣容易多了，因爲他順路。

語言有遐想的詩性，但他的語氣則絲毫不具曖昧性，穩妥而陽光，讓迷路者很安全地跟著他走，且心知肚明他不過是剛好順路同行罷了，了無幻想。

她因爲這句話而喜歡上這個陌生人。她跟他走，像是個朋友。

男人放慢速度，這表示他想和她說說話。果然他問她一個人來倫敦？她點頭。耶誕節快到了，一個人不好受吧，他又說。她搖頭，還好，異鄉人到哪兒都是異鄉人，異鄉人的每一天也都是異鄉人，不會因爲耶誕節就特別不想當一個異鄉人（即使內心不想，表面也得逞強）。他笑著說，這樣的心態很好。接著他說自己也是一個人過（她心想他該不會想邀她吧？），結果他是因爲要値班，他願意値這日的班，因爲單身漢無所謂。

走到某個岔路口，他停下指著前方說：「妳要找的教堂直走，看到前面的小巷子嗎？妳再左轉就看見公園右邊的教堂了。」他看她眼睛仍迷濛地張望，一副像是會迷路的樣子。於是善男子又和她直走一小段路，毫無察覺她只是延宕他的離去。「妳要去教堂做禮拜嗎？」她笑著搖頭。「耶誕前夕你沒休假？」她找話題。「沒有，我連續值好幾日的班，在醫院工作，這工作沒有自我。」他說。他再次指著小巷，同時看著錶。

她知道他已遲到了，善男子，願意犧牲自我假期的好人。

「謝謝你，倫敦人都像你這麼好嗎？」她說，嘴巴吐出寒氣的白煙。

「呵！這是很棒的讚美，謝謝，耶誕快樂喔！」他說。

「耶誕快樂！」她也說。他看著她轉進小巷子才轉身。

轉身已成廢墟。連萍水相逢都算不得的記憶廢墟。

羅馬式的戀人廢墟裡是否有人佇立等待？

殉道者教堂

步出小巷子，隔著公園確實看見一座石灰色的教堂。一對金童玉女詩人普拉斯和休斯併結連理的教堂，當時兩造詩人都以爲自己親抵了上帝加持的天堂神聖婚禮。

教堂前的公園其實只是一座方形的女王廣場，方圓不大，幾乎一眼可以穿透內裡，鐵杆鴿子群樹石椅，大約就是這些了。穿越廣場沒多遠，就是殉道者聖喬治教堂。

大雨過後的街道處處滯留著一灘灘的水，她在教堂附近閒蕩多時，幾乎沒有什麼人駐足，雨天的倫敦公園像是被遺棄的樂園，沒有嘻笑聲，只有一群鴿子在練習著飛行，水光倒映著建築與教堂尖頂，傾斜扭曲的建築身影像是達利的軟石鐘，隨著水光移晃著線條。

聖徒的殉道者教堂，化為世俗的結婚場域，聖徒成為愛情的殉道者，愛情聖徒無法為自己苟活。但休斯可以，因為他不會為愛情殉道，有比愛情更重要千百倍的事情，比如創作，比如責任。

普拉斯自殺後，可憐的休斯常得行經這間教堂，因為他日後的出版社就位在附近，得穿過這間被自己焚毀盟約的教堂，曾經令他感到幸福歡愉的結婚教堂，果真成了殉道者。普拉斯以身殉愛，深深折磨著休斯的精神。往後休斯一生都背負著背叛者、毀約者、劈腿者……沒有人再探看戀人生命相處的實相，以身殉愛者占上了風，且一殉成名，女詩人渴欲的復仇與聲名，瞬間來到。但女詩人已經不在世了，如此可以感覺到聲名的勝利與快感嗎？我們連幾歲發生什麼事都忘了，何況隔世之謎。

冥想著，教堂鐘聲忽然大響。

雨中，她看見愛爾蘭男人從大路的另一端走來。

他們約在女王公園見面。

她看見他的微笑，安然慧黠而帶點頑皮。

蜂窩小宇宙

詩人瘦削，潔癖者。遇到詩神，她感到自己的目光燃燒著。

巨神亞當，其臂膀厚重巨大，足以對抗人世磨難。休斯活至一九九八年，英國桂冠詩人。休斯是她眼中的巨神：「自奧瑞提亞衍生出的藍空，在他們的頭頂彎成了拱形。喔！父啊，你獨自一人，充沛而古老如羅馬市集。」

慾望是她人生核心裡的際遇元凶，它總是有辦法把她的黑暗面或卑微面激發出來，甚至讓人失心瘋。

相對的處境下產生了權力的高低，絕對的權力決定了誰遺棄誰，誰被誰拋棄。誰擁有發言權？擁有者可以替自己辯駁。弱勢的一方總是沒有發言權，就如死者沒有辦法替自己發言一樣，不識字者無法寫文章表白，拙於言詞者也難以用語言表達自己的思想。

有男人說不敢和女作家談戀愛。因爲最後他們的愛情也都變成作家解析的對象，女作家比較常寫自己的內心世界，相反地男作家不太處理這一塊，他們寧可寫社會寫生態寫政治寫自然，也不願將自己的閨房事件公諸於世。但也因此就將辯解權交給了女生。

由於普拉斯因休斯的外遇而自殺，此事件導致了休斯被普拉斯的粉絲和一些女權運動抨擊，「負心漢」「薄情男」，甚至「殺手」的辱罵，一直跟隨在休斯的往後人生裡。但休斯從來不寫他的感情，甚至隻字不提，一度只寫兒童文學。直到一九九八年一月（他去世前的幾個月），他才決定出版《生日書簡》來還原這份具有殺傷力的愛。沉默三十五年，他用回憶錄式的詩語，在這些詩篇中用直白語言來述說既沉痛又傷心的感情眞相。直率又精確，傷感的細節鋪陳了兩人從相識、相愛到結婚的「病變」。

自從我出現，就沒有任何改變。
我的眼睛不允許任何改變。
我要讓一切就這樣保持下去。——泰德・休斯

「你苗條、柔嫩、滑膩，像條魚。／你是新大陸。我的新大陸。」休斯寫道。

他終於對這份感情，眞摯地發了言。

讀著休斯的詩，知道有一天也會擁有自己的愛情發言權。

她試譯著。以中文朗讀著詩鄉異語，他說她就像暗室的微物之神，呢喃著他聽不懂的話語。

用羅馬尼亞語朗讀呢？她問。

他笑說那詩會變形成地鐵的廣播，難聽。但他還是爲愛朗讀了，以一種她不曾聽過的異語。

棲息的鷹

我飛行的路線只有一條，直接
貫穿那些生靈的骨骼。
我的權利無須論證：
太陽就在我的身後。
自從我出現，就沒有任何改變。
我的眼睛不允許任何改變。
我要讓一切就這樣保持下去。

貓頭鷹

從你的眼中又看到了我的世界
並將從你孩子們的眼裡，再次看見它。
在你的眼中，那就像是一個異域。
平原上的山楂樹叢像是奇特的異鄉人，
在你那神奇的雙眼中所隱祕的事物。
……
我把自己的世界毫無保留地向你展示開來。
你不可思議地喜悅著，接受了它。全然收受，
就像一位母親從助產士的手裡
接過自己剛問世的嬰兒。你的瘋狂讓我迷眩。
它喚醒了我那靜默且充滿狂喜的童年，
……

——泰德・休斯

里奇蒙的知性伴侶

搭地鐵時，讀著詩。車廂一片黑壓壓，偶爾有穿別色衣服的都是現在流行的那種羽絨衣，一節一節的，常被她笑成像是在穿輪胎衣。

這世界有如此多美麗的衣物，但已然簡化成塑膠質感的衣服，爲了簡便。簡便醜化了世界，就像文學一樣，有那麼多好書，但爲了簡便，輕薄短小與生活小確幸小清新一躍成爲大眾流行品，龐大內蘊優美深邃的巨擘只成了書店裝飾品與圖書館的幽魂。

倫敦男孩穿的雙排釦黑色外套，她覺得好看。

有個男人看著她手裡拿的書，嘴角微微上揚，似乎是一種讚許。

她也在心中尋找自己的愛情巨神，但似乎要失望了。

女人要成爲作家，她必須先有一間房間和經濟能力（現在的女人有了房間，卻老往外跑。她以爲現在的女人不僅需要一間房間，還要有一艘船，帶她遠洋世界）。

吳爾芙也曾爲了生活，替文學副刊寫書評等。曾替高齡貧窮人士設立的學校授課，但畢竟學生素質不同，吳爾芙也常不知如何教導寫作，對學生簡直是有教沒有懂。當吳爾芙在教導義大利的文藝復興時，學生問的卻是威尼斯的床鋪會不會有跳蚤？

這讓她很有感觸，幾乎每回她在教旅行文學時，學生問的是：「最想去的地方是哪裡？哪個地方最容易有豔遇？」

城市聲音

年輕時租屋台北城內的那幾年，她都在對抗隔壁的惱人聲音，青春潮騷夜夜如浪，退而復來，隔牆席捲。

呵呵啊啊地纏綿，沒完沒了的像是梅雨季。高音如受虐，低音如呢喃，變態如見了鬼，總之惱人。

有時只好拿出佛經，且大聲地唸出經文：「一切如夢幻泡影，如露亦如電」。抵抗這種聲音是徒勞無用的，因爲戀人彷彿被慾望膠囊包裹住，完全顧不得牆薄的耳朵，她這片敏感而危脆的耳膜。

直到近乎戲劇性地忽然一聲尖鳴，聲音滅去。接著聽見後陽台的瓦斯燃起火，浴室水龍頭傳來沐浴水聲。馬桶沖水聲，勞倫斯曾說人的身體性和排泄的部位太接近了。於是性和骯髒猥褻等連在一起，性愛豎立之處，也在排泄之地。性的結束，總是接著馬桶浴室。

戀人終於滅了身體慾火，而她這廂也才有了點旅館封閉空間的詭異安靜。

她常想吳爾芙若住在當代與台北，那將是如何的精神慘劇呢？她還有餘力去爲精神的癲狂奮戰三十幾年？

吳爾芙不怕城市的聲音，但那是倫敦的聲音，且還是十九世紀的聲音，古老而沉穩，就是敗壞也有時代廢墟之美。但若是置換成當代的手機與電腦聲音，還有當代的閱讀品味呢？

她常訓練自己將外在與陌生人的聲音轉爲一種音波，匯流成一種咒語式的重複頻率，每當要心煩時將得不斷收納收攝，且暗示自己眾生之苦也是自己的苦，不然何能常保善念？這是難的，心裡的惡音也常在對境不悅時暗自響起。

在倫敦的地下鐵裡，有如身處巨大的管子，聲音如熱帶河流奔竄。

手機的聲音，隨處都會聽見虛假電子提示音或者各式偽裝成春天、希望、愉悅、日出的各式響鈴，就和電腦螢幕的各種夢幻畫面一樣。

往昔吳爾芙在《海浪》就體會到的她那個時代得「打多少電話，發多少明信片……」，把它改成「賴多少訊息，發多少臉書」，就切中當代人的處境了。

他不用智慧型手機，他說手機不會有智慧。

她無法賴他，即使她在倫敦找不到他，即使她在這座有他的城市依然感到不開心時。

思想之狐

泰德．休斯的詩受倫敦人喜愛，她在街角書店輕易遇到他的詩。冬夜窗外，依然沒有星星；床頭鬧鐘擺動著，書頁已印上了詩之巨神的名。

他說喜歡泰德．休斯勝過普拉斯甚多。

他說一位優秀卓越的作家會在作品裡隱藏對寫作的理解與人生的航行過程的自省，對讀者總是有所啓發：「休斯認爲寫作就是對自身早年激情的延續，寫詩就像在狩獵，打下思想之狐，和牠正面對決，以書寫的能量。休斯說詩歌有如是一種新品種生物，是他自身之外的生活的新標本。」他手中拿著休斯《正在製造中的詩歌》（Poetry in the Making）的書，前幾天在一家二手書店以兩歐元買的休斯書，兩歐元就買下了休斯的靈魂，也買下了寫作者之間最美的遊戲：爲愛朗讀。

「要去想像你所寫的東西，要看到它並且體驗它。你只寫那些你眞正感興趣的東西。讓寫作，化爲一個永恆的眞理追尋：你必須有能力去弄清楚這些生命路徑所遇的不同成分，比如哪些只是你感到好奇的（像是上星期你聽到的或昨天讀到的），哪些是你生命深處永遠不放的一部分。你會說我渴望從我生命中的哪個部分中剝離出來？偶爾會有這種可能，只是短暫的片刻，你會找到能打開你頭腦中那些高樓大廈之門的詞語，用這些詞語去表達一些，或許不是很多，僅僅是一些，那些擠壓進我們身體的雜訊所產生的牴觸，必須去釐清。」他說著，讀著，解析著，分享著，好在她事先已做好閱讀功課，查了維基百科，不然一連串的字詞就是失效的語意。

「換妳了。」他把書丟給她。

好在接下來不是太艱澀的片段：「一隻烏鴉飛翔的方式，一個人走路的姿態，一條街心的模樣，多年前的某一天，我們曾經做過的事情。那些詞語可以表達複雜的內心深處，而這種複雜又能準確地反映著我們存在的方式。」

休斯對原始、質樸的東西感到興趣，著迷自然之美，在詩作中摒除個人命運，轉而刻畫大自然的殘忍與凶惡，那些鳥和鷹、風和雨，其實也是反映他的客體，從個人的觀照延伸而出對整個自然世界的苦難承受，帶著神祕的信仰，潛藏在其寫作的風韻裡。他認爲現代人，已逐漸失去了休斯筆下那種與自然之間最基本的接觸，被電腦那片螢幕隔閡著。

情人喜歡健行，一如休斯。他說往昔那些童年漫步在高地的風光，在心中留下不可抹滅的印記，祖父輩關於戰爭的回憶，也深深烙在成長後的目光裡。這和休斯的經歷很像，但他說，可不希望有兩個女人爲他自殺。

情人說他會關注俄國與東歐作家的戰爭題材，其來有自，人不能遺忘歷史，但歷史可以藉

由小說新生。或許作家不曾眞正以行動介入社會運動或者政治立場，但作品蘊含著思想，字裡行間裡絕對可以分析出無法逃脫的作者所想所思。

成長意味著遺忘，作家卻朝相反方向前進，不僅要記起，且蛛絲馬跡都不能遺漏，得一一檢視。這形成作家的難處，既要面對外在現實又要反觀內在。

他說的恰好也是她曾思考的。

「休斯的父親在第一次世界大戰時原本是一名木匠，他所在的那個軍團在加里波利半島與敵人發生殊死殲滅戰，結果只有十七個倖存者，休斯父親是其中一個，他時常跟小休斯描繪這段充滿刀光血影的回憶，想必也影響了他。」

但經歷感情的劇變還能非常尊嚴且創作不斷地活了下來，他深深讚佩，也好奇著休斯那躲藏在作品的思想之狐。獵狐者，專注且技藝高超，難得的是胸懷自然世界。

她也讚佩，但感情的絲線仍不免讓她好奇休斯的第三任妻子勝過於他，關於休斯一生的女人被寫最多的自是普拉斯（其餘都將退隱，甚至連名字都少有人知道），普拉斯是眞正的贏家，受難者形象，和激烈如火山的瞬間殞滅，再加上詩集作品的流傳，都使得休斯注定一生都擺脫不了她的黯影，死神成了主宰創作者日後博得聲名的奇異化學連鎖反應的要角，這讓許多人深受死神的誘惑，卻不願正面迎擊生活之神與感情之神。

未遇普拉斯前，休斯的人生按著節奏前進，在皇家空軍服了兩年兵役，從不浪費時間，即使服役也花大量時間反覆研究莎士比亞。一九五五至一九五六年他做了些有趣的工作以培養創作這棵大樹的植被：到動物園當看守員；當玫瑰花園園丁；當值班守夜人；當學校老師，寫電影腳本；還曾計畫去西班牙教書，也曾想過移民去澳洲（因為有廣大自然天地可供其思想獵捕成詩）。一九五六年他和劍橋大學的五位朋友創辦文學雜誌《聖伯特弗評論》（St. Botolph's Review）。這本雜誌卻只辦了一期，但卻是休斯感情命運的媒介：因為在這本雜誌的創刊儀式上，他就在那裡結識了普拉斯。

一九五六年之後他的一生命運都和這位繆思與憂鬱女神連繫在一起。六年和普拉斯的時光，卻焚燒著休斯往後的命運。

她的六年可真差點要了他的命。

雨中鷹，牧神祭

「寫詩」是在狩獵。詩歌是一種新的生物，是他自身之外的生活的新標本。——泰德・休斯

來里奇蒙的這日，下著雨，倫敦人不是那麼習慣打傘，好像帽子或風衣就可以抵擋雨了。在吳爾芙故居徘徊，此地像是小倫敦，人文暈光，許是自己的假想，因為倫敦何處不人文？倫敦根本就是一個文學的遺址寶庫，作家遺址訪看不盡。但她來里奇蒙，自是為了吳爾芙和T.S.艾略特。

英國女作家和法國女作家的面向讓她感到差異，知識型與思想型的作者龐大如海。作家陷在龐大的對手群（文學前輩門檻與同輩）裡呼吸困難但卻異常堅韌。

法國女作家擅長魅惑的感傷的，異國情調的，排除大眾之外的個人煙視媚行，彷彿這世界永遠有個慾望隙縫在不斷皸裂，有個路徑永遠通向感官的歧路花園，無以阻擋的黑夜或日安的憂鬱，懸而未決的激情，莒哈絲和莎岡，法國女作家對自我的自信超越了社會阻力與大眾眼光，以致能超脫生活本身的苦楚。

所有的虛構作品，最大的虛構想像皆植基於生活的眞實本身，生活是寫作最牢靠的培養土，寫作的根部要緊緊地扎在那永無出期卻是養分來源的黑暗裡。

藝術需要現實，反而科學需要幻想。因爲藝術已經在幻想的本身了，必須延引現實，好讓想像的種子落土開花。無盡的馳騁幻相，有時會讓這輛列車墜毀。吳爾芙與普拉斯飛翔幻境，生活的日夜眞實成了一道道割傷靈魂的巨刃。

但莒哈絲或莎岡等法國女作家不然，她們幻想，但她們知道自己的幻想就是幻想，不會把生活帶到幻想破滅的崩解之境，在創作的繆思面前，她們和繆思遊戲，甚至誘惑繆思。而吳爾芙與普拉斯是在和繆思談判，對立，拆解，抗衡。以至於當她們的靈感受挫時，會哀怨起繆思竟然移情別戀，對自己的筆墨不忠。

戲遊感情，在文字之境出入自由，法國女作家的強項，就像她們不依附愛情的客體一樣，她們聽令愛情本身的召喚，而不是那個「客體」，她們就是愛情。

所以愛情可以來來去去，但愛情不能吞噬創作，連死神都不行。死了還能寫作，寫作者要比寫作更強大，寫作的內我要比等待被寫出的題材大上好多倍。海明威的冰山理論，是要忍住克制對隱藏在冰山底下的「知」之不寫，且僅僅寫出的冰山一角下卻得有整座冰山的扎實雄厚基礎。

也許要怪英國的天氣，就像她這一日走在里奇蒙，即使公園周遭的多家餐吧空間溫暖，氣氛宜人。但一走出餐廳，頓然吸入的冷空氣與灰色的霧靄，天色黑幕又降下得快時，確實有時光讓人寸步難熬之感。

一九一四年，吳爾芙和雷納德落腳里奇蒙綠園街十七號二樓，搬來這裡是因爲一九一三年秋天吳爾芙曾企圖自殺，這個自殺之舉，花了她十二個月時光修復，卻一生都無法除去崩毀魅影潛伏在旁。雷納德爲此想要爲她尋覓郊區的心靈良地，認爲必須離開倫敦市區的轟轟喧鬧之聲，而里奇蒙剛好具備這樣的條件，此地離倫敦市不遠，進城方便，但卻又有偏安一隅的寧靜。

未料吳爾芙卻在火車站對雷納德嘶吼著：「我就是喜歡倫敦列車的轟轟喧鬧之聲。」里奇蒙日後也成了倫敦市人對近郊心靈療養區的幻想，爲了覓一方樂土，反而炒熱了此地的房價攀高，淨土耗資的成本巨大。

吳爾芙最後仍在里奇蒙毫無選擇地住了下來，當時養了一條愛犬，解悶就是帶著愛犬到綠地公園散步。她這日在這裡的綠地公園漫步，望著幾個遛狗的英國女人，她也假想著吳爾芙在其中，瘦削身影恍然是冬日的枯枝。

吳爾芙與雷納德的里奇蒙故居現已變成別人在住，一樓是一家房仲業，但相關紀念吳爾芙的照片或書籍海報仍高懸房門與外牆，引以爲傲的昔日榮光不曾散去。耶誕節將至，紅豔可喜的耶誕老人上方是吳爾芙憂愁的照片，兩相對映，對比巨大。一個是已經被商業吞噬而變得毫無神性的耶誕老人，一方是雖被死神吞噬但遺留作品卻影響人心的女作家，這兩種力量永遠呈現在人們生活四周的兩極，操作兩種靈魂與語言系統，兩端族類都把對方視爲異邦人或外星人。

此刻這兩端像是媒合了。好詭異的畫面，就好像看見吳爾芙帶著憂鬱之心去參加耶誕老人盛邀的狂歡派對。

在里奇蒙坡頂上可以眺望泰晤士河谷，一九一九年吳爾芙曾在這裡眺望著昔日生活倫敦市區的夜晚所施放的紀念和平煙火。這心靈微細如佈滿塵埃的女作家，滾動著日與夜不止息的心緒，當她望著遠方美麗異常卻消失瞬間的煙火時，她在想著什麼呢？意識滑過日與夜，如流水滾動石苔，這樣美麗光燦的煙火夜景，恐怕更讓妳折損對付日常繁瑣單調的意志。

如果她學佛，學打坐，能不能降伏心中的野獸？也許有機會，也許是更大的妄念，更虛的幻覺。

中國的禪宗思想或許會讓她懂得意識來來去去的妙用。因爲她的打撈潛意識與無意識奔流的靈魂自省已是靠近佛學思維的沾邊味道，所差只是知道召喚，卻不知道如何終止，因此形成精神繃緊的危機，最後失控，崩塌，毀損。

她想吳爾芙若能像卡夫卡熟讀中國的《南華眞經》與老子《道德經》，在人世歷歷刻痕裡，能在內我世界打造一座隱形的山林之所，可以讓心房意識更自在地出入，不會被外界凌駕，也不會遭內我日夜奔流的意識吞噬。經常陷入頭痛與需索寧靜卻不可得的卡夫卡夜夜召喚繆思，但並沒有被夜神統治了痛苦，相反地他白日上班，一到夜晚，世界就剩下他與文學了。

這些人，讓她感到黑夜裡的繆思是否特別活躍，因爲她畏過亮的白晝，白晝太亮，世界的目光刺眼。

在里奇蒙書店的地下室發現龐大的二手書，不過幾塊歐元就可以大把地捧抱偉大的作者回家。

她問書店主人有無吳爾芙的二手書？

書店主人很認眞地在地下室的書堆裡尋找半晌，對她搖頭說怪了，爲何沒半本吳爾芙的二手書。他的語氣和她想的一樣，在這以吳爾芙打響名號的里奇蒙，竟然找不到任何一本妳的二手書。她善意地想著，也許大家都愛吳爾芙的書，所以都捨不得拋售。但可能嗎？就像她每回去二手書店，看到自己的書被原來購買的人遺棄時，心裡隱隱恙痛，但書太多，每個人都會篩選，就像她也曾把許多的靈魂給出了她的收藏櫃。

買了康寧漢《時時刻刻》和艾略特《荒原》，和她過去收藏的不同版本，更樸實簡潔的古典封面。

相較於吳爾芙的多感，男作家狄更斯則完全沒有這種憂鬱困擾，他也在里奇蒙度過假日的休閒時光，這一帶的咖啡館有狄更斯的遺跡，河邊鄉間小路與漂亮石屋花草都能帶給狄更斯的心休憩。

但何以里奇蒙僅僅帶給吳爾芙短期的精神療癒？

如果是我呢？她問著自己。

也許是比較靠近吳爾芙的吧，世俗的安慰好像常常僅到心的表層。她知道自己是那種難以被他人與表象幸福生活所討好的那種人種吧，俗稱「歹款待」之人。

離開書店，外頭更陰暗了。

這時候該去餐吧喝杯耶誕節獨有的熱水果酒，帶著肉桂香的水果熱酒，驅走了寒意。

耶誕節特有的熱酒，溫熱了凍唇與寒心。

還有迷濛了雙眼。

妳瞇著如水濛的眼睛時，很迷人。他說。

她笑著，露出一點小齙牙，心裡想著其實是眼睛愈來愈昏花所致。必須瞇著眼看事物，就這樣瞇出了迷濛的月牙之眼。

中魔

孤獨避世的生活者，在如今的大旅行時代看來是很不可思議且獨特的，大旅行時代把人帶離了故土，迎向新世界。人們在世界移動且在居住之城生活過久而日覺沉悶如遭囚禁，於是人渴望移動出走，好在下一回歸來時，重新擁抱故里。在故里成陌生人，在陌生地成流放者，多麼新物質時代的旅者姿態。

寂寞成了很輕的姿態。

一只塑膠黃鴨引起全島關注，她想島嶼人的生活一定是太苦太苦了，否則何以一只巨大飄蕩在河面的黃小鴨會那樣被扭曲放大成精神的集體慰藉品。

貴族是很難討好的，只有一無所有的人才會一丁點小事就被收買了不明所以的情緒（實是被簡化爲快樂的複雜情緒）。

愛情的一丁點灌溉，許多人就全面回饋，忘了自己是誰。

她感到放心，因爲自己是愛情的仙人掌，一丁點水就可以活，太多的水反而殺了本性。

前往寂靜的死亡之河

年少的烈性與野性，逐漸被時光收納成一條現世安穩的河流。

河流依然奔流，只是她已能將奔流視爲抵達沉澱前的晃動之必要力量。

她陷在巨大的歲末人流裡。在滑鐵盧車站，通往各站的通道黑影幢幢。

從滑鐵盧車站搭火車前往路易士（Lewes）。滑鐵盧車站人潮來去，看板讓她眼花，幾乎找不到閃著通往路易士的看板字。

「爲了趕上從滑鐵盧車站開來的火車，我們不得不像魚似的越出水面。但是無論我們跳躍得有多高，最終我們還是又墜落回那片激流裡……她自己也已經莫名其妙地被推擠到現在這個境地了。」她的心裡想起吳爾芙的小說《海浪》，人就像魚汎在汪洋裡來去，奮力一擊地越出水面，但還是要墜回汪洋裡，受激流的沖刷。

這也是她在滑鐵盧車站等待開往路易士的意識流動。

因爲火車嚴重誤點。

她起先拿著車票四處問著火車站工作人員，都沒人答覆她何時火車會來。原因只說前面車站遇到火災，停擺。

直到有一個比較善心的男人說，他也要去路易士，等會兒跟著我就行了。這裡人都不指路，卻很願意爲她帶路，再次遇到一個簡潔吐出「跟我走」的男人。

即使寫作是一種苦工，但只要坐到打字機前，還是非常快樂的。

她完全可以體會這種心情，這是創作者的無上苦楚與至高歡愉。

很多人以爲小說家要安靜生活，其實未必，任何地方她都可以寫作，即使宴會與人交談，也如在河中淘沙，能篩選出點滴黃金。

「我羨慕妳能在人群中說話，像我就沒辦法社交。」有人寫這樣的話給她。

「我從不社交，我是用心用眼，以旁觀之眼，混跡人群中。」她答。

錯解以爲在人群就是社交者往往得不到人世間生活的動人細節，以爲孤高才是姿態更是錯解小說家這個行當。

即使吳爾芙這樣害羞又孤僻者，仍是文人派對的常客，不然她也絕對寫不出《戴洛維夫人》這般深邃動人的角色。她總是捕捉著宴會中與結束後的人心變化，隨著時間流逝，思維卻是跳躍的。喧囂中的孤獨，吳爾芙很擅長這兩端的迷人書寫，兩極的晃動，沒有凝住的永恆。

火戰車

結束奧運的倫敦，講述運動精神的「火戰車」舞台劇快下檔了。

好奇想去看是因爲好奇著舞台版的「火戰車」如何讓運動員在舞台上奔跑？

穿過劍橋黑色學袍的小說家福斯特與納博科夫都是她喜愛的作家。福斯特說過讓人玩味的「劍橋對一個作家來說並不是什麼好地方。」納博科夫則說他從來沒有去過大學的圖書館，連想要知道圖書館在哪兒竟一次也沒有。學院未必有助於作家的養分，生活常是作家最龐大神祕的圖書館。

「火戰車」電影深入她記憶的是配樂，有關劍橋學生參加奧運會爲主軸而帶出運動精神的故事，宗教信仰與奧運比賽的時間牴觸，他選擇宗教信仰。如果是我呢？她問著自己。她總是先選擇世俗，這讓她看完戲劇後，走在涼冷的倫敦街頭，感到一種羞愧。比如這時候，如果在台北，她應該是去上佛學課的。但她常選擇工作或愛情，這使得她常搖擺在世俗與出世的兩端，她一直爲自己的意志薄弱感到可恥。

男人看她沉默，卻不知何故。

男人打破沉默，他告訴她關於劍橋畢業舞會流傳至今的一些故事，以往每年六月到了畢業

季節時，男生穿燕尾服，女生穿性感禮服，狂歡竟夜是目標，因爲堅持至凌晨六點的人會相約從倫敦搭火車到巴黎，穿越海底隧道，來到巴黎吃一頓醒酒的早餐——這頓巴黎早餐非常奢侈，奢侈的不只是早餐這一部分，而是這瘋狂行徑的本身。

她聽著，覺得自己才更瘋狂，跨越的不只是海底隧道。

她搭乘鐵鳥，飛過多少天際線，行經多少陸塊島嶼，俯瞰多少無人海洋，凝視與機艙等高的星辰，漫步與月亮同眠的時光，才降落到這片昏黃的愛情帝國。

雨夜的心

倫敦冬日沒有炫晝的亮，入了黃昏，四處倒閃著霓虹夜之感。下雨的水面折射光影，與來往車燈影綽交織。

關於慾望的殘酷性與愛的脆弱性，大概是躲在心房裡兩種容易辨識的質素。

她在進行人生的盤整，打算藉著和他的再次相逢，作爲給自己的一次愛慾總辭，最後一次的任性。但誰能擔保什麼是最後一次，她總是天眞地這麼說著。像是愛的賭徒，屢屢說這是最後一次，永遠有最後一次。也許她這個人還是有些天眞的。

她知道，也知道藍眼珠情人總是知道，情人作爲她長期的精神旅伴，他當然高興她抵達了，不顧一切地抵達了。這確實是某種天眞，某種神聖的瘋狂。

當然這也意味著她待在島嶼的時光長了，她的雙腳就會開始興起趴趴走的慾望，流浪小貓，東走走西晃晃，總是戀家卻不忠誠。

她曾經愛過某人，以一種靈魂可以抵達的高度，之後再也沒有企及這樣的高峰。其餘泰半都凝結成時光照相簿的一抹幽影。

她知道藍眼珠情人最後也將成為發黃的一抹黯影。

他給她的感情像是密閉式時空膠囊，她是他的另一個世界，他不曾渴望卻突然抵達的東方。寫作彷彿成了上帝，連結著彼此的靈魂血肉。但她並不準備交出自己，她已然不再年輕，生命成了最大難題，愛情早已退位。

她問他：如果你覺得不屬於這個世界你會怎麼生活？獨居封閉感傷自裁？……

當活得和世人（尤其是家人）不同調時，心裡眞的很苦。當你的精神食糧是別人眼中的無用之物時，當你的文字如同天語，當你的漫遊像是一事無成，當你的書高度無法與讀者等高……

不與時人彈同調，不是「不與」，是根本無能啊。

只有從事世俗性認可的花費才具正當性？

她說自己和熱愛的文學藝術結婚也得花上很多的代價啊，在這樣的時代養文學這個孩子並不亞於養一個一般的孩子。結婚要給對方聘金，她就是出嫁也可以有聘金啊，而文學藝術就是她的伴侶。為何這無法被接受，她確實花很多錢，但再多也絕不會超過「如果一個女兒要出嫁，給她一筆結婚的錢」的逾越？花錢的觀念是否應該改變？她一直不明白為何一個人進行的某些事就被視為浪費？投資自己：旅行買書愛美都被責備，但如果是用在「家庭」即會被染上一種犧牲的榮光色彩。

她焦慮的是何時才能回到書桌前寫作？

愛情之神不斷地把她帶離寫作的海岸，灶神也不斷地把她的雙手弄得灰頭土臉。

不快樂的黑色耶誕節

柯芬園燈火通明，每個小攤販都像是傳遞天使福音的人，在燈泡下映著紅潤的臉色，朝著逛街的人笑著，或者說著耶誕快樂。

她想起普拉斯，耶誕與新年過後，二月就決定自殺。一種節日過後的爆炸空洞感，歡宴後的寂寥更甚。

不快樂的人過節，往往和往事有了「過節」。過節可是動詞，也可以是名詞。節日和自己孤影自憐有著極大的反諷與對比，是孤單者難捱的時刻。四周是喧囂派對，在孤單者聽來刺耳至極，所有的溫馨都成了惡意；所有的美食都難以吞嚥，所有的燈火都是把自己的寂寞與沮喪照得更無所遁形的探照燈。

沒有人知道普拉斯如何度過那個無眠的夜，又或者是否寫了任何詩。的確，在她生命最後的那幾天，她狂烈地寫詩，寫下一生最好的詩，以血寫就，以淚封印。

海涅曾寫；「千萬不要派詩人到倫敦，在商品化的世界裡，所有的東西都標上了價格，像鐘錶的馬達一般表現著可怕的一致性，甚至連快樂也都套上朦朧的外衣。過度的逸樂反而窒息了想像力，摧毀了人心……」情人指著這段文字給她看，說著好在他們不是詩人。從衣衫襤褸到珠光寶氣，倫敦反而給小說家許多的研究植被與生活想像，雖然生活也一直是虎視眈眈，但被生活吞噬，能從筆墨復活。

走著聊著，他們走到了靠近國家藝廊附近，他指著轉角一間餐廳說，這家餐廳原是一個女老闆的居所，她因爲殺害情敵，被執行絞刑，是最後一個被判以這樣死法死去的女人，查英國最後一個被執行絞刑的女人也可以查得到。

說得她打哆嗦，也不知眞假。但小說本是虛構，從謊言浮出比眞實還眞實的地表，是小說家的本事。

文學與電影的謀合與斷裂

在倫敦要忘掉自己與溫熱寂寞之夜的最佳方式就是去看戲。

熱鬧的舞台上表演者上演一場又一場戲碼，舞台下擠滿上千顆一起跳動著喜怒哀樂的心，「戰馬」「悲慘世界」「火戰車」「歌劇魅影」……瞬間他們也跟著舞台的音樂被沸騰了。

把電影「時時刻刻」的光碟片帶著，在旅館夜晚同看。一個旅館空間同時有三個時間在並行，小說時間與現實時間，電影時間與戀人的時間，時間交織的房間，在霧夜的倫敦學院旅館。

在霧中森林，抓住在迷霧裡流過的點滴思想。意識流取消情節的敘事，幾乎放棄傳統小說那種「搭鷹架」（分段施工）的說故事方法。

看完電影，他們外出，邊聊著電影的拍法，搭上地鐵，沒多久就走到了費茲羅伊廣場二十九號（Fitzroy SQ.29）。

她二度來到這條吳爾芙在一九〇七年到一九一一年間住過的居所大街。房子和一般倫敦的房屋沒什麼兩樣，那時吳爾芙二十五歲，在此住了四年，尚未出版任何書。

這間房子是吳爾芙和親朋好友在此舉辦「週四夜談」，那是吳爾芙早凋的哥哥索比和劍橋朋友發起的聚會場所，時間就是週四夜晚，也就是現在他們來到的時刻。

三一學院的高材生都在週四的夜晚於此高談闊論，吳爾芙和姊姊凡妮莎也在此，這個週四夜談就是布倫斯伯里團體的前哨站。吳爾芙就是在此看見她的所愛李登・史特雷奇，他的博學多聞與帶刺的銳眼幽默，都讓人著迷。當時的吳爾芙還很沉默，而也在場的雷納德卻見到眼前這個矜持溫順的女生裡面住著一匹極爲靈敏的悍馬。

他說她也是如此，表面溫和，內裡非常悍性。

她因爲他的瞭解，她握著他的手，隔著蘇格蘭手套，又陌生又親近。問他，在他的城市有這樣的藝文沙龍團體？

他搖頭說有的話，他也不參加。時代不同了，這是孤島的年代。

兩座孤島，踩過廣場的冬日枯葉。沙沙沙聲，何等美麗。

在門口，情人按下她站在二十九號門口的照片，瑟縮在大衣裡的小臉，瞬間灰霾。

多希望像吳爾芙筆下《歐蘭朵》的異想荒誕世界，穿著花格子呢披肩的婦人膝上盛滿著蘋果，如歐蘭朵，穿越三百年時光，永遠不老，從伊莉莎白一世時代活到二十世紀，這個形象吳爾芙從她的另一個隱形之愛薇塔獲得了啓發，「女人如果要寫小說，她必須要有錢和一個屬於她自己的房間。」

她沒有錢，但她寫小說。眞希望有錢！她對情人說。

最後他們發現當代的藝術家聚在一起常聊怎麼弄到錢，有錢人聚在一起則談怎麼投資藝術。可是吳爾芙他們的週四夜晚，談的都是作品，且批判彼此作品非常嚴厲。

落葉被風吹在人行道上，鴿子在他們行經時瞬間飛起，黑影落在她的眼前，冬日的倫敦很快就暗了。

週四夜談與繆思的星期五

離開費茲羅伊街，像是去弔唁一個遠去的週四文學之夜。

她的島嶼也有類似的文壇聚會，但不是她的時代。她的時代是在孤島中彼此眺望，偶爾託海鷗送點秋波，偶爾搭艘船渡海相濡以沫。

公開的文學之夜則頗熱絡，故事館、文學館、沙龍、書店……她參加兩回辦了多年的「繆思的星期五」，一次與詩人，在她還沒出生就已經流離失所來到台灣的詩人，以其曾於咖啡館街角賣書獨特之姿，予她深刻印象。某一年在大壽生日，她也受邀朗讀他的詩，別人都正經八百，歌功頌德。她則挑了一首詩人少有的愛情曖昧之詩，敘述一個美麗女流浪者，當她朗讀到：「貞操」也沾上了風塵時，不少人都笑了。

事隔多年，她再次來到繆思的星期五，繆思不老，老的是她。

朗讀煽情的小說文字，她以爲朗讀靠的是聽覺，若不是說一個故事，要不就是情節要勾動耳朵，因爲當眼睛閉起來，失去所依的目光，聽覺轉爲集中而靈敏。

同業且是整個她的世代最優秀的小說家在台上介紹著她，她閉上眼睛聆聽著，卻愈聽愈感到心虛。小說家說她的寫作在文學的軌道裡形成了一個非常龐大的書寫傳承，那就是在大長篇的敘述河流裡，展開「家族三部曲」之後再「島嶼三部曲」，母系家族史——女性的壓抑、對母親的掙脫與沒辦法掙脫……都被她吞噬在內，彷彿公路上的砂石車在運送歷史、傷害史；於是，評論者在五年級世代的小說地景上發現了所謂「女性時間感」的巨大存在。

末了，他用「她是個非常恐怖的書寫狂人」作結，她聽到這裡張開眼笑著，每個被這個小說家介紹過的人，都會有自己是寫作天才的錯覺，實則這是這位小說家的華麗說辭與良善。

由於台上的光害，使畏光的她看稿子散光得很厲害。她帶著沙啞低沉的聲音朗讀，小說家在她下台後，說她的聲線很肉感，後來又笑著彎身看著自己的肚皮說肉感的是自己，她的聲音是性感。

那是一個寒夜，但比之倫敦，島嶼的冷也不算太冷。

比之要了普拉斯命的那種孤寒，那她和情人所在的倫敦簡直就是溫暖的亞熱帶了。

有情愛的地方就有溫暖，溫暖能驅走孤寒。

沒情愛的地方就是熱帶，在心也是寒帶了。

她想那時候一定是中魔了。不然至少也是附魔了。

其實，她很喜歡精神病院的一種異常異樣氛圍。

植物參天蓊鬱，石雕掩上青苔，寂靜是這裡讓人精神可以療養的原因。

天才的愛與夢消殞！

她只是希望迷幻，但並不打算瘋狂，一時一刻也不要。

因爲那是黑夜的黑夜，無盡的無盡。

她來來回回在吳爾芙住過的療養院小徑上走著。

她喃喃自語且眼露悲光，她和四周散步或來回疾走的幾個病患並沒有多大的不同，她蹲坐在草地覺得生命有些雜質被翻攪而出。突然四周有個人高聲喧嚷了起來，不知何故地大聲朗誦著，忽然又叫罵著，寂靜在那一刻劃破了。她才想起她的生命雜質是不痛快，她的揮霍本性常讓自己陷入沒有資糧的慘境。

因爲她仍有些媚俗，有些討好，所以她沒有到達絕境，雖然有過，但終於她投降了一些事物，好比顯而易見的戀情，或者一些邀稿。在異鄉是精神的孤注與奢華，她還能創作，她還能愛人，她還能旅行，她還能孤獨，她還能享受，她還能給予，她還能收受。

只要能寫作就是快樂，就像武士上戰場。

沒有戰場的武士，就是飄零的無主浪人。

癲狂時代的寂寞遊戲

她想起，出發前，她去精神病院看一個朋友。同時，也在台大醫院陪著母親。多日的夜晚，陷落在此白色圍城。

五層樓的肉體多在承受心血管的病痛，血管堵塞或者心臟病變。可以目視到對岸樓層的靠窗病人與家屬。

二樓層是屬於精神病患。她無法進入，但可以隔著玻璃門。她看見有人如夢遊，像是吃了安眠藥似的，陷入了夢境。

精神分裂者的意識比他們所處的現實還要眞實。

不知這些人是什麼原因住進來的。這裡就像個小社會，地下樓是美食街與誠品書店，還有麥坎納手工鞋。

精神如經過爆炸後的太空，像是千年來凝結著久久的寂靜，漂浮的無重力碎片悠晃著。

精神病院的透明玻璃門，分不清誰才是被關著的人。她來探望他們，裡面的病患卻反問探望者：「妳何時才會被放出來？」

北院有佛堂，南院有祈禱室。夜晚十點過後，需要家屬陪病證，她擁有很多證件，這是第一次看到這種證件。這意味著不是家屬不能陪？但很多時候，世間可能家屬遠，而友人近。或者有的是精神眷屬而非血緣眷屬。

挺進魔鬼的盛宴

她走訪了倫敦普拉斯和休斯的幾個生前據點，冥想著詩人與戀人，兩個創作者彼此傾軋的共生結構，創作者結合的高度與墜毀。

某日陰雨天裡，她來到普拉斯和泰德結婚時的教堂：殉道者聖喬治教堂，就在女王廣場不遠處，倫敦冬日濕冷，她感到沒有愛瀰漫著死寂之感。教堂已無愛的誓言，語言太輕，承諾太重。她在兩位才情詩人的人生關鍵點上，走在這間教堂外冥想著，她蕭索著一張臉。耶誕節快到了，但除了詩之外，她在迷路的岔路上也忽忽頓失歡愉，也許在倫敦時光，她也被普拉斯的詩語與憂鬱罩住了。但她真心懇切地盼望自己寧可如休斯巨人般的昂揚活著，即使遭到流言，即使度過感情最慘烈的風暴（何況感情複雜，從無誰對誰錯，但她尊敬每個人的選擇。）

藍色憂鬱轉成藍色勳章

倫敦市府在二〇〇〇年將普拉斯與休斯生前住過的查柯特廣場（Chalcot Square）三號的公寓立面掛上了「藍色勳章」，橢圓形的藍色匾額是頌揚作品或對他人生活有所貢獻者，倫敦有著許多房子高懸藍色勳章。有趣的是勳章不是掛在普拉斯自殺的公寓，而是掛在她與休斯在一九六〇至一九六一年住過二十一個月的屋子上。

這是普拉斯創作最旺盛的時期，在感情還沒崩壞前，普拉斯在這間房子仍留下生命與詩語的發亮印記。她在這間房子徘徊，房門突然打開，走出一個高大的倫敦中年男子，她驚駭一晌，以爲是休斯還魂，而自己是普拉斯似的，心臟頓時多跳了好幾拍。

此屋，彼時戀人對未來還懷有幸福之想，然崩壞來得毫無預警。「我有的只是一種極度的靜，和極度的空，像暴風眼。」在周遭喧擾的異語裡，她獨自且帶點呆滯地走完沒有他的倫敦日子。她在普拉斯生前之屋想著，寫著。

瓶中美人，妳沒有腐朽，因爲作品的流傳，已是芳香的印記。

妳的經歷不容模仿，因爲妳是妳，世人讀這本小說應該反向思考：挺進魔鬼的盛宴，勿忘生之光亮與己之才情，別輕易繳械。

通過這本小說，彷彿藉著別人的書寫，映照了自己，從而穿越了迷霧。

感激以書寫的詩意，誠實告白出生命種種困頓的黑暗者。

《瓶中美人》是女性創作者該有的警世錄（備忘錄），一種生命的提醒，一種對境的啓示。

閱讀時她的身魂總是流過一種奇妙的電流，彷彿以女作家遇見女詩人之魂般，彷彿有了《瓶中美人》這樣的青春告白小說，就有了些許的對照，於是黑暗的心室也就有了閃光，即使這靈光於她也只是尋常一閃而過。

男人說她看起來就像普拉斯的詩裡所寫的：「我看來黃得像中國佬。」

在西方眼中，東方就是橙黃病態的幽深，是「中國黃」的那種魅昏色的世界。

她還在看《海浪》，已經是到了隨手翻看的狀態。這麼浩大，意識流動，漫長，索性只好在巨作前，當自己是個沒有地圖的旅人，每一個間隙都是不動聲色的驚心動魄。

女兒的父親

普拉斯在詩作〈爹地〉寫：「你下葬那年我十歲。／二十歲時我就試圖自殺／想回到，回到，回到你的身邊。／我想即使是一堆屍骨也行。」

而她讀著，想著自己的父親。

心裡敲起著擬仿的聲音：「你下葬那年我十三歲。／二十歲時我試圖遠航世界／想進入，進入，進入你嚮往大海的中心。／我想即使只取一粒海鹽也是安慰。」

普拉斯將父親比喻成孤獨在荒野下坍塌成一具「巨神像」，守護神自此瓦解，怨懟和憎恨，但又依戀不已：「我像隻戴孝的螞蟻爬行在／你蔓草雜生的濃眉上。」

感情像是漂浮在外空中的殘片：「太陽自你的舌下升起。／我的歲月委身在陰影裡。」她日夜蹲在巨神的背後，舔食陰影的霉味，如空茫的古石，佇立荒野千年萬年。

她讀著詩，以中英的雙語，男人聆聽著。

男人閉目，在黑暗裡，聆聽著英語悄悄替換成中文的奇異魅惑性。

爲情人朗讀。她在朗讀上遇到男人，也將以朗讀度過戀人的時光。

換他朗讀了，她說。口氣就像朗讀大會上的主席，一種堅定的口吻。

男人笑了笑，反而很調情地問：「妳想聆聽什麼？」

對她而言，所有的非中文都是異語。

被男人這一問，她的思緒飄到了島嶼的太平洋詩歌節。

倫敦冬日濕冷，
她感到沒有愛瀰漫著死寂之感。

教堂已無愛的誓言，
語言太輕，承諾太重。

那是一個奇異的詩歌節，在沒有太平洋爲伴的空間朗讀詩，要看海必須回房間遠眺，或者自己徒步前往海。詩的浪花激不起海的笑聲，海只是靜靜地成爲它自己。詩歌節是一座封閉的劇場，妳在那裡第一次聽見有人用西班牙語朗讀聶魯達，這樣的語言替換，像是詩的招魂，招詩回原鄉。第一次聽見有人將辛波絲卡的詩朗讀成韓文，第一次聽見有人將顧城的詩朗讀成日文，第一次聽見有人將安娜．阿赫瑪托娃的詩還原成詩人寫就的俄文原貌……所有的感傷質素都瞬間被陌生異語給代換了，抽離得如此淨空，不留感傷的點滴。

陌生語言使距離拉大，也使人抽離情境，就像自己和男人的感情，通過英語的媒介，他有著母語的強勢，而妳的中文強勢像是無用的蜂后。

男人開始清喉嚨，把她從遙遠的太平洋彼岸喚醒。

男人喜歡加拿大詩人柯恩，他知道她也愛柯恩，不同的愛。

有一天她在曼哈頓，他在柏林。就像柯恩的歌：「First we take Manhattan, then we take Berlin……」他愛柯恩的獨特生命史與筆下的奇異才情，美麗的失敗者。她愛柯恩的歌聲與整個人散發出來難以分析的魅力，還有他的女人們。

朗讀葉慈吧，她說，帶她航向他的家鄉，航向愛爾蘭吧。

男人笑了笑，從床上爬起，白床單近乎捲到床下，使得她瞬間裸身地感受著窗外的大寒。

男人拉開櫥櫃，取出他的大背包，在裡面翻找著書。

葉慈，他的愛爾蘭。她的愛爾男。

他問太平洋的海風是什麼聲音？

他說也許改天我帶妳去看海，英倫的海。

西敏寺

鐘聲敲響。

西敏區，走小學院街，行經王爾德喜歡的十三號男妓院，左轉大學院街，再左轉經巴頓街十四號是曾經住過這裡的D.H.勞倫斯，他在這間故居寫《智慧七柱》，大家都只記得他寫《查泰萊夫人的情人》卻不記得他寫別的好作品。勞倫斯住在這裡時，工作效率非常好，因爲一個人常常好幾天不跟任何人說話。且他儲存「巧可力」寫作，以備因過於專注或疏忽而無法覓食時之用，因爲巧克力不用清洗杯盤，方便又有熱量。

勞倫斯一旦寫作就不受時間影響，常常廢寢忘食。

她也曾因以巧克力代替食物，而一度熱量太高，血糖還失控。原因是挑的巧克力其實是巧克力很低，大多是牛奶或糖之故。

寫作出關後，通常變胖了，就是巧克力惹的禍。

毀滅的激情與創造的熱情

《野蠻的上帝》作者兼詩評家艾爾・艾佛瑞茲在倫敦認識普拉斯和休斯，他當時住的房子也可以作爲普拉斯與休斯居所的形容：「我們的房子是一棟外牆極醜的愛德華式樓房，外磚的顏色像極了被棄置許久的生鏽鍋爐——如此地被人遺忘，連歲月磨亮出來的光澤也都消失不見。」

十八個月後艾爾和她的第一任妻子離異，離開時房子窗戶的外牆出現了縫隙與龜裂，而新婚的生活也在此時產生了裂痕。艾爾是休斯的詩評者，他曾寫到最好不要認識作者本人，因爲寫得好的通常個性怪異難相處，寫得平庸者通常都好相處，而最糟糕的是寫得不好又自恃甚高者。但艾爾還是認識了休斯，非常意外地休斯的個性奇佳，而其詩更是閃爍著難以逼視的才華。艾爾在試圖爲普拉斯與休斯的婚姻解套，他提出的觀點是對於創作者而言，繆思之神的背叛才是導致毀滅的主因，而普拉斯生前的毀滅激情，也恰是那段時間她最具爆發力創作的激情時期。像被上帝欽點召喚，筆墨日夜地從腦中輸出，她耗竭而寫，也耗竭而亡。

艾爾也曾與憂鬱症長期對抗，研究關於自殺的野蠻。他漸漸了解到人爲何會選擇用自殺的極端方式對自己的生命開槍了。他因爲休斯而認識了普拉斯，他曾目睹一個人在毀滅前所燃燒的創造激情（當然那時候他不知道普拉斯不久會自殺），但他看見了她創造力最旺盛的時期，接著就是毀滅來臨，像是一輛高速駕駛的火車，一路經過了高山與深海，暖流與寒流的對撞燃燒。據說艾爾當時曾和普拉斯聊過自殺，而她總是冷靜地說著，就好像在談論其他話題一般。

自殺的野蠻

情人對她聊起了自殺者。

「希薇亞死去的那個星期，整個英國至少有九十九起自殺事件。同時間，還有二十五到五十個自殺者未被列入正式紀錄。美國的數據則有四倍之多。兩個國家每十萬名人口的自殺比率大約相同。」

他又說一八六〇年倫敦的報紙曾有過的新聞：「一個自殺未遂的人後來被判處了絞刑。」她對這則報導覺得匪夷所思：「現在新聞播報自殺新聞時，都還會上字幕：自殺防治專線。」

人們因尋死不成最後被判絞刑，這是她聽過最奇特的罪與罰。

自殺原因千奇百怪，因爲每個人對容忍疼痛的能力不一。加上死者已矣，無法從死獄或者悔獄爬出來報信。於是自殺成爲封閉劇場有人以死爲樂，比如古代的羅馬人將自殺解讀一種寬容，甚至轉爲一種會感染的生命追逐時尚，而佛教徒則視自殺者將七世漂泊在地獄無門天堂也無路的無間道輪迴中，出期無望，像是太空爆炸後漂浮在無重力的碎片。

這是一段漫長的重建旅程。艾爾從文學的創作激情去試圖理解自殺的內在神祕性是如何地豐富了創作者的想像旅程。他們都同意藝術家是比大多數的人更意識到自己的存在刻痕，探索自他黑暗隧道的結果，卻可能引爆內在的炸彈。在幽暗裡尋尋覓覓，「爲何自殺對當代寫作具有如此重要的影響？」艾爾問，而這也是她的疑惑。在中國文人時代，你不會讀到杜甫因爲憂國憂民自殺，你不會聽到感情失魂落魄而自殺……但當代不同，自殺成了一種選擇方式。

她往前回溯，不斷地探索這個主題如何透過想像而被激發出來。這也讓她想同輩同業寫作者的自殺。但奇異的是，古代的寫作者自裁者少，近代的藝術家自裁多。

他說自殺者其實比任何人都渴望活下去。

於是她在充滿激情愛慾的旅館房間裡，讀著普拉斯的詩，試圖聞到激情的氣味與死亡的色彩，雙重的房間住在寫作者的心海，得小心喚醒死神。她朗讀〈拉撒若夫人〉片段：

死去

是一種藝術，和其他事情一樣。

我尤其善於此道。

我使它給人地獄一般的感受。

使它像眞的一樣。

我想你可以說我是受了召喚。

她和情人窩居的倫敦旅館的中庭傳上來焦糖與烤肉的氣味。他說他聞到了彷佛有著豐沛異國情調的他者身體。在文字的子宮裡，肉體轉成了文字，化爲他她的書寫，兩個寫作者的碰撞，有時如船撞冰山，有時甜美如櫻桃熟化。

他們聊起愛情在年輕時的反作用力。現在已經淡漠許多了，練習太多回也終於世故了。小說家要世故，但世故是看別人與解讀社會的眼光，看自己倒是非常天眞。

她曾是幾乎需要每天要澆水的愛情植物。

她常想起以往的愛情事件簿，如果當時自己不是那般脆弱，事情會不會以相反的發展前進，還是無論脆弱或堅強事情的發展都是難以逆轉。

事隔少女友伴的死亡事件過後已好多年了，她已經很少再想起少女時代生死至交的臉龐，她只是無可避免地像大多數人一樣的老去，雖然她的這張臉在少女至交死亡時也已跟著停格，但事實是她是不可避免地初老了，雖然她曾經傲然地想著自己有著一張不易老的臉孔，可老還是如此地不邀而至，甚且破門而入。

老年國是人生最大的異域，最恐怖的陌生人。

精靈

Godiva 巧克力，「歌蒂娃」都被諧音成：「裹滴（豬）肉」，這種諧音只有自己的母語才能懂。

講英語讓她有變笨的感覺。爲了讓他比她還笨很多，這時候就要鬧他講講她教過他的中文，果然他那怪腔怪調的發音實在是笨極了。

多麼不公平，她得用英文才能靠近他。

他卻不必用中文靠近她。

谷歌解釋在希伯來文Ariel是「神的雌獅」的意思。歌蒂娃本是位英格蘭的伯爵夫人。她不斷懇求丈夫能減免重稅，丈夫卻故意考她，說是只要她敢裸體騎馬遊街，他才願意減稅。爲了廢止暴政苛稅，歌蒂娃毅然裸身騎白馬繞街行走。在英國傳說裡，她是十一世紀科芬特里的守護神。

他說著他們手中的巧克力名字的典故。

好樣歌蒂娃，原來是當今許多女性社會運動的鼻祖：裸身以抗議某議題，而引起媒體（尤其攝影機）的關注。

歌蒂娃騎的那匹白馬就是精靈。

她的白馬不是他，她知道。

妳是灰燼愛的汙名

倫敦穿的雪衣逐漸被強大的靜電吸走裡面的鵝絨毛。表面保暖，內裡逐漸空洞化。

艾西亞也是，她逐步被休斯的愛吸乾了一切，且永遠都洗不掉這愛的汙名。

愛情榨乾了她的美麗血色。

她所摯愛的一切，全起於愛的掠奪，遂都蒙上被鄙視與不祝福的色彩。

關於艾西亞・薇維爾（Assia Wevill）。

比普拉斯還悽慘，其可供後人進入其世界的資料少得可憐。

難道世俗的一切愛與匱乏的折磨都有其背後等待要浮顯而出的神諭？

空中的火焰如何落土不成灰燼？如何還能滋養空洞的土地心靈？

艾西亞和休斯的出軌慾火已經被摩擦生火了，如愛的白熱碎片已經墜滅落土，它自行展開了不幸且扭曲的受傷旅程，無法扭轉回原地了。水仙花與蘋果園，瞬間荒涼如廢墟。

他們的愛情的廢墟下，注定滅絕而生，生而滅絕。

假裝什麼事也沒發生，這種祈禱已經失效。

愛情的誠實者與殉道者，本質如此純粹，但順序被命運之神開玩笑了，艾西亞慢了一大步遇見休斯。這慢了一大步，就使她沾上愛的汙名，可恨的掠奪者。

最後僅留下其異國情調的美豔與帶著濃厚英語腔和攜女自殺的一些普世印象之外，沒有太多的生命足跡。她爲愛飛蛾撲火，機心雖重，卻少了聰明。普拉斯之死，不僅無法成全其愛，更添世人指摘的火藥味，日日聞著普拉斯死亡的冤魂氣味，度不過七年，一九六九年（普拉斯過世後的第七年）艾西亞決定以更激烈的方式讓世人記得她：她攜女自裁。

她連休斯之妻的名分都沒有獲得，她只是成了休斯的同居人。更況一九七〇年艾西亞死後不過隔年，休斯就又結了婚。以死爲懲戒或贖罪，只懲罰到自己卻又無法贖罪。

她的美絢如屠宰場前的血色，潮濕幽暗甬道上鐵鉤下晃動的胸肉，在眾人瞳光中支解愛情的血肉，甜腥氣味沾著性感的低沉，煙燻的慵懶儀態與光滑的黑髮，將如索多瑪城，化爲灰燼。

艾西亞忘了，或她察知但無能改變：美貌是最幻化的夢境，最快貶值的可替代品。

普拉斯之所以獲得凱旋記號，是因爲她留下夠分量的「作品」，雖然其本身行徑也讓人難以遺忘她，但核心仍是來自作品的力量。而艾西亞作爲一名廣告文案者，她的靈魂要較勁的對象是普拉斯的詩，生前較勁的美麗，死後成了枯骨，唯作品可傳頌流芳。艾西亞沒有留下任何詩語，她眞正成了愛情可憐的祭品，少有人對她施予點滴同情。

女性主義的譴責，世人異樣的眼光。終導致她也自殺，且殺死了和休斯所生的女兒。

她常想起她的人生。

一個愛情的侵入者。

一個需要強烈愛情晃動以增添存在證明的魅惑者，普拉斯以愛情高劑量來誘發詩的誕生，最終以赴死姿態與詩名贏得了苦澀的聲名，代價驚人但最終開出聲名之花。

而艾西亞的愛情卻只引發空無，充滿電流的焦味。

艾西亞是染髮劑的名字，女巫染髮劑在歲月裡爲不老的幻覺增色。

她忘了在愛情王國裡即使入侵他人也記得要設定防衛系統，否則就是全盤繳械。

她原是一個眞正對愛情有信仰的人，眞正的愛情，不是妥協的愛情，或加入其他雜質的愛情。她愛一個人時，全力以赴，用盡魅力（卻忘了留點聲名與後路）。

於是她變來變去，婚來婚又去，也昏來昏去。終至抹滅了一切印記，悲傷的艾西亞，上帝遺忘的女兒。

著魔

她想那些長長久久的日子裡的白天與黑夜她定然是著魔了。

或者說是中了愛情的邪毒。

愛情像是索多瑪城的蘋果一摘下即枯萎，化爲烏有。

著魔的人沒有是非沒有邊際沒有退路沒有思想的作用，沒有自己沒有方位，只有奔赴著魔之人與地。這樣的著魔已到三界無安，身心猶如火宅，熾燃不息地日夜輪迴，通體焚燃憂憂患患，得得失失，哭哭笑笑，因一句話一小事或喜或悲。幻魔遮蔽了明智，未到灰燼，也到看見往後孑然一身的分手臨界點。

她如今想來，戀情深刻到如著魔境地，自己根本就是一開始就被天雷勾動了地火，眞當臨淵而不覺醒，當頭棒喝還直稱受冤受苦，還不都自己一廂情願的。

現今她獨處山澤，近處狗吠貓鳴，遠方起霧似是無涯無際。從著魔到斷魔，或者魔字其實更該說成磨，魔幻之後產生了心磨與身磨，各式各樣的磨難接踵而至像雪花片片飄落無由阻止。現在都有點不敢回想當時的自己究竟是怎樣的自己，是如何地把自己橫生交了出去又險險無法回收，究竟是怎樣的愛慾熱情會把自己推入一個近乎慾火焚身的難堪地步。

她扭曲著臉龐與手腳，唱盤放著「愛比死更冷」，接著是「黑色的星期天」，再來就沒什麼歌她可以聽了，甚至充滿力量和救贖的「喜馬拉雅」她都感到聽不得。愛比死更冷和黑色星期天因爲當時戀人不愛所以沒有成爲共同的時光片段記憶，現下她聽它們也不過把它們當成背景音，何況這愛比死更冷的歌竟然充滿了光明一點也不冷，黑色星期天雖然有人轉寄電子郵件給她說是史上有一百多人聽了此歌而成爲天涯斷腸人，但她聽了卻覺不夠黑色，眞正的冷和黑色是和情人共聽的音樂，任何一張的音樂都足以讓她墜毀記憶的無涯深淵。她覺得聽現在不痛不癢的音樂和歌曲很好，如此很好，她想幹麼要把一切都掏心掏肺地與戀人分享，換來的冷酷又是誰人瞭解的異境呢？

有些音樂有些事再也聽不得做不來是因爲和引領她走向愛情魔幻境地的對象有關，他們在一起聽過的音樂都成了魔音傳腦，情人共聽過的音樂竟比悲傷的本身還悲傷，在過往記憶情境的發酵下直擣其中樞神經，她口吐白沫，顫抖倒地漸漸僵硬直如死屍。他們在一起共看的風景全成了廢墟，在一起共買的紀念物全成了魍魎。

記憶如魑魅，但又如毒蜘蛛的針牢牢地鉤住她的全身全心，她在掙扎的長途跋涉裡還是逃無可逃，被鉤住了只能靜待壞血被吸乾，痛苦地等待可能的重生。

不，不是可能是一定，她在這樣的幻滅中一再告訴自己。

生命的嘉年華會此時此刻此境此地只有她自己和自己的影子參與這個療程，若還有什麼就是無數千帆過盡如海底燐光的片段記憶與這荒山空屋裡的孤寂。荒山瘠屋有如黑牡丹般的蜘蛛四處爬行，有各色花紋的野貓從她眼前闌珊而過，也有許多野狗結伴來偷覷她。荒山旁邊有座國中，黑夜裡仍然傳來人們的呼喊聲，籃球場上集結著人氣所釋出的音量，從空谷中兜過來又彈回山壁。正當熱血的男學生搶拍搶打著一只圓圓皮球，跑前跑後爭來爭去，呼喊的音量被攔著前後移動，她偶然思緒遭到打斷，遂把耳朵傾向那個聲源方位，她覺得她自身死寂的周遭竟然是生機處處，直是醍醐灌頂。

她在黃昏市場買的魚曾多次在恍惚狀態裡端然買回來即擱在外頭案上被貓瞬間叼走，也曾多次買回的肉被野狗啣去弔祭牠們的五臟廟。她在那段失落的時光裡茫茫然。

從今以往的今字是每一天都是今天，所以原本詩經裡的瀟灑四海，就因爲日日延宕成了扭捏的怪模樣。成了愛情的俘虜倒也罷了，倒怕成了自己騙自己的局面，成了自己俘虜了自己的笑話一樁。愛情走到最後幻滅，若有一方還執意不肯鬆手，就成了這種不知是誰俘虜誰的錯中錯，枉然的下場。

「南西，我開始從偏離的軌道折返自己的路徑，可妳知道嗎，這路眞是崎嶇坎坷使得我在長途跋涉裡幾度放棄我自己。」她想起自殺友人南西，突然心疼起她和自己，又意識到心疼自己代表還愛自己，愛自己的人不會自殘。

然而眞正的腐朽是她自己。她父親是一生愛賭，玩牌賭錢；她也是個賭徒，她賭感情，豪賒豪賭，賭到身魂四散。最後一身殘敗地回到承租來的荒山空屋，眼見籌碼用盡，午夜夢迴對自己說了話，眞不知是怎麼把自己給賭得一乾二淨的。賭壞的牌局，需要好手氣，偏偏她手氣又差，時運不濟又遭到夾殺，棄械投降都還傷勢不輕地挨了痛。像賭輸還不起債地被痛揍一般。

還能爬回自己的黑洞算是自己之幸，南西就在還沒爬回自己的黑洞前即敗北飲恨自殘。跟一個近乎精神病患的人折騰這麼久可見她自己也是個瘋子。只是她們彼此都是美麗的精神病患與有情有義的瘋子。

她就這樣自言自語著。

氣若游絲。

MAHLER
The Verdi Ballets
MUSIC
Das Weihnachtsoratorium

「這座城市令我害怕。」
吳爾芙其實害怕的更是自己內在住的
一條凶猛之獸。

戰慄深淵

幾乎是再跨越一步就是深淵了。

當夜她因思念他而抵達心情深淵的邊境時，颱風眼正盤旋窺視著她長久長生的這座島嶼，前方的河水在大潮之夕拍擊岸邊，凶猛而虎嘯。

四周只有一縷微光，一隻迷路的蛾盤旋一陣，發出迷離的死亡之舞，翅翼發出閃閃粉晶般的光粒子，她正想這是死亡的預告時，牠已減速下衝，跌入她眼前一個略比十元硬幣大的燭火內，微微燭火瞬間熄滅，她探頭一看，拾起餘溫猶存的白色蠟燭，內中躺了一隻撲火的蛾，蛾展翅的幅度正好涵蓋了整個蠟燭的圓周直徑，一切剛剛好好，幾乎是為牠量身打造。

幸福城堡瞬間成為美麗陵寢。

而就在同時，她的腦海中閃過好多個死亡之舞，有無數過往的，還有這回竟然也包括了她自己，不免心驚了好一晌，甚至痛苦地俯身抱膝，想要被空虛寂寞籠罩的肉體重新有感受自己存在的能力。

他們去水石書店，書店播放的音樂正放著詩人歌手柯恩的歌：佔領曼哈頓，接著佔領柏林。

她喜歡柯恩，他也喜歡。

尤其是對他的生命後來跑去日本學禪宗有興趣。他問她是佛教徒嗎？她說是的，但並非是宗教團體的那種教徒，是上下無邊寬坦自在的那種。他聽了不甚懂。她說沒關係，總之不是宗教性的信仰，是生命本質的那種信仰。

在倫敦變成魚

去溫水游泳池。

她以前把游泳全交還給學校教練。

以前是勉強游過關的，其實生性怕水。

怕水的魚，他笑著。

水下的光影像晃動的燈管，水裡好安靜。那天她的身體泡到發皺，游到發疼。

好像聽到遠方的聲音沿著游泳池四周的細小磁磚一路穿透水面直撲她的耳膜，光波最後截斷了她的胡思亂想，陽光如刀劍劈開，流動著水中，她看見自己的身體支離破碎，碎片灑在下午太陽雨漫灑晶亮如絲如綢的光幔中。

在水中的他，如一尾愛上地中海藍的魚，比陸地美。

復活之物

大英博物館，擠滿征戰文物與擠滿著看藝術也看熱鬧的觀光潮。冬日不要進去，只需追索以前去過的記憶就好了，光看排隊人潮就讓她腳軟。

埃及木乃伊文物勾起她在巴黎羅浮宮的記憶，近距離接近「復活」文物的記憶，巴黎已遠，他的倫敦突然拉近。

到國家繪畫美術館，看到培根與梵谷畫作，還有莫內「睡蓮」系列。

記憶比光速的追索還要推得更前更久遠，和自己的童年有關，父親種植大片大片的蓮花田，冬日傍晚，母親總喚她去叫父親回家吃飯。穿過長長窄窄的田埂小路，黃昏的火紅落日已經掉到山的另一方，襯著青山轉墨暗，蓮花的鮮豔塗抹瞳孔，一路香氣逼人。父親早已歇息，在蓮花田一隅蹲坐田埂吸菸，望著遠方，她不忍喚他擾他，遂也蹲坐蓮花田望向遠方落日。

一心想流浪的她父，在她的童年目光望去，是一幅備極寂寥的定格畫面，這畫面不斷地入侵她的往後腳程。早逝的她父，把流浪的心交到她身，他的目光成了她的目光，歷史在現實的際遇裡就這樣接了軌。

那是屬於台灣島內的火紅落日，卻讓她私自意感貼近了的「日出·印象」，莫內眼中的日出，紅豔豔地宛如夕霞，果然是「視網膜出了毛病的人」（一八七四年評論界對莫內畫作一片譁然之語）。

莫內傾注生命最後的時光在「睡蓮」如史詩般的連作，有人認爲他的作品帶有某種表面的膚淺，但其精神最後還是穿越了表象而凝結在歷史的暉暉光影。

倫敦，藝術家光影凝駐之城，這回行旅決定不再沉重，但人就是記憶，而記憶如果回想起來的是重量，那就是重量了。

究竟這位印象派畫家的生活場域是何等光影與色彩？他是如何抓住光的瞬間變化與流動？他的生活現場一定提供了某種可能的答案，或者氛圍的想像。

美術館裡藏著父親蓮花田的記憶，和外頭的寒冷，美術館內竟是充溢著奇異的熱情。「不能光指望靠畫或寫作來維持生活。」她在一幅幅的畫作裡出入著，想著這句話。

打撈截斷意識流

在倫敦大城走訪吳爾芙生活場域，隱含著自己對自己失落的情懷追索。吳爾芙已是代表了一種目光，一種凝視，一種生活。眼睛、意識、心境，這三者合一，就是吳爾芙。

倫敦大都會的虛空與現實，「這座城市令我害怕。」吳爾芙其實害怕的更是自己內在住的一條凶猛之獸。

吳爾芙出生倫敦，倫敦是她的大舞台，對她而言一直是具有某種躋身文壇的呼喚隱喻。吳爾芙雖住倫敦，但她並不常望河，泰晤士河對她已然高密度結構的心緒似乎太波動了。她喜歡望河，就像住八里一樣，只是她在倫敦起得早，畢竟旅行的辰光有限，把握著醒轉時刻的遊走，是旅者必要之睡眠犧牲。

沿著泰晤士河岸和沿岸皇宮和美術館步道漫步，是愜意的，有時看到集結的跳蚤市場，隨意撿撿可能的美麗，這使她遺忘他不在身邊也有幸福的享受。

由橋的高處畫下倫敦的風景，或者駐足看天空的變化。

留學倫敦的成大學生陪著她走過兩回，男孩的目光已然成熟了，相較於他大一時的青澀模樣，已然是個帥氣的英倫男孩。

百貨公司

耶誕節前夕，倫敦靠近百貨公司的鬧區人群攢動的繁華塵囂與高昂的物價，隨時都會吞沒寂寞，人行道上密集人群，馬路上車水馬龍，行道樹枯枯黃黃，浸淫在一種灰濛的陽光下的如蟻人群，流動的光影感覺稍縱即逝，但卻分分明明地又被她的心眼捕捉到文字的版圖上。捕捉，瞬間的意識流動光影之景，這已非常接近意識流了。

吳爾芙終其一生都有許多仰慕者，尤其是夫婿雷納德更是無怨無悔的終生陪伴著，除此她尚有許多至交，幫助她走出黑暗幽谷。藝術家彼此幫助提攜，讓人緬懷那個時代的氛圍。

過去在倫敦沙龍聚會裡，當時的文化界都是掛在一塊的，像是小說家佛斯特、畫家也是吳爾芙的姊姊凡妮莎貝爾等人都是團體要角，吳爾芙則是團體的精神支柱。吳爾芙認爲作家應該要寫，而不是說。所以她很少說，也不受外界理論影響。

在倫敦，吳爾芙度過了風華的精神歲月。雖然雷納德因爲考量她的精神而遷移多回，但他們永遠熱愛倫敦。吳爾芙的自殺，讓雷納德傷心欲絕。她多回地閱讀著吳爾芙的書信，森然清幽肅穆的臉上，往內心去探觸她曾寫下的意識流動與變化。

走向死神誘惑

《戴洛維夫人》讓她感到吳爾芙一生窮盡意識流，導致精神出現暫歇性的暴動與死亡。宛如一個孤獨者在漫長的大雪裡，被灰藍的光影籠罩著，死亡的陰影無時不在，死神的臉龐已經融進她的呼吸脈息。

床鋪上下躲藏著死神那張狂喜的臉，灰藍寒冷裹身，摻雜著枯葉的窸窣聲響。

而自殺與天才的繼承者普拉斯，她在倫敦的日子也難熬。

這一年，泰晤士河竟然凍到結了一層霜，如鏡的冰冷河床，給予普拉斯奇異的視覺與孤獨的惡寒，心境外境合爲一，悼亡隱隱然是一種神諭天啓。

普拉斯沉浸創作的狂喜與失去愛情的哀傷，當她見到河床浮冰倒映著自己那張蒼白的臉龐時，她緩緩地流動著詩心，她創作盎然，時時充滿了激動，她對現實外境敏感，看見自己巔危站在人世孤峰的激情與絕情，她一直都是死神的迷戀者，告白詩在心境下的變化細節，成了辨識她的招牌標誌。

但也一步步地走向了死神的誘惑。

欣喜若狂的詩人與小說家，感受到生命之苦與死神的美麗。她們挺進創作的魔鬼盛宴，卻遺忘了失去生命，創作也將頓失依恃，流離失所。

在里奇蒙

里奇蒙，Richmond。常被她故意地唸成了Richman，有錢人。

一九一四年十月，天氣已經進入寒意灰冷，吳爾芙和她的丈夫雷納德，想搬離倫敦市區，但又不想離倫敦太遠，因而來到里奇蒙。綠園街十七號二樓是她的故居，這棟房子果然屋外攀爬了綠色植物，幾乎是掩埋門牌號碼與街名。遂繞了好幾趟才確定就是這一棟房子，一樓是一

普通讀者

家房地產公司，趁有人開門，佯裝住客矮身一入。

門口即貼著吳爾芙二十歲時的經典照片。

一九一三年秋天，吳爾芙才經歷一次精神崩潰的自殺之舉，這一次花了她近一年的時光復元，深深疼惜其才華的雷納德為此決定在這裡租屋，住到綠園是一個兩全其美的決定，這裡環境幽靜，卻又有各式各樣的酒吧餐廳等生活提供。

倫敦市區的喧囂還可就此掩埋，讓吳爾芙受傷的身心得以慢慢復元。

她拿了房地產公司的廣告，做得厚厚一本如雜誌般，反映著高昂的房價，顯然里奇蒙和當年的吳爾芙一樣，仍對倫敦具備十足吸引力。有市區的生活條件，卻沒有市區的混亂，公園林立，古城教堂魅力十足，在此閒晃，靜靜地如一片落葉。

但餓肚子時，入餐館吃飯喝酒，卻又恍然以為在倫敦城裡。

吳爾芙很快地就定居下來，當時她養了一隻狗，常在遛狗時，走到綠地河邊。里奇蒙的河是泰晤士河，河流到此已不湍急，吳爾芙稱它是「她的河流」。

雷納德的霍加斯屋出版社（Hogarth House）也移到了此，吳爾芙在寫給友人的信裡稱讚這房子是全英國最優雅宜人的房子，但她卻在搬入前又精神崩潰，且這回雷納德還不得不送她到療養院。一直到一九一五年三月，雷納德請了四名看護照料剛出院的吳爾芙，吳爾芙才算眞正住到了里奇蒙。

她的小說《出航：The Voyage Out》就在這裡寫的，還有《燈塔》。

屋子外除了貼有這兩本小說書影海報外，立了一個耶誕老人。那樣喜氣金光閃閃的耶誕老人，非常奇特地映著吳爾芙愁思的臉龐。

爲了分散吳爾芙的注意力，雷納德找了一台手操式的小型印刷機，印刷機上的鉛字抓牢著她的心。

一九二二年六月十八日的這一天，奇特的歷史時間點被注定了下來：霍加斯屋出版社有一天來了一個年輕人，這個在他們口中「奇怪」的年輕人，就是後來大名鼎鼎的《荒原》作者：T.S. 艾略特。艾略特帶著《荒原》原稿來到出版社，他吟唱朗讀著長詩，押韻非常美麗且很有力量，讓吳爾芙著迷。於是他們出版了《荒原》，這個版本成爲歷史印記，也是艾略特踏出寫作第一個有力量的印記。然而有趣的是這個初版據說裡面有很多字都拼錯，錯印了不少字。吳爾芙夫婦事後認爲這些錯印之處全因爲艾略特是個好作家但卻是個「差勁的校對」。

啊，她感覺好像在說她自己，尤其是「差勁的校對」這個詞。

小鎮市區有幾家書店，多是一樓賣新書，地下樓賣二手書，二手書便宜到幾乎是兩塊歐元就有一本好小說，二手書之便宜讓她好想多抱幾本回家，但一思及行李，旋即放下。怪的是沒有任何一本吳爾芙的二手書，倒是因爲吳爾芙小說《戴洛維夫人》而引發靈感的康寧漢小說《The hour》則有一本，兩塊歐元，便宜到她買了都有點小愧心。

隱士之屋

爲了望這條被她稱爲勿思河的河流。

這條吞噬吳爾芙的河流，之前才經歷冬日的氾濫，水越過城鎮房屋的邊界。

她知道必須去路易士朝拜這座鮮花盛開且又河流漫漶的聖地，體會作家寫作時源泉茂盛或者枯竭，想像她仍然活著，在河岸前的書桌上沉思。

閱讀吳爾芙的自傳，必須朝拜路易士的「隱士之屋」（Monk House）才行，看過路易士的隱士之屋庭園花開盛景，以及不遠處的河流水井，如此才能一解對吳爾芙其人其文的概略之念。

想像吳爾芙仍然活著的場域定然是要到路易士，倫敦不行，倫敦亡魂太多，隨便欽點都是要角，倫敦無法隸屬於任何人，倫敦屬於眾人，倫敦屬於舞台，倫敦屬於他們。

然而獨獨倫敦屬於吳爾芙，就像阿爾勒市屬於梵谷，艾克斯市是塞尙的，大溪地等同於高更般……地域連結藝術家，彼此發光，互爲一體兩面。

在倫敦滑鐵盧車站搭上開往路易士方向的火車後，一路倫敦城市景觀即不斷地退後退後，最後成爲一個消失的地景，眼前側前開始出現鄉間樸實氣味，她終於垂下疲累的眼瞼，好整以暇地翻翻雜誌，偶爾抬頭望望風光，無關緊要起來。脫離倫敦，人很自然就會輕盈起來。

大城市雖然讓人眼花撩亂目不暇給，但是因爲高密度的高張力生活對人的寧靜心竟也多所折損，即使意有結廬在人境而無車馬喧之情懷，然那畢竟是在基地未堅厚時的奢談，城市的消費與生活現實即足以擊垮窮人的平衡。

來到車站，開往路易士的巴士就在站外等著，連車班的紙頁手冊上方一角都印著吳爾芙二十歲的招牌肖像：側臉，高鼻子，脆弱而神經質的眼神帶點迷茫。

吳爾芙的隱士之屋已等同於路易士代名詞，藝術家可以創造歷史，改寫地理。這地理是來自於心理空間，吸納著他們這樣一批又一批的旅者，旅者在地理空間的現實裡企圖還原心理的嚮往座標。（但去倫敦朝聖者多，來路易士者少。）

坐上計程車，司機以爲她是研究生。

冬日裡，大概只有研究生可以抵擋寒流來到這樣的小鎮。

這種旅地追索老靈魂的嚮往，有時究竟徒然，有時此行不虛。有時失望連連，有時豐收滿滿。

約莫十五分鐘的計程車車程即抵隱士之屋。

司機在車上即說，冬日這時節應該會休館喔，她要有心理準備。

幸運的是，小木門竟然沒鎖，一推就開。

前往路易士

火車上，英國說話的腔調在耳膜如流水來去。

推車女人問著：

需要購買茶咖啡嗎？

需要購買麵包三明治嗎？

需要購買紀念商品嗎？

聽見兩次推車女人的聲音。

路易士市區街道兩旁盡是咖啡館餐館。

離開隱士之屋已近中午，遂選家餐館吃飯。

有點坡度的餐館位在路易士的小山丘處，可以眺望整個路易士風光，可以想像當年酷愛的吳爾芙定然來過此處閒走，她那精密結構的腦海就像海綿地吸收著，也像個獵人似的捕捉光影色彩，腦子東奔西走，人則定點觀測，在時間的變化裡，調度著意識的流動。隨著時間，替換的思緒不斷堆疊。

天氣的光影變化是時間流逝的軌跡，最後軌跡循著思緒又回到眼際。

意識流是最難捕捉的，一剎那飛越多少念頭？念念相續也念念相忘……

面對望出去的客體世界，吳爾芙關注的是意識的流動變化，外界是一個對境，因而外界的變化，一絲一縷的光線或是偶爾飄過的雲彩微風，都將快速捕捉獵取至腦海，她能夠將景物的變遷萃取還原到寫作上，爲小說人物所用的地誌舞台。

但與其說外界風光是小說人物的地理舞台，還不如說這自然風光是療癒她的藥引。

耀眼白日、落日餘暉或是雨霧起浪，作家無不引景入鏡。鏡者，境也，是否在光影變化裡，只有畫筆可以將色彩固定住那個變化，所以作家終其一生都在變化中「固定」視野，明知變化而企圖固定，吳爾芙是極有企圖心的作家，她想她連買下路易士的房子都深知其身後的歷史將藉由這個地方還魂。相較於高更和梵谷，吳爾芙是非常「政治正確」的作家，在表象的邊緣裡，其實她深諳主流。

在山丘上眺望兼且野餐的那個鐘頭裡，她確信即使不進吳爾芙的花園她都有一種此行不虛之感，她將她的眼睛視焦拉近拉遠，像吳爾芙又分裂又完整的筆法，記憶著她經歷過的這一切，日光的瞬間變化灑落在綠野上，層層光影的細緻流動，讓山丘群樹很具體很有量感。

遠方的草丘上，有人正在堆著冬日的乾草堆，乾草堆是冬日給予牲畜的備糧。乾草堆是她一路從倫敦車站到路易士的風光。當吳爾芙在路易士附近走動時，周圍農人的乾草堆景致，正從不同角度觀察乾草堆在日照下的顏色變化，從明亮到墨褐，從暖和到微冷，色彩給予溫度。

遠方風景是吳爾芙姊姊凡妮莎畫過的乾草堆和大地，不是那麼屬於吳爾芙的，但她彼時需要靜養，從城市到鄉野，從綿密到空曠，從明快到緩和，從喧譁到荒靜，她卻沒有得到療癒。

路易士成了作家死亡的居所，她的丈夫雷納德沒有料到人的心魔不會因為地方改變而消失，心才是最大的磨難之處，心會跟著地方移動，心是最大的行李。

她坐在可以眺望小河的丘野上，這裡也曾是吳爾芙眺望之地，如此一愚癡似的想法可以帶來歷史接軌的小小快樂。歷史雖然不復回歸，那美的追尋卻讓歷史有了依歸。

地理空間可以改變創作者，但對吳爾芙卻行不通，反而受益的是她的畫家姊姊。

這讓她想到莒哈絲，莒哈絲在哈佛港買了面海的房子後，曾說有了房子後導致她瘋狂地寫作。大文豪普魯斯特也是，普魯斯特之能閉關十五年成就巨擘七大冊的《追憶逝水年華》也是拜空間得以實現讓他得以安居之故。

有些創作者必然要不斷遷徙變動才能創作，有些創作者是必然要安居一地方才能放手一搏，不論注定漂泊或是擇一久安，無關好壞，只是一種處境的面對與適應。

她問著他，他說他也是。

他說一到冬天，歐洲的冷讓他會跑去溫暖一點的地方寫作。還有在城市住久也會讓他跑去看海，甚至住在海岸一段時日。

但為何路易士的原野與河川之美無法救贖吳爾芙，而河水卻能吸納了憂鬱的她。她是喜歡城市的，鄉村的寂寥使得寂寞的聲音更加擴大了。

陽光灑在花園暖房的玻璃上方，讓人目眩神迷起來。

路易士的房子讓喜愛花園自然主題的吳爾芙不再漂泊，也誘發她關心眼前的事物，心有所屬。自此前半生悲苦愁悶的吳爾芙已經消失無蹤，取而代之的是近乎禪意的花園犒賞心靈。

這裡淡雅，有著草木茂盛的花園，天上有色塊雲集。天上的雲，地上的花，水中的花，指尖的筆，色盤的料……這對藝術家是一種美麗的遭逢。

吳爾芙的花園如同一幅素描，充滿生命力，色彩調妥，美麗無比，和諧悅目。

旅人在此，皆安靜了下來，四處是放慢的步履，低語的交談。

住到路易士的吳爾芙若有外出總不忘寫信交代家人要如何照顧花草樹木，「有人會照顧那些榆樹嗎？如果沒有，這簡直是謀殺。」（吳爾芙的信）無論在哪吳爾芙懸念著路易士，惦念著花園和家人，連花園的命運她都牽掛無比。村莊飄落的葉子映在水池如雨，天藍水藍，連光影都轉藍了。雲朵花朵，色彩冉冉，現起又消翳。

藉光表色，光只存於色彩中，吳爾芙的意識流。在路易士現場，眼睛無法只關注事物的形體，因爲形體是跟著天光雲影律動的，是隱含著深層的變化，於是他們只好也跟著眼前事物的微細變化，引領走進氛圍，追索想像力後停在某個觀測的固定點上。

此房子的幽靈彷彿還鎖著吳爾芙的魂形。鐵灰色的屋頂，深綠色的窗戶，淡紅磚色的牆，兩層樓，每個房間都有面向花園的陽台。房間簡單，厚實的紅木櫃、白色壁爐、盆栽景，床倒是很樸實，米白色，中間懸吊著吳爾芙的摯愛伴侶雷納德晚年的肖像以及擺設若干黑白照片。相較於外界的綠色層次，屋子內則像是引進了藍天和日照般，藍黃白共處，明亮中有著繁複細節。

離開孤獨的花園之美，回到路易士小鎮四處閒蕩。

小鎮安逸，似可久居。

然旅人是移動的，一轉身都是一輩子的告別。

巴士又是載了滿滿一竿子人，載往通向倫敦的車站。

路易士是吳爾芙的拋錨地，無可取代之地，吳爾芙對它的熱愛表現在許多作品上。在倫敦時光曾經想要隱居的吳爾芙，在路易士找到了一生的安居座標。

她親炙現場，感受吳爾芙對自然的情懷。心想在人世的地圖上擁有一座久居的拋錨地是多少藝術家的渴望呀，可是現實未必能夠支撐際遇的無情變化，別說人生拋錨時，有地方可投靠，就是人生不拋錨時也未必就能覓得一地歇息呢。

在意外裡找意義，在現實裡找自由，在最壞中新生最好。

她在火車上，帶著想念的心離開路易士的吳爾芙與雷納德花園，尤其是那排榆樹，其中一株的樹底埋著吳爾芙的骨灰，而命名雷納德的榆樹開得又大又強壯，遮蔭著吳爾芙的魂魄。

倫敦的繁華很快地在華燈初上後迎向她那蒼白疲憊的心。

吳爾芙還是吳爾芙，自己還是自己。

原來，即使到了歷史現場，歷史還是不復回歸的，文學在科技年代似乎已然退到邊緣？黯淡了。

她在旅途裡讀著看不太懂的吳爾芙小說，緬懷著隱士之屋，她知道回到倫敦，在午夜裡還會夢見隱士之屋，那瘦削的吳爾芙雕像正睜著斗大的眼睛盯著她的夢與夢。

詩人的孤獨與瘋魔

麻州的女詩人皆有一種奇異的特性，孤絕孤獨孤寂孤單孤苦孤決……希薇亞・普拉斯，艾蜜莉・狄金生。在哈佛大學校區還住過著名詩人E.E. Cummings，和普拉斯在波士頓期間交誼過的女詩人安・薩克斯頓，優秀特異的女詩人，卻也走不出自殺幻影，死時她穿著其母親生前的衣服，自此女兒和母親因爲死亡才拉近距離，死亡才得以和解，死亡將母女化爲一體，是共死也是共生。

普拉斯與守寡母親也是難分難解，自八歲喪父，即要母親寫下終生不婚的切結書。激烈的個性，看待這個世間有著不同的自她目光。

女詩人雖有共通的孤獨，卻各有不同的個性與生活，支撐寫作的信念也大不同。有人臣服眞理，有人只爲一己之愛存活。

不論生前激昂或是靜默，她們生前都不算有名（甚至沒沒無聞），但死亡卻爲自己的寫作投下了震撼彈，帶來了高度聲名，且隨時間移往更甚。

於是她們生前可以活得如幽影，死後卻如巨神附身。

挺進魔鬼的盛宴

如果她想寫作，但又不幸交了一個和自己旗鼓相當的情人（且和他結了婚後他又外遇……）；如果想寫作，卻被憂鬱的黑暗之心囚住。那麼普拉斯的人生會告訴她這個寫作行業與愛情婚姻的艱困之處。

如果覺得自己不屬於這個世界，那麼日復一日的日與夜就成了難題。

爲何人覺得不屬於這個世界？因爲疏離，因爲崩毀，因爲隔絕，因爲孤獨，因爲背叛，因爲悲傷，因爲失去所愛，因爲鬼魅重重，因爲了無生趣……

《瓶中美人》小說原名The Bell Jar《鐘形罩》，被罩住的靈魂與身軀，渴望穿出密不透風的窒息感。猶如坐在一個鐘形瓶下方，在自己的酸苦之氣裡熬煮著情緒，慢慢燉煮，自作自受著，這非常貼近憂鬱症者的書寫。

記憶的屍體

他們靜靜地看著倫敦的旅館枯樹，聽見最後一片落葉辭枝時，他拿著行李離去。
他覷著空間邊檢查邊自語著：「還有什麼遺漏的嗎？」
她說：「一具記憶的屍體。」
在感情還沒崩壞前，詩人在這間房子仍留下生命與詩語的發亮印記。而她對他也懷有幸福之想。但崩壞來得毫無預警。「我有的只是一種極度的靜，和極度的空。像暴風眼。」在周遭喧擾的異語裡，獨自且帶點呆滯地走完沒有他的倫敦日子。
離別與重逢競賽，離別總是跑在前。

愈洗愈薄的記憶香皂

他離開前已預言她一個人滯留倫敦將會面臨的孤單。
手作香皂將陪她橫度春色之夜。
之後，她一個人在旅館，洗著香皂，玫瑰與檀香氣味，一種情慾與靈性並置的香皂氣味。
可惜泡沫貼身，卻禁不起洗。
就像愈洗愈薄的感情。
只消再過些時日，她在倫敦所服用的愛情膠囊，很快地就將面臨過期失效了。
她又回到了自己。
帶著禪意式地放下了他。

雲遊的故事

她在一家又一家的店鋪裡輾轉，她在一間又一間的旅館裡遊蕩，就好像中世紀的修道士，手裡捻著念珠，嘴巴講著流浪的雲遊故事。

寫著字，自說自話。他已經不在身邊。

「那個人會如此悲傷就是因爲戀愛」，戀愛常會引發人的悲傷是因爲什麼呢？注定成空的幻滅感襲來，讓患得患失的戀人，流露了哀寂的神傷之眼。

那哀寂之神即足以焚人心智。

和他在倫敦的索多瑪的愛情焚城時光，讓她在大寒裡彷彿得了熱病。

索多瑪的蘋果是不能摘下的，一旦摘下就瞬間化爲灰燼。

她的錯就是要強摘不屬於自己的愛情之果。

前往南安普敦

這日她搭火車前往南安普敦（Southampton），爲了去看艾瑞卡，她知道那裡曾經有一天聚集了兩千多人，這兩千多人爲了搭上一艘名爲巨人的巨船。

她是和一個派翠克一起去看「鐵達尼號」的，她記得他，有點模糊。記得他後來去了峇里島，有回有幾個女性朋友要去峇里島玩，她還介紹她們可以去找派翠克，後來聽一個去的女生說，兩個女生竟爲了派翠克而爭風吃醋，有一個還不肯回台北，不管派翠克當時有女友而執意也要跟他留在峇里島。

之後故事自此就斷線了，或該說是她把耳朵關上了。

派翠克這個人的問題就是太容易愛上女人，他就像鐵達尼號，表面豪華巨大，很多人都搶著登上去。她當時年輕，也曾登上派翠克的甲板，只是他還沒開航，她就倉皇地下船。以致後來聽到認識的女性朋友因派翠克而自願滯留他鄉時，她當時還曾心生懊惱過。懊惱是否不該仲介這樁遭逢？

她想有時候我們以爲愛情的旅程是在尋找愛情的對象，但其實那個旅程更多是在尋找如何看待自己內心的那雙眞正的眼睛。

不被慾望遮蔽的雙眼。

走在前往港口時，派翠克的影子模糊地跳動在眼前，但很快就如泡沫消失。

艾瑞卡帶她去霧色的港口，眺望的這座迷濛的海港上，曾停靠鐵達尼號，出航前載滿希望與愛的巨船，後來成爲海上最悲壯的傳奇。

她喜愛的小說家湯瑪斯哈代曾寫下〈孿生子的交聚——詩句誌鐵達尼號之沉沒〉。一個孤寂的所在。

就是上帝本人也無法讓這艘船沉沒，當時有船員是這麼驕傲地對旅客宣稱著。

巨人鐵達尼，不透水的艙區仍被冰山撞裂，被海水抹上了時間的鏽紋。

艾瑞卡是從巨大愛情與婚姻幻想的沉船鐵達尼號上的倖存者。豐饒豪華的鐵達尼號，一旦撞上冰山，頓然裂成碎片，漂浮在海底那孤寂冷漠的寂寥世界，沉睡在海底的鑽石珠寶錢幣……再也無法兌現的現實之物，鍍得湛亮的鐵皮與齒輪都失去了光澤，躺在幽暗靜謐的海底遠方。鐵達尼號如戀人婚禮，以爲誓言如堅硬的不透水船艙，但一個不愼，就可能全盤崩解。

艾瑞卡的不愼是太信任對方，就像旅客太相信船員一般。但船員也相信鐵達尼號是連上帝也無法摧毀的，艾瑞卡相信背叛的老公，在婚殿上也相信自己的誓言絕對是禁得起歲月的考驗。

但他們都忘了人性。

妳什麼時候知道他的身心都要撞上冰山了？

聞到他開始使用年輕的香水，開始注意自己的外表。她就聞到這艘婚姻的鐵達尼號正在偏離軌道了，只是不知道眼前竟是一撞足以摧枯拉朽的冰山。

艾瑞卡失去婚姻，失去老公，他丟給她法律規定的贍養費，他丟給她還有高額房貸的房子（而贍養費一點也不足夠負擔她的房子），最可怕的是連三歲與一歲的一對兒女丈夫也不要，她望著這麼可愛的孩子，心想爲何他不要呢？

那她也可以學不負責任的男人嗎？母親可以不要孩子嗎？她可以丟下他們落跑回島嶼嗎？把孩子丟給社會局嗎？

艾瑞卡的母親在島嶼的遠端電話裡告誡女兒說：妳不可以丟下他們，妳要撫養他們，那是妳的責任，別人可以不負責任，但妳絕對絕對不可以。

之後艾瑞卡就面臨生活的全面苦難，啼哭的幼小孩子，更糟糕的是孩子的母親還是個有著符號的東方母親，異鄉人找工作甚難，寒冷的天候也讓人無法舉起意志的步履前進。

兩個熟女望著海洋，無限感慨的艾瑞卡，歷經婚變，故事如普拉斯，差別是她以攝影寫詩，節衣縮食，她頑強地活下來。只因母親之死，她在異鄉才被打醒，頓時轉念，她要好好活下去，且把一對兒女帶大。她懊惱懊悔：當母親在故里生病時，她卻自私地爲自己的那個混帳偷腥老公傷懷且憂鬱，連回返故鄉探看母親都無能爲力。母親走了，她這個做女兒的才整個徹底醒過來。

她們靜靜地看海，寒冷的水流彷佛穿梭在她們的瞳孔裡，眼睛水汪汪的。她們的瞳孔映著藍色大海，曾經她們的瞳孔映照的是另一雙藍眼睛，藍眼睛走了，大海還在。

藍色還在。

十年過去了。

孩子的笑聲在風中穿梭著。

她爲艾瑞卡這個婚姻的倖存者感到無比的驕傲。

珍．奧斯汀注目過的海洋

「對生命的短促與種種誘惑，有著十分深切的感受……她骨子裡多少也暗藏著一些輕蔑與銳利的鋒芒。只不過她總是編織故事，無論什麼事情，她都能從中挖掘出有趣的東西來……」

讀著吳爾芙自殺前的作品，感到一種「獨白」作爲形式的心靈力量。

一個有瘋病感的人，肯定會陷入喃喃自語的熱病。

在南安普敦珍・奧斯汀故居前，女作家望著女作家看過的海，不同時光的人，同樣的一座海。

女作家住過的小鎮，也是鐵達尼號啓航之地。

她原本對珍・奧斯汀的作品呵欠連連，最後竟至欲罷不能。她想這是一種精神的附身，是作家永遠不死的精髓。她藉由閱讀珍・奧斯汀，讓小說人物再次活出氣味，彷彿也跟著走了一趟經典作品之旅。這不免讓她想起維吉尼亞・吳爾芙對珍・奧斯汀作品的見解：「珍・奧斯汀具有洞察人物內心奧祕的眼光，她選定了日常生活的平凡瑣事爲其寫作內容，這是一件很自然的事。」

南安普敦港口靜靜地呑吐著海潮，女作家的房子打開窗口就可遠眺這片藍色汪洋，藍色的大海是否也讓女作家明白自己可以終身不婚，僅靠寫作就有歡愉呢？

孤獨不是問題，難的是怎麼馴服這顆有時如受傷野獸有時又如頹喪風箏的心。

劃破巨浪的翅膀正迎向她們。

南安普敦的黃昏，她看見老友的神傷正在慢慢恢復中。

打撈沉船散落的珠寶，她正從崩解中，重新拼湊自己。

藍色大海裡有一雙她必須遺忘的「藍眼睛」。

陌生人

冬日倫敦，天色灰灰，入夜行過一座灰著一張臉的城市，內心則燃燒著熱度，因爲有可以對話與萌生愛情的他在身邊，有異國寫作同業作爲旅伴是幸福的。但許是異鄉人，到哪兒都不眞不切，不若他，來到自己過去的年輕之城，於是心裡有著鄉愁。柯芬園熱騰騰的咖啡館犒賞著舌蕾，幸福的感受自顯，但時間卻不領情，很快地一切就成往事。入了夜，異鄉人開始形色惶惶，步履緩緩，好像哪裡都可去，卻也哪裡都去不了。

深夜走過灰色的倫敦，路燈下依然站著裝扮入時的英倫男孩女孩。

一個男孩直直地往她走來。

妳很可愛，妳要和我一起過新年嗎？他問。

她心想著「可愛」是她這個人最陌生的質素。

倫敦男孩等著她的回答。

她在想著如何陌生化自己，如果可以，她不再是自己。

那她或許會跟倫敦男孩走。

搭倫敦眼，眺望泰晤士河，俯瞰城市鵝黃的建築，笑得像個孩子，這些美麗印象，收納在倫敦記憶寶盒，她知道很快地如不書寫下一切將隨時間流逝。

經過和他多日的相聚，她必須先遺忘他，才能遺忘她自己。

她來到倫敦，是爲了忘記這一切，因抵達而遺忘。回到島嶼，關於和他的這一段記憶磁軌，將因不斷地來來回回而刮損，時間經過，而顯現了美麗的模糊歲痕，如倫敦的霧。

他爲她指出了愛情，她因此看見了倫敦的愛情。霧般的愛情，愛情般的霧。

無常的愛情，飄忽的夜霧。

她從背包裡拿出香皀，在沒有情人的浴室裡洗著，玫瑰泡沫覆滿身體。

玫瑰香皀隨著時光，被她洗得薄薄的。

他逐漸成了掛在雲端的記憶體，如果不下載，就永遠漂浮在遠端的無數雲朵裡，異常空虛。

偶爾會在夢中，或者有緣，後會有期。

她的愛情芳名錄裡，多了疲倦又甜蜜的一個新功德主記號，小小的位置，一個孤寂的所在，像沉船的珠寶逐漸沾著時間的鏽色。

他或許人在歐陸歡樂，心卻想著我。她想。

她也許人在高原漫遊，身卻想著我。他想。

卷貳

守蜂者的女兒

卷貳

守蜂者的女兒

冬日裡，這座難以親近的城，躺著跳動的詩心。

但每個人都不準備打開自己，窩在方寸之地，只想起個爐火，讓火苗吞噬黑炭，沉沉睡去。

棉被裡的肉體是如此舒暖，然而精神卻也如此危脆，恐越不了冬。

二月波士頓，一片惡寒。腳下套著哈佛退休教授老太太不要的雨靴，她正穿行枯葉與雪水的人家後院。這些獨棟房子與枯索後院，曾是菁英齊聚派對之地，此刻寂靜，異常如死境，住在這裡，她四處聞到寂寞在體內嘎嘎作響。

女教授是她年輕時在紐約交過的某任情人的母親。這段情早已遠去，友誼卻罕見地長存了下來。女教授過去在哈佛教藝術史，年輕時曾是紐約現代美術館創辦人巴爾（Alfred H. Barr, Jr.）朝暮心儀的出軌對象，但她無法接受這種出軌的感情，於是她選擇背棄紐約繁華，遠離大都會。她過著平淡的教書人生，她那曾經的感情滄桑，帶著神經質腔調與懷疑性的迷濛目光，常讓我聯想起希薇亞．普拉斯，差別只是女教授沒有自裁。因爲女教授學會了控制與妥協，最重要的還有遺忘。

九十多歲的女教授想死多年卻一直活著，Die to Die，死慾於死，卻不死。後來她放棄掙扎，死神遲遲不來，連半夜跌倒受傷骨折腦震盪，又都活了下來……

女教授的求死不死對比著普拉斯的早早凋零。

尋訪的旅程，從台北到波士頓，從波士頓到倫敦。

雪霧的城市，冰冷的愛情。

鮮美愛情已成腐臭的果醬。

情人與冤家

妳本來可以忍受黑暗，但太陽之神泰德出現了，這使得妳的荒涼，更顯得荒涼。入侵蜂巢的艾西亞，伸出長長的口器，用她魅惑的複眼鉤住妳的泰德。她的鉤子射出毒液，妳準備讓位給新的產卵者？不，妳絕不讓位。絕不，是妳一生最善用的語言螫刺，但這世間如倫敦的冷冽薄霧，刺進去，空蕩蕩的。

可惜的是，妳捍衛后位，但卻也失去自我。

很多年後，妳不再叫希薇亞・休斯，妳改回自己的姓，希薇亞・普拉斯。妳的粉絲更激進，墓碑上的休斯，不斷被塗銷。

歷史如何塗銷乾淨？

妳那一頭被母親形容成德國式的金黃髮色已然黯淡，但妳的詩卻愈來愈如黃金般的發亮，亢奮在世人的眼皮下。

人都必須擁抱自己揀選的命運，每個際遇點都可能是契機。

瓶中女孩

很多年後，妳成為瓶中美人。

但其實妳是瓶中裡的小女孩。

瓶中的嬰孩吸了大量的憂愁之後，慢慢蛻變成美人，但依然生活在瓶中，瓶中裝著一只名為「過去」的胚胎，過去永過不去，妳不讓它過去，過去阻絕了當下，也使妳失去了未來。

過去這個小胚胎，逐漸長成嬰孩，接著隨著愛情的幻滅而迅速早夭。福馬林泡著肉身屍孩，外面罩的玻璃，易碎。

妳像是一株玫瑰花，卻在人間花園裡，將玫瑰花覆上玻璃罩，自戀且自枯萎。外人無法聞到香氣，蝴蝶蜜蜂也無法親近。

妳曾掀開鐘瓶罩，只為迎接妳心中的巨神。

但巨神卻如除草劑，迅速萎縮了妳的花期。

妳那充滿忿怒的心，像是基因作物的每個細胞，不斷製造殺蟲物質，最終壞了愛情根底，壞了土壤。

「但二十五年不到她就變成銀，／五十年，就成金。／活生生的玩偶，／隨你從任何角度去看。／它會縫紉，會烹調，／還會說話，說話，說個不停。」

妳不只變成銀，六年的時光，妳就躺平了，化爲鐵鏽，與草地同眠。

自嘲會縫紉與烹調，還有不斷說話的妳，不甘只是如此。

休斯從沒視妳爲玩偶，妳卻自貶自己，好讓愛妳的人難過。有些人會折磨自己，爲的是折磨別人。妳的自貶隱含著犧牲，犧牲是最高情操，連詩神都得退位，但有些犧牲卻不值一提。

為愛獻祭

妳是一個爲愛獻祭卻又不想交出靈魂的繆思。

與蜂面對面，妳那蜜色的玻璃罐瞬間摔碎。

「冬季是女人的季節」，雄蜂交配即生殖器裂開而死，原來妳寫的是自己，不是他者。以爲自己是蜂后，結果卻只是雄蜂。

妳最初並不想成爲悲劇人物，因爲妳得不到純粹的愛和一個完整的男人後，自此妳成了一個愛情幽影。

但在詩國妳具有神性，妳的詩像從天堂滴下的花蜜，讓苦澀轉甜氣。妳的靈魂冷不防會痙

很多年後，妳成為瓶中美人。
但其實妳是瓶中裡的小女孩。

攣起來，在經過暗夜的折磨，危脆的神識如風中之燭。

他的內在其實是有巨大的光在探照著，否則彰顯不出那些黑暗。黑暗掘出，化為泥中作，筆中書，譜中樂，彩之畫……作品釋出，優劣自明，但是時運未必牽涉優劣，時運否泰又豈是妳能掌握的。妳無法切割妳的愛，妳無法佯裝愛情沒有敵手。妳要極致，妳要完整，妳要絕對，在創作與愛情中皆是如此面對。

愛情烈士注定劃下驚嘆號，創作烈士注定劃下休止符。然而，藝術家也是瘋子的一種，是爆發精神精采熱度的人種。

妳，曾因投降於愛情，夜夜如敲喪鐘而過，不是欣喜若狂，要不就是沮喪如魅。

創作不僅退位且常消失，因為心情版圖被佔領，愛情被升高到一切的存在，生命的基地蓋在對方的土地上。時懷恐懼與被他者介入。

妳累了。煩了。

創作與自由的空氣妳聞得到，生活不給妳愛的語言與善良的姿態，但是創作會回報妳。然而要命的是，妳還是無法擺脫巨神泰德的陰影。

孤獨自閉者若未能棄世是苦的，妳終因一切的不公與落空而更加氣憤難耐。

泰德曾給妳從未有過的愛情，但卻也一手收回愛情而毀了妳。妳同意男人的氣勢逼人凌人，起先妳的敵人是妳的母親，後來妳的敵人是妳的男人的情婦，接著是男人，出軌的男人。

妳懼怕成為女巫，那將是——黑夜的黑夜，無盡的無盡。

妳那如蜂的複眼，總是能精確掌握情人之心的移動，複眼裡有六千多個邊形小眼，辨認愛情的方位與色彩，心的方向與速度，妳如複眼之精密結構儀器，非常敏感。妳那靈敏的嗅覺偵測器聞到泰德身上摻著其他的香氣；妳是蜂后，入侵的其他蜂后勢必驅逐，但這回雄蜂卻不幫妳，妳只能目視著愛情這幅靜畫裡的寂靜殺戮，妳正面迎戰，卻失去整座蜂巢。

因而妳苦，但當妳的情人也苦，當妳的母親更苦。

愛神降臨，但死神也靠近了

詩評家艾爾形容妳的巨神：「他是個高大、表情流露一股穩定堅毅的男人，黑燈芯絨外套、黑褲子、黑鞋子，一頭深褐色帶點隨意的亂髮，寬闊機智的嘴，詩意的神情，有著一雙迷人專注的電眼……」妳一看就知道，他是有能力殺妳的人。

而妳也不差啊，在妳出現的幾張影像裡，不算甜美卻有著溫善，身軀長而扁平，瘦長的臉孔裡，有著機警而富有感情的雙眼；嘴唇鮮紅飽滿是妳最美之處，褐髮緊緊地往後紮成一團髮髻。穿著牛仔褲和襯衫，有人形容妳像是「烹飪廣告中的年輕女子，友善但難以親近。」

妳八歲就發表了第一首詩，求學時期即已牆上掛滿勳章，讀衛斯理女中、接著史密斯學院。妳成績特優，申請到許多獎學金，頂著多項學生會長頭銜，這些年輕時得的獎項，讓妳心高氣盛。紐約時尚女性雜誌《Mademoiselle》選妳爲最有潛力的新女性之一，妳到曼哈頓體會大都會種種、以妳爲雜誌的封面人物、招待妳享用美酒佳餚，此即是妳後來寫《瓶中美人》的往事回憶錄。（如此的妳，可以想像無法承受任何一丁點挫敗，一丁點挫敗都被放大成一生的精神汙點。）

之後妳取得富爾布萊特獎學金赴劍橋，並在劍橋遇見泰德·休斯。富爾布萊特（Fulbright），迎接著妳的「完全明亮」，如斯神諭，卻是死神僞裝的禮物。

一九五六年六月十六日，愛神降臨，但死神也靠近了。

緊抓馬頸奔馳的詩人

源於莎士比亞《暴風雨》一劇中的精靈，Ariel是妳在全家搬到德文郡時所騎的一匹馬的名字，妳爲牠取的名字。

妳上廣播節目曾被問到爲何詩集命名《精靈》，妳說這是妳特別喜愛的一匹馬的名字。根據休斯的回憶，妳在劍橋大學讀書時，妳曾某回騎上一匹白馬，這馬卻忽然有如染上癲狂病症似的飛奔起來，妳彎腰懸身地緊抓著馬頸，竟就這樣地一路將雙手緊緊地掛在馬頸上，被馬近乎撕拖地疾馳了兩英里，如此才安然地回到馬廄。牠似乎在以危險遊戲和妳調情，妳的臀部擺動在馬的背脊上，馬背上佈滿神經，牠細緻地感受著妳的激情與熱盼，牠回應著妳。

而目睹這一幕的休斯，當時的心緒受到了極大的巨大震盪，這是甜蜜的震盪，他因之錯以爲妳是強者。

強者，如是那麼妳足以和現實那一再重複且近乎庸俗的日常抗衡；強者，如是那麼妳就可以和他在詩藝上旗鼓相當，因爲你們都將是上帝鍾愛的一對詩神兒女，這足以站在繆思之神的左右肩上，以詩作爲雙人競比，危險卻美好的關係。他想，妳不會只是妻子，妳是可敬的對手；妳不會只是母親，妳是產下無數作品的詩魂。休斯望著這一幕，他知道自己將與眼前這個奇異昂揚在馬上的女子結盟，高度藝術與入世幸福的結盟，他天眞地以爲著，不知道自己其實就是那匹白馬，將被妳往後緊緊地抓著，近乎窒息地抓著。

那是何等奇異卻又如史詩式的女神風景，彎腰懸身緊抓馬頸飛奔兩英里。馳過多少荊棘，劃破褲子，流出血漬，妳微笑地迎向一雙發亮的湖泊，目睹這畫面的劍橋學生裡，有一雙瞳孔正散出巨大的光芒，妳看見太陽之神緩緩升起。

妳忘了太陽是不可靠近的，你們的愛情就像蠟鑄的翅膀，表面強大完美，但創作如太陽，一不小心就會融化，墜毀。

妳忘了死神也是不可再三與之遊戲的。

妳的死亡之術其實是生之激情，是掩耳盜鈴的僞裝，是引人注目的變形求生術，是乾澀荒地裡的小草卻僞裝成礫地的仙人掌。或者也可說，和休斯在一起的最初時光，在他的巨人臂膀下棲息，妳是再也沒想過死亡的，遇到危難時，妳甚至比誰都要強韌。當時有休斯的詩與目光環繞著妳，妳自然遇強則強，加上自尊的驅使，形成了這幅懸掛馬頸飛奔的女詩人形象，有著奇異的完美意志。這深植在休斯的腦海，他甚至忘了妳的僞裝術，以爲妳遇到生命的風暴都會安然度過。因爲他就是如此的人，一個對生命與創作有信仰的人，不會把自己的生命交給對方，也不會把感情懸於對方的存在與否。自己就是一切，除此無他。有他，都是贈予。

因爲那一幕，休斯誤解了妳。

他忘了妳強烈的得失心，忘了妳的佔有慾，這是妳的才華，可也淹沒了妳。

他忘了妳會將愛情所賴以呼吸的瓶口乍然收緊……
戀人存在一種緊張關係，束緊的愛，把兩人都殺死了。

他忘了妳會將愛情所賴以呼吸的瓶口乍然收緊……

戀人存在一種緊張關係，束緊的愛，把兩人都殺死了。

戀人，我們結婚吧

當年許多人將婦女的野心扭曲爲精神病，妳就是生活在如此氛圍的環境，因此曾對朋友吐露結婚讓妳沒有社會目光的壓力了，再也沒有人問妳何時會結婚了。但妳高興地走進聖殿時，妳忘了艱難才要開始。

你們倆全都記得那次晚會上的一吻。妳當著泰德同行的女友給了他的一吻，令他的面頰留下了齒痕、流出了鮮血；泰德寫：「妳是存心要以妳的活潑爽朗／給我致勝的一擊。我記不清／那天夜晚其餘的一切。／除了我帶著女友悄悄離去。／除了門縫裡我憤怒的嘶嘶聲，／對於妳的藍色頭巾會在我的／衣服口袋／我目瞪口呆地被訊問……／烙著那底下的我直到永恆。」

繆思鍾愛的詩兒女，見到對方的那一刻起，眼睛就疊影著彼此的命運。

短短四個月後，詩國的戀人要結婚了。

一九五六年六月十六日中午十二點三十分，妳和泰德互相在聖殿吐出山盟海誓：「我願意」之後，妳聽見教堂外的天空彈出積壓甚久的眼淚，外面傾盆大雨了，婚禮還沒結束，妳轉頭看著泰德一眼，妳的太陽如巨人站立聖殿，妳感到幸福，妳感到安全，在巨人的太陽與臂膀下。

妳寫：「我未受愚弄。我立刻就認清了你。」

但其實妳備受愚弄，一步步地走進了陷阱。

妳一路未見神的記號，忽略祂暗藏的隱喻。

比如結婚的聖殿上，牧師竟然不在場，這是一個記號。他起先摒棄你們，最後勉強留下來爲你們的婚姻誓言作見證，但他心不在焉，且匆匆忙忙地唸了婚禱詞。

妳聽了那急切的婚禱詞，差點想昏倒。

事後，妳想起這場婚禮，如此地古怪，因爲泰德的父母親不在場，而妳那跟著妳生命亦步亦趨的母親奧芮莉亞從美東迢迢地來到現場，母親表情怪異，稱不上高興或不高興，她只是在場。而聖殿上的牧師也很倉促地唸著該唸的儀式文字，因爲他是被妳和泰德拜託才勉強留下來作婚證的，他說好要帶一群孩子去動物園，行程已經有所延宕。

一群要去動物園的孩子就坐在巴士上等著牧師證婚結束，直到彼此吐出「我願意」後，牧師鬆了口氣，你們也鬆了口氣。妳步出教堂時，看見巴士上靠窗的孩童們望著你們。妳看著孩子的眼睛，妳心裡想著要生泰德的孩子，肯定是又聰明又漂亮的孩子。

那些等待你們婚禮結束的孩子，看著你們從教堂步出，有的孩子好奇地將臉貼在巴士的玻璃上，他們有的表情是歡笑的，但男孩更多是起鬨的揶揄。像是在看動物園似的看著你們，孩童眼神直接，妳頓時臉紅，像是剛剛在聖殿交配似的感到被指指點點的不自在。

尤其是女孩子好像早熟地看出你們是剛剛才在聖殿上起誓要「山盟海誓白頭偕老」的夫妻，從戀人變成伴侶。女孩和妳的眼神對望，她們和妳都不知道在這個山盟海誓的後面正有小風小浪在形成中，滔天巨浪已在遠方，妳心裡驚濤駭浪，但卻暈眩於此時此地的幸福。

而那個年輕牧師更是無感於戀人需索誓約的安穩與上帝祈福的力量，他心裡牽掛著時間，於是不自覺拉快了音調。

新婚之夜，戀人身心結合的新座標。常不解當代的新婚何義？兩個常膩在一起的戀人，新婚之夜早已成了舊夜。但深思仍覺當代的新婚之夜是有意義的，至少戀人的心裡是產生變化的，經過聖殿儀式洗禮過後，戀人相擁時或許多了安定後的篤信，人需要神爲愛作擔保，這讓愛多了承諾的重量。

世界最重的物質是看不見形體的「我願意」，一句承諾壓得人喘不過氣來，但沒有喊出這一句又顯得愛太輕。每個人都說要愼諾言，但如何愼諾？諾言何以終生都不能變？爲何諾言不能因時因地因人而變化？爲何人要索取另一個人的諾言？愛需要諾言的證明，但語言往往都是最輕的。

新婚之夜，妳和泰德住在離殉道者教堂不遠處的魯比街（Rugby Street），魯比街十八號，妳初初體會又歡愉又暈眩之所，感受被太陽詩神覆蓋著，妳害怕過亮的太陽，全身有被融化之感。

這間暫住的房子是泰德劍橋同學的家，妳曾說它像貧民窟，妳急於尋覓屬於妳和泰德的愛巢。妳的人生速度加快中，好像要急著把時序表調前。像光束列車行過人生荒原。就像妳往後的人生隱喻，一切也是快格播放。拿學位、出國、戀愛、結婚、生孩子、出版詩集、丈夫外遇……迎面質問愛與死神，打擊日常生活，妳成爲傳奇，一直渴求的聲名在死後如核爆瞬間來到。

但最先妳當然不是這樣想的，妳期盼與泰德結合，並不是爲了超越他或超越自己，妳純粹想要與他在一起，因爲只有他這個巨人可以滋潤妳的精神，旗鼓相當的愛情，一樁郎才女貌的婚配。妳叼走了劍橋女學生夢寐以求的才子，且這名才子還長得這般高大耀眼。妳伸手就搆得著幸福，但卻知道這幸福絕非永遠。永遠太長，每一天對妳都是危險。

那些孩子的眼神讓妳在新婚的簡陋之屋裡，躺在床上忽忽童年往事飄進腦海。

那是波士頓，也是惡寒之鄉。但那時還有父親，母親。八歲前的父親還在妳的生活裡展現生命的靈光，昆蟲學家的父親是養蜂人，妳最初第一次遭逢生離死別的親密客體，妳寫詩的傷心靈光。

令妳沮喪的生活，令妳憂鬱的氣候

沿著攝政公園路走，隨意亂晃這一區，攝政公園區集結著許多名作家的故居，有著高級住宅與咖啡館林立的柏克萊路上，有妳與休斯曾借用美國詩人W.S馬溫離家時的聖喬治街書房，彎到查柯特廣場的三號三樓，就是妳和休斯的命運轉接站，一九六〇年二月你們搬進，妳在這裡懷孕生子（包括作品的誕生），也在這屋子迎接間接「殺」死妳的情敵艾西亞。

葉慈沒能拯救妳，門外的藍色勳章高懸著詩人的名字。

妳和休斯曾爲了彌補感情，航向愛爾蘭，試圖在旅行中，重新發現對方更值得爲他活下去的理由。在葉慈的故居，搖下滿滿的紅蘋果時，妳是喜悅的。但同時之間，妳和休斯爭吵不斷，最後休斯只好中斷行程，離妳而去。

那對租下你們倫敦公寓的艾西亞和她當時的年輕老公來到了德文郡拜訪你們，敏感的妳卻已嗅覺到妳的處境多了一位競爭者，她也許寫詩寫得差，但卻是非常老練的愛情獵手。妳將很快就會在休斯的睡袍上聞到另一個女人的體溫與遺下的香氣，妳聽見教堂鐘鳴，鐘聲送走生死，卻送不走愛的傷痕。妳已經先一步瞧見了自己即將墜滅的畫面。

這位美麗女人將讓忙碌於鄉村家庭生活的妳相形失色，艾西亞帶著黑暗女神的引誘神祕氣息，將奪走妳身邊的所愛，艾西亞最後以她的子宮盜取了伊甸園的諾言，奪得了致命的勝利。艾西亞是對妳命運最神祕的重重一擊！

妳說妳完全無招架能力。

「這場仗我輸了。」一向擅長死亡藝術的妳，再次感受到被恐懼癱瘓的意志，想要沉沉睡去的美好重量壓向了妳。

在墜入死神懷抱之前，妳還不能辜負才情，妳要以詩寫下愛的瘋狂與夢的絮語，妳要以小說之筆描繪憂鬱的顏色，妳寫下所感知的一切，妳所受苦的情緒深淵，妳要寫下，在赴死前。妳若沒有寫下，世人將會從此稱妳爲「休斯太太」，妳此時才明白妳根本不要這個代號，妳要當妳自己，在死神降下黑袍之前，妳的腳步要快，妳要揮筆如劍。

這間公寓的某個女人曾告訴妳：「夏天到來，妳把窗子打開，可以看到攝政公園的獅子與海豹，還有許多異國鳥禽的鳴叫聲。」

獅子與海豹？那是什麼樣的野性年代？

靜靜地站著聽樹雨聲，鳥鳴不聞，冬日裡牠們也懂得躲藏自己。

這裡不是安居之所，這裡是暴露貧困的荒地。

這個公寓的空間太小，使得他們得暴露在對方的瞳孔之下，一切無所遁形。

才結婚不到一年，他已獲得了美國詩歌大獎，第一部詩集還是妳爲他編排的《雨中鷹》（The Hawk in the Rain，一九五七年）。雖然妳緊跟著步伐，也在同年出版了妳的第一部詩集《巨神像》，但卻沒有休斯的聲名與被矚目的目光。

妳沒沒無聞，身影單薄，在巨神的陰影下。

水仙與採蜂者

兩年後，妳與休斯帶著孩子離開這間公寓，搬到鄉下，租下你們倫敦居所的就是艾西亞夫婦，未來的殺手，黑夜蜘蛛女。

未久，妳面臨即將崩裂的婚姻，妳再次離開鄉下，獨自帶著孩子回到倫敦。某日妳來到離查柯特廣場不遠的費茲羅伊路二十三號。走過查柯特廣場，遇到十字交叉口時右轉，走到對面就可看見藍色勳章，這個勳章是給詩人葉慈的（他九歲以前住在這裡），妳看見這個藍色勳章（妳不知道有一天妳也會獲得一枚藍色勳章，在妳過世後的三十多年後）大爲興奮，妳覺得這

忽然，一切的虛無感就這樣佔滿了整個世界，
生命只剩下空蕩的軀殼，
外在成了荒原，妳站在空蕩之處，求救無援。

是個好預兆，妳覺得自己是個詩人卻能住到大詩人葉慈的故居，彷彿葉慈的詩魂會好生看顧著妳的靈魂似的，妳當下決定租下來，且很興奮地展開詩的寫作，即使生活與愛情都如此地困頓難行。

站在精神的荒原

「如果有人弄亂我的物品，我會覺得像在精神上被強暴似的。」妳曾這樣說過。長期將男女分開受教育，久了也會變病態。妳一直都是念女校，在失去父親的羽翼保護下，妳總是力求完美。

正如妳在《鐘形罩》中所寫：「我十九歲的時候，當時貞操還是個熱門話題。」妳不太會穿衣服，但喜歡名牌，舉止有點笨拙，也常發窘，很會吃，但卻瘦削，甚至有點骨瘦如柴，容貌並不亮眼，但妳有一種奇異的特質，敏感尖銳卻又如貓之眼。

這就是妳和泰德結婚前的模樣。

也是小說裡愛瑟這個女孩的原型，妳的隱喻。

十九歲的愛瑟即將遠離學校，踏入社會，才華洋溢、學業優異，在一個競比的機會下，到紐約時尚雜誌擔任實習編輯，食宿完全由雜誌提供，同期被選入的女孩們個個優越，年輕的生命摩拳擦掌等待飛翔聲名大噪的天空，等待染上全新的繽紛色彩。然而妳卻「不屬於這一切」，妳寫著：「寂靜到讓人沉鬱，因爲這不是萬籟俱寂的靜，而是我自己的寂……這座城市懸在我的窗前，閃爍熠熠，如海報平貼眼前，但想到它帶給我的一切，我倒希望這座城市根本不存在。」這讓年輕時曾經經歷紐約城市生活動盪的她，如此地被觸動著。

接著女詩人寫床頭的電話像「一動也不動，喑啞如死人頭。」小說才一開場，就充滿華麗的死寂。

接著是周遭女孩們的放浪形骸，也無法和女詩人的心靈契合，妳和女伴終日晃蕩卻感隔閡。而以往憧憬的愛情也不了了之（在休斯之外，妳告白出自己大學時一場虛妄的戀情，充滿世俗心機計算的欺騙的遊戲）。小說最後，妳寫到愛瑟因沒通過寫作班的申請，而開始懷疑自己的才華，忽然，一切的虛無感就這樣佔滿了整個世界，生命只剩下空蕩的軀殼，外在成了荒原，妳站在空蕩之處，求救無援。如挺進魔鬼盛宴的詩天使，純淨心靈卻被人世的虛僞與算計吞噬，妳原本就冷眼看世間，這時只好自斷翅膀。

許多有才情的年輕女孩男孩，都曾經經歷妳這樣的世界，只是妳寫出了這樣的眞實。作家以其黑暗靈光，照亮來者的路途，前行者是顚簸的，妳的文學重量自此被重新度量。妳成爲一個文學靈光，因爲抵達了人生與創作藝術的難度。詩人的離去，不必八卦妳，因爲作品才是妳的重量之所在，沒有作品，一切不過是灰飛煙滅。

這本小說近乎妳生命的再現，也就是妳經歷這樣的感覺已經一次又一次了（三十歲妳自殺身亡前有多少精神崩潰歷程，至於瀕死經驗也有三次），妳煩了，膩了，於是回顧了往事，妳發現生命的輪迴線圈竟是如此的雷同，妳找不到掙脫之藥了。

已渡人世險河者，不知道滯留在另一暗域的人之苦，站在精神的荒原，心靈源頭荒澀，現實沒有依存處，幻覺倒比現實更眞實。

黑夜在床前跳舞的《精靈》

Ariel，艾莉兒，這是一本讓世人眼睛一亮的告白體詩集。

妳變成艾莉兒，莎士比亞筆下的精靈。被米蘭公爵所救，卻又自此受其囚禁與成爲其愛的奴僕。妳的自我隱喻，但妳生前並未見這本詩集出版，休斯是妳的財產繼承人，他修改了妳詩收錄的順序並將部分詩不收入，理由是妳詩裡帶刀，會傷了當時還活著的許多他們之間的友人與親人。休斯獨自的決定，無法讓妳從墳墓中喚醒咆哮這樣的專斷。很多年後，精靈才成爲精靈，眞正以妳原作的詩樣貌呈現在世人的目光裡。

當時妳和幾個女詩人都擅長告白詩體，直白告白，毫不避諱，但仍以詩藝展演多維度空間，以詩的血色沾染在愛情的祭壇，眼睛流的淚是紅的，月亮的血是紅的。

在那個男人所統領的世界，女人揭露自我的傷痕顯得如此奇異，但高貴而新穎。許多女藝術創作的「前行者」們，妳看見墨西哥畫家芙烈達．卡蘿自揭的傷痕歷歷，砍向自己的解剖刀如此犀利，對自己毫不留情，卻對傷她心的人一再寬宥。他人是地獄，是逆境，卻也是推波助瀾自己前進的一股奇異的命運之風。

黃病的陳舊時光

黃色是妳的原色，卻是妳的自卑，或者是驚恐的威脅。

在妳筆下，黃色是中國佬，是破舊，是衰頽，是枯槁。

「我穿著一件舊的黃色長睡衣。」又是黃色，妳把變形的世界置之於黃色調盤上。「在一個盛著變成黃色的水石盆中。」崩潰與衰亡，年輕時召喚的幸福不堪愛情命運的一擊。因而妳寫〈高熱一〇三度〉——

妳喜歡異國情調
我是一只燈籠
我的頭部是
日本紙紮的月亮

守蜂者的女兒

他的父母有德國血統，操英德雙語，典型的知識分子。爹地〈Daddy〉妳的這首詩與其說獻給父親，還不如說妳是在怨懟他。

父親，早離的他，留下母親與妳。自此母親緊緊地綁著妳，妳也緊緊地繫著母親。父親過世那日，八歲的妳走近母親的身旁說：「答應我，妳今後一定不會改嫁！」

這也被評論者形容妳有戀父情結的一首詩。妳形容自己那有德國血統的父親如法西斯主義者，但這到底是戀父或弒父？

實則在君父的城邦裡，早已傾頹成廢墟，荒煙蔓草，處處哀傷。

小說有私小說，詩也有私之詩。

私之詩，碰觸極端個人經驗的逐一檢視，靈魂的自白。

嫻熟死亡術的妳，對日本人的切腹自殺，也在詩裡表達了精神性與陌生性的崇敬。還有意外吊死舞蹈家鄧肯的絲巾也在詩裡展現陰霾：「在空中鉤住妳的懸吊花園」。

那條殺了鄧肯的長長絲巾原本是鬆鬆地圍在脖子上，沒錯，圍巾是要圍在脖子上，難道它要圍在腰上嗎？但圍巾卻太長拖地且被關在門外了，被開動的車子捲入輪子下，將頸子愈纏愈緊。

歇斯底里的自我傷害

「我再也無法將你拼湊完整了，
補綴，黏附，加上適度的接合。」
日月蹲在神像背後，將自己嵌進神像與歲月的暗處。
養蜂可以排遣愁苦？父親養蜂，爲了研究。女兒養蜂，爲了療癒。
但觀看黑色蜂窩，卻引發不能呼吸的幽閉空間的恐懼。
蜂窩聚在一起像蝙蝠張翼。
雄蜂只爲和蜂后交配後死去。
不忠的雄蜂被蜂后的工蜂守衛們驅逐出窩。
雄蜂迷亂了路，只要離家五百里，牠們就無法找回家的原路了。
妳的泰德也找不到家的路了，他在妳身上看不見家園的未來。但妳咆哮怒吼這未來都是他先破壞的。

蜂蜜如「中國黃」，又是中國黃，病黃色的幽魂不散。

像桌上氧化的蘋果，發黃發皺。

妳不要再看見那病態的黃。

妳將和泰德分居後的新居所，葉慈詩人曾住過的詩魂之屋，漆成了藍色。藍色像是嬰孩的眼睛，藍眼睛如湖泊。妳不敢睡著，在太陽還沒將孩子的額前曬得發亮前，妳不敢驚動這沉睡在夢境的小宇宙。

那是妳專屬的晨光時間，在嬰孩的第一道哭聲還沒響起前，妳像發高燒似的寫作，一首又一首的詩語發燙地熨貼在紙上，再也不會被任何人輕蔑。

妳覺得在英國受辱，在泰德的家庭面前受辱，他的妹妹那尖刻的語言，他的母親那看在眼裡卻又冷眼在旁的神情，妳很慶幸脫離了他們。只有在詩的國度，妳昂首闊步。

但有時滿足寫作之後，頓入踩空的空白時，妳常會感傷且愣然著命運爲何把妳帶開泰德的世界？愛情何以變成肥皀劇？丈夫何以變成陌生人？

即將到來的紅色耶誕顯得如此殘酷，妳不知道自己如何度過這種集體節慶所無形施壓在孤單者身上的這種孤獨與悲涼感？

曙光將來。

妳想應該是讓詩人的羽翼暫時收起的時候了，妳應該去逛逛市集，去添購一些孩子與節日

愛情的惡意已被妳以繆思代換了。
雖然這樣的創作晨光極短，
但已讓妳有鬥志、有生之激情。

的東西，妳渴望重返秩序與寧靜的可能。

印第安小織毯，燈芯絨窗簾，瓷釉花瓶……新屋已有了家的安頓色彩。

但意識不小心流淌到德文郡的那棟綠苑時，好不容易拼貼縫補的心總是瞬間被撕裂。

沒有飛奔下筆時，妳凝視曙光，就這樣靜靜地看著曙光衝破雲霧，霧濛的幽藍正如墨水般的擴散到妳的瞳孔裡。

藍色是妳的海，新居所是一座內陸海。避冬的巢穴，讓生活不那麼殘酷了。殘存在心頭的失愛血跡尚未被清洗乾淨，但已經有要褪色的跡象了，如果情緒不再失控，如果傷害不再揪著心不走，如果繆思能更鍾愛自己一點，如果孩子的歡笑可以融化倫敦的大寒？

妳就可以從近乎迷亂中的變動生活裡清醒，重新航進秩序理性的世界。

妳喜歡迷幻，但沒有要瘋狂。但這一線之隔裡，防火牆太薄，迷幻的詩常引燃大火至生活的瘋狂裡。

愛情的惡意已被妳以繆思代換了。

雖然這樣的創作晨光極短，但已讓妳有鬥志，有生之激情。

影響的焦慮

一九五九年妳和泰德結婚後回到妳的故鄉麻州。妳在波士頓曾參加「自白派詩人」先驅羅伯特・羅威爾（Robert Lowell）所開授的詩歌寫作班，在此妳結識了安・薩克斯頓（Anne Sexton）。

詩人羅伯特・羅威爾之《生命習作》解放了妳困在詩的傳統與經典牢籠裡。

妳以他為學習範例，但小心翼翼地避免受到他的影響。

妳和安・薩克斯頓都曾修過羅威爾於波士頓大學開的詩學，但妳卻從未受他那以感染力聞名的風格所影響，因為他帶給妳的體悟不是詩的風格，恰恰是詩在創作上那可貴的自由。

披露與轉化個人經驗為作品，這成了自白派的特色。

比如一九六一年二月，妳二度懷孕卻不幸流產，因而妳在〈不孕的女人〉一詩裡，將沒有受孕的身體譬喻成一間有著圓柱、廊柱、大廳，卻空蕩有回音，但了無雕像的寂寞博物館。

「那個人會如此悲傷就是因為戀愛。」戀愛常會引發人的悲傷，因為注定成空的幻滅感襲來時，那哀寂之神即足以焚人心智。

使尋常轉為反常，愛情誘發人內在的黑潮狂瀾。

生命習作

妳曾對某英國文化協會的採訪記者暢談關於寫詩的自由啓發。

妳為羅伯特・羅威爾的《生命習作》所帶來的新突破感到興奮。

羅威爾的詩強烈地深入嚴肅且極為私人的情緒經驗，這是過去妳一直認為寫詩的一種傳統技藝的禁忌。

但讀了如此直白的詩之後，妳深受震撼。妳對羅威爾描寫自己在精神病院裡的詩篇很有興趣。妳所感受到的從傳統詩裡伸出心靈自由飛翔的翅膀，闖進了個人靈視的私密宇宙，打破詩在私領域的禁忌話題，妳覺得自己的原鄉詩壇已然展開新的探索與新的表達了。羅威爾給了妳關於面對心靈的「勇氣」示現，在詩的世界之外，妳原本就渴望擁有且讚賞的特質。

《生命習作》詩作和傳統詩的形式與題材脫鉤。當年艾略特的《荒原》被期許為勇於突破文學傳統的革命詩作，現在妳發現私詩的告白魅力。妳書寫詩的年代正是帶點國家與族群白色恐怖風潮的顛峰末端，那是作品與作者被認為應該是完全切割的，因而沒有出現妳這種「自白體」詩。

詩人羅威爾過去寫詩也是有著繁複的符號，帶有艾略特那種濃厚的伊莉莎白式的古典語法與講究詩的堆疊、詩詞的韻律表現等等，這些都是學院派所推崇重視與鍾愛的。

但過了十年之後，羅威爾卻一反這些被視為美學與詩學的規律。他甘願帶著被誤解也要背叛自己的過去，他不要隱喻與符號了，自白與口語化的詩語與趨向個體生命經驗的書寫，成了一種新感官詩語。

這種自白體的自由，讓妳發現了創作的新大陸。

一個無法終止崩潰且被鬼魂所蠱惑的人，一種充滿個人強烈風格的作品，這正是妳喜歡的。當下取代了過去，脆弱的直白描述，凝視人性的細節種種，凡此種種皆取代了妳過去諷喻符號、晦澀而講究的詩語。

妳從書寫的自由中獲得俗世的安慰與苦悶的釋放。

彷彿羅威爾為妳打開那扇曾對妳緊閉的詩門，過往學院訓練下寫就的詩歌訓練，每首詩恰似以馬賽克磁磚的拼貼方式，逐字砌建而成。

妳不再重返單純只重視詩技藝的那種典律寫法，妳航進生命的記憶大海。

一九六〇年妳的第一本詩集《巨神像及其他詩作》將成為妳創作之初的絕響，妳要改變風格，妳要召喚更強烈的海嘯來震撼生命的苦痛現場。完美的技巧與語言的精確和張力，對韻律的敏感與諧韻的運用，都不再是妳前進之地。繆思不忠於妳，妳也要不忠於祂。妳改變風格，詩語直接訴求內我心靈。

掙脫舊有的詩學訓練所加諸於身的牽絆。儘管這些訓練下所寫出的詩顯得如此優雅，但也因為這些框架而讓妳有了束縛感，這使妳感受到生活與愛情已經被牽絆住了，那麼妳甘願冒丟掉框住的局限，即使學院可能不看重或讀者可能不接受（沒想到妳連報社編輯台那一關都不過了）。

但妳至少成為妳自己，至少作品先要對自己有意義，重返創作初衷。

妳像是一班不按時刻表發出的高速列車，等不及將框架拋之腦後，脫離閃爍隱晦、保守的樣貌，開展生命與天賦融合的兩股力量，寫些能突破黑暗的曙光與能真正觸動內我的字詞。趨向毀滅、無常、尖銳，引起閱讀者的不安，和傳統妳被教導的美學世界相反而行，且奔跑起來。狂癲囈語，戰神與女神的雌雄一體，發著高燒的語言，燙傷許多人的眼睛。單單只是形式上的美和韻律，已經不能再吸引妳了。但告白詩不是那種妳所輕蔑的自憐、自溺，相反地是要破壞，要對抗，要勇闖心靈與記憶的禁地，迎向內在的自我風暴，對記憶的風暴毫無防衛或躲避。

妳抨擊著詩人故作文雅，爲了吸引人而偏好某些書寫的媚俗面，妳看見大多數的詩作往往追求字詞格律卻忽略內在的聲音，妳說：「他們迴避生命內在以及生活中種種不快樂與毀滅的眞實面。」

當然妳也是雙重性的，追求自我聲音的不斷流瀉，也不忘將另一隻耳朵探觸他方。一旦作品發表或獲得佳評妳就喜悅，一旦作品沒有被收錄詩選妳就難掩失望之情。

漸漸地妳有些知音，他們讚許妳爲了靈魂的前進而不惜改變詩風的那種勇氣，妳的告白體詩，開始獲得注目。

關注到妳詩風的丕變者，看見妳正爲了替苦痛找出口（有報社編輯雖然不敢用妳的詩稿，但心裡知道應該給予妳關注），妳爲創作嘗試找方向，妳的作品有機會提供評論界成爲新的敘事典範與事例。只是妳個人的苦痛與危脆來得太快，等不及妳日後的成名與關注。

如果聲名來得早一點，如果關注來得深入一些，那麼或許當年的妳會覺得創作之路不再那麼窒礙難行，也不再感到孤單與淒涼。當然，這種外界的肯定往往也只是停歇心頭一會兒罷了，過不久喜悅之心與期待之情就逐漸淡去了。

妳深知自己的病兆。

有朋友形容妳似乎等不及人生的未來……妳總是衝出去迎接它的到來，然後促使事情發生。妳寫給朋友的信：「表面看來，我或許有些小小成就，但在我的心裡，卻往往住著巨大的憂慮與自我懷疑。」

孕育詩的小小子宮

一天的時光，妳幾乎都是別人的。

只有回到書桌前，才是妳可以命令意志力行使之處，書桌方寸之地是妳的小小子宮，吐出詩，化爲咒語，爲自己形塑生命存在。雖然這讓妳想起許多的恐懼與如浪對撞開來的記憶，但妳仍喜歡這方寸之地，因爲純粹屬於妳的，沒有人可以來染指它，即使是妳的女兒。

妳鍾愛女兒嗎？

愚蠢問這個問題的人，讀讀作家的詩吧。

晨歌

我不是妳的母親
一如烏雲灑下一面鏡子映照自己緩緩
消逝於風的擺佈。
整個晚上妳蛾般的呼吸
撲爍於全然粉紅的玫瑰花間。我醒來聽著：
遠方的潮汐在耳中湧動。

烏雲落下雨，雨落土而後消殞，生命短暫縹緲易逝；雨水如鏡，映照消失的影像，一種暗喻，詩的留白。黑夜到黎明，時間更替，妳寫下「茫然」「消逝」「撲爍」等飄忽字眼，但即使如此仍擁抱生命的新角色，面對自己列隊成為一個新手母親，妳寫：「現在你試唱／滿手的音符；／清晰的母音升起一如氣球。」

兩年多後，妳為兒子也寫了首詩，在〈夜舞〉裡，妳描述幼兒夜間在嬰兒床上的手腳舞動：「如此純粹的跳躍和盤旋——／毫無疑問地它們永遠／悠遊於世……／你細微的呼吸，你的睡眠散發的／浸透的綠草香，百合，百合……」

這裡，妳感覺作為一個母體，妳反而從孩子那裡得到溫暖，而不是從提供精子的丈夫那裡得到溫暖，丈夫只給妳荒涼。孩子展現的微笑和舞動肢體語言，是妳在生存世界的撫慰。倫敦大雪，走出室外，雪觸肌膚，雪融於地。妳寫著：「無處可尋」為〈夜舞〉這首詩作結，妳在黑夜裡，望著孩子，妳的目光是詩，是黑的，是陰鬱的，但也是滿滿的慈愛。

透過孩子的出生，妳確認妳成為一個女人。妳看著懷中的女兒，感到如此奇異，子宮不再只是吐出詩語，還吐出了眞實的血肉。歇斯底里，希臘字意為子宮，歇斯底里源於在子宮亂竄的焦慮。

查柯特廣場的那棟妳和泰德落腳倫敦的第一棟公寓，也是泰德和那令妳氣憤嫉妒的情婦艾西亞相遇的公寓，然而這棟公寓也是妳初為人母之地，那是一九六〇年四月一日。

妳開始憂慮，妳的子宮誕生血肉的嬰孩，而妳的另一半已經挺進詩壇且深獲推崇與好評，他已出版兩本重要詩集，而妳卻在奶瓶與尿片裡受困著，妳隱身在巨人之後，但妳的心卻如大鵬鳥，妳想飛翔卻不可得。

雖然妳也出版了第一本詩集，但較之於泰德的成功與所受的注目，妳是十分沉寂的。妳為此感到焦慮，妳不要活在巨神之下。

妳在這棟公寓成為母親，泰德在這棟公寓卻未必成為父親，因為他眼光裡裝盛的卻是一個新的陌生女人：黑髮，豔麗，異國情調，晶亮戒指，煙燻迷濛雙眼，聲線低沉沙啞……她是灰燼，她是艾西亞。

廣場旁的這間廉價傖俗的狹小公寓裡，妳和泰德，兩個對寫作飽含養分的詩人只好輪流使用著書桌，共用一台打字機，各自植栽創作詩的大樹。

彼時日子寒傖卻有溫暖的幸福氣味。

連篇謊言，一樁傷心事

「它們大都是在清晨四點，孩子還沒開始哭、牛奶童搬運牛奶瓶的清脆聲還未響起前，那段藍色近乎永恆的時間裡寫成的。」妳寫詩的時間，天未亮，天空如嬰兒般的一抹藍光，妳振筆敲打著詩，像發燒的夢遊者。

天一亮，嬰兒一哭，妳就不再是詩人，妳是個全職的母親，有一個兩歲的女兒和幾個月大的男嬰孩，有間房子要照料，有生活要對付，有精神要探勘，有老公的愛要防著被奪取……

天亮的世界很不適合妳。

夜裡當孩子都已入睡，除了「音樂、白蘭地和水」，妳只剩下詩，妳已疲倦得無法應付任何需要專心處理的事。妳每天很早就起床，一直寫作到小孩醒來。妳像是在召喚生命還尚未被箝制前的舊時光，純眞的年代，在那段日與夜交接的死寂時刻，妳在寂靜與孤立中逐漸收攏心思，專注回到自我，不停地寫作。天一亮，妳就是別人的：妳帶小孩、做家事、上街採買，像其他的家庭主婦一樣，有效率、腳步匆忙、苦惱生活。

這棟公寓，既是安慰也是背叛。

在攝政公園附近的這間小公寓裡，窗戶面對著一座荒蕪廣場，其中錯落著油漆斑駁的一排房子。門窗漆著有點像是馬卡龍餅乾的淺色繽紛，甜瓜色、粉橘色、海水色、泰晤士綠，但油漆剝落，遂使繽紛的馬卡龍顏色看起來像是一張哭泣的童顏。這排房子在你們棲身的那段時間，可說是四處龜裂且鄰近有著吵鬧之聲的貧窮社區。廣場旁的房舍在當年仍住著多年前就入住的勞動階級，因而呈現一股典型廉價的社區落魄感。

進公寓前，要先穿過門廊的嬰兒車和腳踏車，再爬上吱吱嘎響的樓梯。屋內狹小，有每樣東西全擠在一塊的錯覺。最重要的是打字機，把靈魂思想敲出文字的打字機則輪流使用，放在窗邊的小茶几上，妳照顧小孩時，泰德就可以使用。晚上茶几挪開，可以放嬰兒床，直到你們向朋友分借了一個房間，妳和泰德才分頭各自在早上和下午輪流地在那裡寫作。

泰德第一本詩集《雨中鷹》是你們住在這裡時出版，他嶄露頭角，開始在美國得到許多獎項。之後，令妳羨忌的是他的第二本詩集《牧神記》竟輕易地就超越了《雨中鷹》的成就。沉悶的英國詩壇甚至宣稱一位未來將具有巨大影響力的優秀詩人誕生了。妳的丈夫已開始走在成功的路上，而妳卻還在包尿布，餵孩子奶水，上超市買東西，接遠方關心但嘮叨的母親電話，安排泰德的讀詩會……沒有一樣東西是關於妳自己的詩，妳焦慮不已。

焦慮對創作者是正常，但關於愛，妳卻搞錯了方向，妳把泰德誤認爲是雕刻家羅丹之流，才情洋溢且風流（羅丹是所有女人的殺手，特別是有才華的女子，因爲不可能和他旗鼓相當，他不會讓女人和他旗鼓相當，他要女人臣服在他腳下，且不是唯一其王國裡的臣服者，是眾多女人裡之一。）但泰德並非如此，泰德把妳視爲可敬的同業，但妳卻視他爲較勁者，敵手，殺手。

妳把泰德推得遠遠的，他試圖修補，因此你們去旅行。但愛爾蘭的旅行非常糟糕，修補破滅，旅途未竟，泰德就已離開愛爾蘭，心中確立再也無法和妳生活在同一屋簷下了，摯愛成了窒礙。金童玉女成了殘花敗柳，泰德無法忍受妳以愛之名卻持著利刃步步砍向自己的心臟。

他自問著，愛之所以轉身，難道過失全算在轉身者的身上？

之後，泰德發了通電報給妳，分手確立，遂壓彎了妳精神的核心支柱。同時精神不斷受到泰德和艾西亞在一起的痛苦所瘋狂齧咬，環顧自己的生活卻只能和兩個可憐的幼子窘迫地在一起，妳越發不平衡，自艾自憐，情緒高漲，常常一觸即發。

妳不能忍受自己的愛叛離，這讓妳的自尊受到傷害（比失去愛還恐怖的懲罰）。

「愛情就像潛海，需索一種有智慧的瘋狂，一種精神上深沉的交流與理智的時時警醒。理智主導的自我與在愛情裡化身執妄的超我，需要一種微妙的交纏以維繫愛情，使它不至於被過度的理智研磨得失去了原本的純淨，也不至於被過激的執念拉拽得扭曲變了形。」這段我過去寫的話，卻也成了妳的隱喻。

如何有智慧卻又能體會某種瘋狂之極致？

通常都是墜毀。如妳。

淌血，剝落。

穿過天國黑色的失憶症。

泰德這位妳心中如巨神的情人，開啓了妳的愛情世界與婚姻生活的美好幻想，但也毀了妳那站在如鋼索般的精神平衡，瘋狂與智慧，兩端遊走，妳一生的平靜與平衡自此傾斜。

最後妳以瘋狂來面對世界，在已然歪扭變形的異鄉，已然失溫的愛情異域，妳度不過這惡寒的城市。嬰兒的每一聲啼哭，都讓妳感到孤單無助的悲涼。泰德竟把你們母子拋在這寒冷的異鄉，妳恨死了艾西亞。

因爲妳生活的時代不利於妳這樣有個性有想法的女子，妳那個十九世紀末的時代自由與創作還是女人的遙遠夢想，妳那個時代女人不需才華只需有德。甚且不幸的是妳遇到的是最強悍的王者，一個如雷鳴巨響的詩神。當詩神拋下妳，妳注定在愛情的王國裡破碎了，愛情破碎後，妳雖然萌生將自己的生活置入創作的「自白體」書寫，但妳其實憂懼著這一切，妳無法面對這發瘋的異鄉，妳無法將殘缺的碎片補綴了。

妳最後最具說服力的作品竟是關於自己的自殺。

我突然了解為何評論家認為這或許就是妳和休斯分開的原因：「問題不在於兩人之間的差異，而是彼此強烈的相似性。」當兩個富有雄心、多產而天賦異稟的全職詩人締結婚姻，其中一個人所寫的每首詩，對另一位而言就像把妳（或他）的腦子給一點一點掏出來。對一個創造力強烈的心靈而言，比起伴侶因外在誘惑背叛他，繆思對他的不忠才是最難以忍受的。

把它比喻成出師之前的學徒之作；要寫，才能將自己從過去中釋放。妳暗示，現在這本新書才是妳眞正的作品。就妳實際的生活來看，妳的生產力是很驚人的。在出師前，妳也曾是文學的練習生，製造了很多胚胎，或者未完成，或者習作。

學徒之作。

瓶中美人，瓶中的嬰孩吸了大量的憂愁之後，慢慢蛻變成美人，但依然生活在瓶中，瓶中裝著一只名為「過去」的早夭嬰孩，形狀長成，心卻如玻璃。

德文郡的水仙

一九六一年九月你們搬到德文郡（Devon），有著寬闊庭院的舊式農莊，蘋果和櫻桃樹以及水仙花構成了視野之美，但這些撫慰不了妳心的荒蕪感，甚至這些佈滿石粒與菜圃的新天地被妳戲稱成「史前陵墓」，妳以詩心想像著由魂埋地底的各式各樣滄桑屍骨所砌成的土牆，這樣的冷土對比倫敦的熱景，妳感到前所未有的疲憊。而肚裡的孩子，再過幾個月就要通過熱產道，降落這片冷冽荒地了。妳算了算日期，一月左右孩子會掙脫子宮，那將是最惡寒的時節，妳覺得這孩子天生就帶著一種悲劇感。但妳當時還不知道是什麼樣的悲劇，只覺得產期一月勢必是酷寒的，惡地之子，可能強悍也可能脆弱。

孩子在妳的肚子裡剛成形時妳還有著喜悅，畢竟有過前一回的流產傷懷經驗，這回妳特別小心。你們搬到新天新地，以爲自己是愛神之子。（未料幾個月後，悲劇眞的來了，肚裡的孩子父親移情別戀的苦楚，接著君父將遺棄人子。）

一九六二年一月十七日兒子尼可拉斯降生寒帶，鄰近有養蜂人家，這勾起妳想起在海洋彼岸的美國父親，八歲就離開妳的父親是蜜蜂學者，但他不吐蜜，只會吐出死亡的哀愁。妳開始養蜂，有人說這是妳和父親的一種關係延續的象徵，也是一種甜蜜召喚，將父親從彼岸墓地召喚至妳的身旁，尤其當妳逐步發現泰德的心已經飛越到另一個蜂后身上時。

那是一個穿著神祕黑紗的蜂后，帶著沙啞低沉的嗓音與勾魂之眼，曼妙的體態充滿異國的香氣。而妳瞬間荒老如白堊土，聲音尖拔如巫婆，眼睛吐出忿怒之火，體態是生過孩子的疲軟鬆垮，身體充滿著惱人的尿氣與奶味……妳唯一勝的是詩，妳的詩，妳的語言，但這些在愛情國度不値錢，畢竟男人不需和「一個同業」談戀愛，妳有的唯一是詩，而這卻是泰德最強大的國度。

妳匱乏的東西，另一個女人身上都有。至於詩，她也能談，雖然寫不好。但男人不用她寫，只要她愛即可。對一個創作者而言，他需要欣賞者，鑑賞者，仰慕者……他就是創作者，不需再另一個創作者，除非這個創作者也是他的鑑賞者與仰慕者。

妳學不會，也不想學。妳只是不斷地想著，自己是怎麼輸掉這一場戰爭的？何以妳和泰德僅僅只有幾年的歡愉？快樂是怎麼溜走的？爲何愛情會質變得這麼快速？

天使折翅

妳剩下的只有詩，還有泰德留在妳身上的印記：兩個孩子。

兩歲的芙麗達與剛出生的尼可拉斯。

妳第一次從泰德身上發現出軌的蹤跡即是從孩子身上發現的。某一天妳看見掛上電話的泰德，疾步穿越庭園時，竟沒有發現芙麗達搖搖欲墜地衝向自己，她那種飽滿想要被父親抱一把的疼愛他竟視而不見。

他不是故意忽略，是因爲心懸他方。

蛇蠍女正在自己住過的房間迎接自己的男人。那間房間自己也曾和詩神交歡，產下芙麗達，流下的胎血已消失。

妳眞後悔當時在許多承租者身上竟選擇一個掠奪者，一個致命的美麗殺手。妳太忽略神留下的記號，一個希望你們租他的人都給了支票了，但還是被你們找了理由退掉。是艾西亞僞裝得眞好，還是妳太有自信？妳忽略她的威脅性與危險性。妳眞是太大意了，但爲時已晚。

守蜂者的女兒

蜂后放任雄蜂外出採蜜，忘了雄蜂也有不歸巢之時。離家五百里，雄蜂即失去家的方向。

一趟旅程，可以是發現，也可以是終點。

一趟旅程，可以找到愛情，也可能找到了殺向自己的殺手。

妳在情敵黑如深潭的眼睛倒映著自己的臉龐，蒼白無神，妳將眼睛閃躲到庭院開滿的紫羅蘭。

妳看見了生命的上空飄來一朵名爲不祥的雲。

但妳還不知道那雲不只不祥，那烏雲是死神的罩袍，遮住了妳的藍天。

「你玷汙了我託付於你的一切。」妳控訴轉身的離去者。

感情如白堊地形塌陷，禁不起連動的崩滑鬆脫。最近成了最遠，親密成了陌生。失去依戀，失去仰望，使人灰暗欲死。

詩人彼此不再有共通語言，連繆思詩神都開始不忠於妳。悲慘的默然，已無話可說。妳想離開這間房子，但孩子的哭聲提醒了妳的身分與處境，妳是一位母親，想飛的翅膀已然斷裂。

死亡在妳的詩裡被藝術化。紐約的夏天、母親的髮絲，皆如死神的象徵。視黑暗爲美，嚮往一種成名式的死亡，這就是詩人死慾的再現。

爹地

當世界沒有了蜜蜂，時代雜誌以蜜蜂爲題，焦慮地尋找蜜蜂消失之謎。

父親養蜂，妳也養蜂，蜂是父親，而妳才是眞正的蜂后。

沒有蜜蜂，無法授粉。物種繁衍斷裂，蜂窩亂了，費洛蒙觸角失去了窩的方向，不管飛多遠都能找到回家之路的蜜蜂開始迷路。

妳飛了這麼遠，原來的家是回不去了。

六個蜂巢組成神祕迴路，八字形的舞踏，神祕而美麗，妳是守蜂者的女兒。

守蜂者早已離開人世，在妳心裡形成巨大陰影。

於是妳寫了詩。

將蜂的內部想像成毀滅式的引擎。

妳的母親來了，妳和她的臍帶連結，即使妳不說，她也能知道妳遇到了巨大的困境，她要妳回到美國，妳不肯。妳也不要母親留下來，妳笑著說妳過得很好。

但妳丟下母親與孩子，妳死後，沒有人再關心過妳母親失去妳的往後人生是怎麼度過的？

她停留在美國，麻州，一個失去女兒的母親，彷彿失去了對手。

一切又回到從前。人生是一連串的獲得，然後不斷地一一失去。

從一堆人，又變成來到人世的一個人。

麻州的原鄉

妳的母親和妳不一樣，她完全可以犧牲自己。比如妳在八歲參加父親的葬禮之後，妳寫一紙契約遞給母親，以命令的口吻要求她今後都不能再改嫁。

當老師的母親，答應了，且以妳爲傲，她認爲她的犧牲可以造就妳這樣的一個詩文的天才，那麼也是值得的，如果眞切愛一個人，那麼犧牲這個字眼本就不存在。有犧牲之感，意味著還帶著委屈，帶著成全別人失去自我的隱形委屈，且犧牲字眼太悲壯，妳的母親不這麼認爲，她當時眼裡只有妳，所以也一心想要治好妳的病，即使妳遠嫁英國，仍不斷地遊說妳回來。

妳一直都有個贊助者，一個富太太把她人生未竟的心願投射在妳身上。她給妳獎學金，期望妳最後是回到史密斯學院教書，發揚「獎學金」的光芒，讓贊助妳的人很有名望與顏面。但妳才不管他們，妳的寫作已是回饋了，難道他們還不懂嗎？作家回饋贊助者與社會就是作品。

一九五九年你們一度回波士頓，屈就於現實，回到麻州教書。當時你們這對金童玉女被譽爲是大學歷來數一數二最好的英文教師。但你們一直想回到書桌前，你們對繆思之神感到虧欠，腦海裡有如此多的泉源等待你們拿詩的形式裝上，於是你們辭去教職，回到詩神的懷抱。同時回到英國，接著孩子出生，航進兩個創作者最緊張最晃動的生命板塊。感情的地震，即將震垮妳處心積慮安置在愛情大廈的一切地基，而妳渾然不覺窺伺於旁的敵手正虎視眈眈跪倒（撲向）妳的巨神。

妳絕不讓她得逞，因爲妳永遠不會忘記妳經歷和擁有的事物。

妳也不讓母親發現妳生活的劇變。母親唯一來到倫敦的一次，是來照顧芙麗達，因爲妳面臨產後發燒與第一次爲人母的慌張，希望與絕望感並存的日與夜。母親來了，妳卻更緊張了。妳和她的關係從來都是隱藏的海嘯，平常風平浪靜，一旦不慎引燃情緒大火，就足以燎起悲傷草原。

因而當母親回國後，而妳在電話中的聲音已然讓母親有感於妳正在面臨某種痛苦狀態時，母親央求妳回來吧，女兒，史密斯學院有空缺等著妳，妳不用在異鄉受苦，妳回來她可以照料妳。妳拒絕，妳說妳一生都要看著泰德的成就，望著自己和他的世界如何擴張詩的版圖，妳要爲自己的生命征戰，妳是自傲的，妳無法求饒，即使妳的心裡非常地渴望有母親的雙手撐住即將下墜的生命碎片。

母親退而求其次，央求再度去看妳，妳也拒絕了，妳不想讓母親發現妳已經搬離了德文郡，不想讓母親知道妳的泰德竟然敢背叛妳，他愛上租你們愛之屋的異國妖姬，妖姬即將罷免自己的丈夫，轉而偷走妳的巨神。

痛苦統治了夜，詩人沒有讓生命有回旋的餘地，妳站在懸崖眺望人世，只要一陣強風就足以把妳推落。「絕不再」就像妳的個性標籤，是妳經常吐出的一種強大護衛自己的字眼，具有絕對的意涵，沒有搖擺成分，就是絕絕對對。

這個「絕不」的字眼，從妳的童年就已是慣用的否定詞了。

童年當別人還在抱著洋娃娃時，妳已寫詩，同時感知生命的離別。

當妳的母親告訴妳「父親去世了」，妳說的話竟是：「我絕不再和上帝說話了。」妳和上帝劃清界線，上帝已死。然後妳寫著：「我發誓絕不再改嫁。」約定書，妳遞給母親，要母親在誓紙上簽字。

強烈的愛恨分明性格，一直是妳的符號，就像冬日惡寒的刺骨。

詩人的死慾

長久以來妳在這些詩裡所表露的本人完全不太一樣。

愛情已經讓人受苦了，但生活比愛情還要苦。

妳在社交場合上沒有一絲詩裡所展示出的絕望與無情的破壞性。妳開朗、活力十足，與人親而不膩：妳忙著照顧兩個孩子、在德文郡養蜂、到倫敦找房子、親自參與《瓶中美人》的印刷出版、忙著打字將詩寄到一群完全不能接受新意的編輯那兒（妳死前曾將一疊妳最優秀且現在已成爲經典的作品，寄到一家全國性的英國文學週刊，但一首也沒被採用）。妳又開始騎馬，自學騎乘一匹叫做瞪羚的壯碩種馬，而且十分著迷於這項挑戰所帶來的刺激。

妳兩腿交叉坐在紅色地板上，朗誦完妳的詩作後，都會用妳那帶著新英格蘭腔的鼻音和他談論馬術。或許因爲他自己也曾有過自殺的經驗，所以妳也和他談論妳的自殺經驗：一次是在十年前，正當妳在校對小說的時候，她想這件事必然一直盤據在妳心中；另外一次是最近發生的車禍。那不是意外，妳故意將車衝出路面，一心尋死但沒死成；妳跟他說這些都是過去式了。基於這個原因，他相信這時候的妳並沒有想要自殺；相反地，妳之所以能夠如此自在地書寫妳自殺的行爲，就是因爲這一切都已經成爲過去了。那次車禍事件妳從死神手中溜走，逃過一劫，妳自嘲那是妳每十年必經的一次命運：

我又做了一次。
每十年當中有一年
我要安排此事——
一種活生生的奇蹟……

我才三十歲。
像貓一樣可死九次。

這是第三次了……

不論在生活中或是詩裡，妳的表現一致，既不歇斯底里也不尋求任何同情。妳談論自殺的語氣，就像妳談論其他具有危險性、挑戰性的活動：是急迫甚至是猛烈的，毫無自憐。妳似乎把死亡視爲一場妳又能再度克服的肉體挑戰。這個經驗和妳自學騎乘瞪羚那匹馬，或是妳在劍橋念大學時駕馭一隻脫韁野馬，具有同樣的性質，也和《瓶中美人》小說中最精采的一段——不知如何滑雪卻沿著坡道疾速下滑——這種生活經驗一樣。總之，對妳而言，自殺並非自昏迷逐漸走向死亡，亦非一種「在午夜裡無痛了斷」的意圖；它是個必須在神經末梢尖銳地被立即感應並加以抗拒的東西，它像是入會儀式的洗禮，可使妳有資格眞正擁有自己的生命。

沒有人了解童年時期父親的過世，對妳的打擊有多大。而這麼多年來，傷痛已經被轉化爲「成年意味著成爲受難的生還者」這個信念，每個人都是倖存者。因此死亡對妳而言，是每十年就要償還一次的債：爲了要「活著」長大成爲一個女人、一位母親、一名詩人，妳必須以「妳的生命」作爲代價，用某種偏頗與不可思議的方式清償債務。又由於這難以達成的償還還包含著陪伴或重新獲得父親的夢想，這項激情的行動裡面無可避免地混雜了強烈的愛情、怨恨、絕望和本能。所以在〈養蜂大會〉（The Bee Meeting）這首獨特而沮喪的詩裡，關於德文郡養蜂人聚會詳盡且無疑是精確的描述，逐漸成爲一種致命祭典的咒文；作爲儀式中獻祭的處女，最後，妳的棺柩停放在神聖的叢林中等待妳。若他還記得妳父親曾經是蜂類權威，那麼詩裡這一切情狀就不算神祕難懂了。妳之所以養蜂，不但是妳與父親親密關係的一種象徵，也是妳將他自死亡中召回的方式。

所有這些晚期的詩篇，語氣一貫的強硬、寫實；儘管氛圍強烈緊張，但仍有所掩飾。奇怪的是，他認爲妳根本就視自己爲一個寫實主義者：〈拉撒路夫人〉中的死亡與復活、〈爹地〉中的噩夢和其他象徵，都能從妳自身的傾向中得到證明。妳賦予這些內容超凡的內在豐富的意象與聯想，以至於幾乎將其對詩本身的重要性給擺在一邊了。由於妳認爲妳只是陳述已發生的事實，因此能以最冷靜且最少技巧的方式將之釋放：那些細膩的押韻、半韻，流動呼應的韻律，口語的即興運用，即使在妳身心最爲痛苦的探求中，都能完美達成美感的精巧掌控。妳內在的恐懼，就如妳企圖駕馭的那匹不受控制的種馬，也如妳試圖撞爛的車一樣，眞切且精確地被記錄下來。

就這樣，妳用辛辣諷刺的疏離口吻談論自殺，絕口不提其間的戲劇性發展與所受的苦痛。顯然基於對自我的尊重，妳第一次企圖自殺就絕非只是歇斯底里的作態，而是非常嚴肅也幾乎成功的行動。也因爲如此，妳有資格以自殺作爲談話主題。自殺於妳，不是一種耽溺。自殺是妳成爲女人、一個自由之人所必須完成的行動，就像妳視長大成人爲受難生還者的奇怪觀念，以及在內心想像自己是集中營裡的猶太人一樣，妳認爲這些都是自己成長的必要條件。因此自殺之於妳根本沒有所謂的動機問題：爲了自殺而自殺，就像一個藝術家始終清楚自己的能力有多少一樣。妳竟不顧後果。

或許這就是無論妳對死亡的幻想是如何清晰、深刻地與父親相連在一起，卻絕少提到妳父親的原因。《瓶中美人》這部自傳式小說中的女主角，在藏身的地窖中吞下五十顆安眠藥之前，曾到父親的墳上哭泣。在〈爹地〉詩中也有同樣的情景；妳一再說明自殺的理由：

二十歲時我就試圖自殺
想回到，回到，回到你的身邊。
我以爲屍骨也是一樣的。

妳想，當妳發現自己現在再度陷入孤獨的處境，無論妳怎麼假裝不在乎並表現得與平常無異，那些在妳父親死亡時所經歷的痛楚會再度地被喚醒：一如二十年前那個單純毫無抵抗能力的小孩，妳感到被遺棄、受傷害、被激怒且失去親人。妳內心這些持續累積的痛苦終究不可遏抑地爆發。妳的詩已爲妳清楚說明了創作的動機，因此也就沒有必要再討論動機問題。

生命開始啓動倒數計時，而妳並不知道。這幾個月是妳創作力驚人的時期，評論界後來認爲妳可以與濟慈那幾乎每首詩都爲他奠定名聲的〈精采一年〉比擬。之前妳寫得小心翼翼，帶著此痛苦，經常重寫，而且照妳丈夫的說法，妳經常要仰賴同義辭典的幫助。現在，雖然妳一點也沒放棄那些努力學來的技巧，也仍然不停重寫，但詩句源源不絕地流出，到最後，妳有時一天甚至可以完成三首詩。妳也告訴她妳正專心創作一部小說。

《瓶中美人》那時已經完成，也和出版商進行過校對。談到這本自傳式小說，妳有些尷尬，把它比喻成出師之前的學徒之作；要寫，才能將自己從過去中釋放。妳暗示，現在這本新書才是妳眞正的作品。就妳實際的生活來看，妳的生產力是很驚人的。

從瓶中美人到航向英倫

一趟旅程，可以是發現，也可以是終點。

一趟旅程，可以找到愛情，也可能找到了殺向自己的殺手。

妳自一九五五年以優異的成績從麻州的史密斯學院畢業，獲得了詩歌獎，之後在一筆獎學金的資助下到英國留學，那時正在劍橋努恩哈姆學院進修英語。這是一筆要了妳的命的獎學金，要了妳的命的愛情之旅。

妳唯一的這本長篇小說《瓶中美人》是憂鬱個案的解剖聖經，沒有提供答案，只提供往事追憶的線索，追逝青春之殤。

青春焚化爐

「被電流竄遍神經，被活活燒死是什麼感覺？」紐約的盛夏之日，在充滿霉味的地下鐵報攤上詩人到處瞥見電椅處死的新聞，這些字眼都讓妳的神經繃緊，那時候，妳不知道兩個月後，自己也將被五花大綁，通電電擊肉體，當年唯一可以治療憂鬱的可怖方法。但感受電擊的不只是肉身，靈魂感受的電擊恐怕更驚怖。

癲狂時代，精神病院成了安靜的恐怖居所，靜到連呼吸都聽聞得到，靜到一切都被隔絕是恐怖的。

一本將青春丟進焚化爐的最後凝視之作。

正是已婚且將面臨失婚的妳，站在感情的風暴上回顧青春時期的紐約崩毀窒息事件，小說彷彿是妳預演死亡之前的回憶錄，滿紙荒涼言，卻是處在車水馬龍的紐約，既是青春，又是繁華城囂，但一幕幕的鏡頭都是那樣地察覺到自身在此俗世的幻滅感，一個由庸俗大眾所統籌的世界，高傲聰明孤冷的妳找不到自己，妳如站在尖針上眺望青春，卻更加迷惘。

果然，此書當年出版後的一個月，妳這位才情女詩人即自殺身亡。開瓦斯，在一個惡寒的倫敦天將亮時刻。

由此看來，這本以虛構文體寫出的小說，卻更忠實還原了妳的青春病體，妳原本就是一個精神體質容易崩毀的人，小說幾乎是分裂兩半的書寫（就像妳自己描述精神官能症的分裂般），小說從原本的紐約出發，最後以療養院終。

從小說一開場妳就寫出了妳深受困擾的「不存在」感：不屬於這個世界。即使紐約以華麗物質誘惑開場，仍留不住這位才華洋溢高材生的注目與歡欣。妳仍是處處憂鬱困惑著，兼且流俗地逛百貨公司，甚至用獎學金買昂貴服飾等，但妳卻永遠有「不存在」與「不屬於」之感，女孩的派對或者搶眼的表現，妳都有種置身在外的格格不入。

妳關注死亡甚比活著，小說一開場就是書寫女主角愛瑟注意到當年一場電擊處決事件，小說後半段，妳更是以苦爲樂，以死爲生，耽溺在自毀的躁鬱重症狀態。青春時光成了憂鬱的焚化爐，將世界化爲灰燼。

近乎告白的小說

光亮與黑暗在作品裡，形成層次的共生結構，在生命的旅程裡也是。但誠實面對不容易，這也是爲何《瓶中美人》這本小說有其重要性了，讀這本小說應該還原妳當時的身心狀況，可以想像這是一趟艱難的回憶書寫，企圖自救的詩人，終於寫出了憂鬱之心，妳或許沒能救了自己，但卻可能救了他者。

小說再現了往後許多憂鬱者那無法說出的憂鬱之心。

就小說藝術而言，在這本小說裡也處處充滿詩意與透亮的觀察之眼，妳天生才華是如此亮眼，只可惜妳愛上了永遠難以超越門檻的休斯，不論詩或愛情，妳都籠罩在休斯之下無法喘息，最後死亡竟成了妳當時以爲的超脫。

一本近乎告白的回憶小說，透過故事主角愛瑟，女詩人以動人精準的意象描寫，帶著如詩的語感，描繪令讀者窒息的青春動盪與紐約寄居生活。妳是那樣毫不留情地寫出家境富裕女孩世界的虛僞，還有歷歷指陳時尚雜誌的造作與紐約生活的浮誇，同時也不吝惜寫出沉浮其中自己的迷惘與不知所措，是一本好看的小說。

死慾之死

一片落葉，一個被沖上岸的貝殼……死亡一直隨處可見，如影隨形。

妳下樓走進廚房，倒了杯水，往冰冷的地窖走，將手中的藥一顆一顆地吞下，「藥罐自指間滑落，我躺下來。寂靜悄然遠離，將圓石、海貝以及我生命中一切的遺物殘骸，圈圍在我的腦海。」獲救後的妳，吞藥自殺事件帶給妳後來鼻竇炎的後遺症，也讓妳往後不管呼吸或是移動時都會聞到那帶著「苦味」的空氣。

「就算我在窗邊的縫隙與門縫裡塞報紙，冷風仍然會找到我。」妳認爲沒有人可以逃離這樣精神的緩慢噬咬。

這就是妳尙未遇泰德的首次親抵自己瀕臨死亡的現場，妳比任何少女都要老成，又比任何老人都更逼視死神。

日子對妳當時似乎是太過於漫長了，妳當時還沒找到讓自己激烈情感泊岸之地。妳曾描述「在我眼前延展開來的日子，像是一列清亮的白盒子。宛如幽影的睡眠將盒子一個一個分隔開來。」

白晝太亮，妳對白晝所射出的炫目之光卻感到荒涼，妳這樣描述「白晝」：「彷彿是一條白亮廣闊卻又無盡蒼涼的大道。」

一頭金髮，蒼白面龐，一雙細長筆直的雙腿是唯一妳引以自豪的外貌，但創作天分更是使妳在史密斯學院大放異彩的主因。妳在學校擔任《史密斯評論》編輯，屢屢在《十七歲》雜誌發表小說及詩作，但妳當時沒有看上男人，即使有也只是短暫鴛鴦。

妳寫出一本罕見的小說，妳一筆一畫深刻了想要掙脫罩在嬰屍裡的「鐘瓶」渴望，妳在心靈黑暗汪洋載浮載沉著，卻極力攀爬任何一絲可以打撈妳上岸的浮木。

妳用詩人凝練精準的意象捕捉了生命大海的波浪，妳形塑被陰影慢慢熬煮的受苦靈魂。也因為瀕臨死亡與精神崩潰邊緣的經驗，讓妳寫了近乎自傳的告白體小說。

歌頌陰影 恍若死亡

妳歌頌陰影：「世界上最美的東西絕對是陰影，千萬個移動的形體和死絕的陰影……人們的眼神、笑容背後的陰影；地球上被黑夜籠罩的那一邊，綿延無盡的陰影。」即使生機滿溢的夏日時光，妳仍感受死亡氣息：「夏的寂靜伸出它的溫馨觸角，撫慰著這一切，恍若死亡。」

死亡，妳變相與上帝企圖親近的一種人生詩藝。

妳感知世界終將走向腐朽之苦，遂對死亡著迷。妳曾抓著母親的手，希望一起共赴死亡之約；也曾躲在地下室吞服藥丸：「取出裝著藥丸的罐子，裡面裝的數量比我希望的還多，至少五十顆……我花了好一段時間才將自己的身體弄進洞裡，多次的嘗試之後，才終於進去了。」躲在黑暗洞穴的妳感覺自身像是穴居的巨人。死亡似乎不可怕，死神的黑袍反而給妳溫暖，祂的冷酷恰是對現實世界庸俗的抵抗，妳觸摸到祂的衣角，妳撫著衣角魘魅地哭泣著，寧靜的死神安撫了騷動的妳。但妳有三次沒死成，妳只看見藍光紅光白光，然後就不省人事，接著妳被發現，屢次被救起。自此妳也相信，死神只是和妳遊戲，殊不知死神也有失去耐性之時。

（妳結識波士頓著名女詩人安·薩克斯頓，妳們聊天時互相說的竟是彼此的自殺經驗，以及人生難題的種種拉扯。）

每隔十年的死亡遊戲，十歲第一次自殺，二十歲第二次自殺，兩次是死神的極限。三十歲第三次，在一個關鍵小細節裡，妳忽略了，因而死神遊戲裡妳失去了籌碼，被發現時已然靈魂脫去胴體，妳望著奔忙的人試圖救著冰冷的身體，妳聽見嬰兒飢餓的哭聲，有人拿著放在嬰兒車旁的牛奶餵著芙麗達與尼可拉斯。而孩子的父親還躺在妖姬身旁，渾然不覺妳已先一步抵達死的國度。

躺在妳夫身旁的妖姬，妳也看見她的大限將至。一九六九年，妖姬也將來到妳的面前懺悔，奪人愛者也將被奪，妳發出冷笑。但妳對妖姬和泰德所生的女兒則賦予極大的悲憐，隨母親走的女兒，妳已無法為她寫詩，如果妳還在人世，妳會為這女孩寫詩。

一九九八年，泰德才踏進死亡的幽谷，距離妳離開的一九六三，已然三十五年後。這三十五年，泰德做了什麼？他和第三任太太幽居鄉間，他已經陌生得連妳都快忘了他的長相了。巨神垂垂老矣，卻依然英挺。如果妳活到一九九八，那妳肯定是個極為衰老且難搞的老太婆，也許還得了失憶症。

妳，就是紅色

嬰兒哭聲，做不完的家事，金錢困頓，無法寫作，爭吵，嫉妒……妳就這樣地度過惡寒時光，妳的生命被撕裂成兩半。

妳想起第一次在聚會裡遇見泰德時妳穿的那件紅色洋裝，妳認爲那就是一個「暗示」，際遇對未來妳的命運的暗示。因爲敏感的妳認爲「紅色」是生命的顏色，也是性愛之色，是具吸引魔力的顏色。但同時間，紅色如果未稍加收斂，紅色會成爲危險的顏色，帶來傷害，讓生命燃燒毀滅，甚至將心臟切割成二。

妳，就是紅色。但妳看不見紅色，因爲那是複眼構造的缺陷。

魂斷倫敦葉慈故居

妳實則也明白休斯才情高過於自己，休斯如巨人，妳如要寫詩，一生恐怕都難以超越，只有死亡提前來到，妳才有機會超越。同時死亡的時間點，是如此地適切，選在男人的背叛，是最好的報復。但妳愛休斯，又唯恐傷害他過鉅，何況你們還有一對可愛的幼小孩子，妳既痛苦得無以爲生，且又仍深愛著孩子的父親。於是妳寫了《瓶中美人》，歷歷告白妳的青春病體，且也試圖藉著書寫來療癒自己，只是書寫卻因現實變化反加重了病情。

所以如此看來，艾西亞的出現雖讓女詩人崩毀（艾西亞只是妳死亡事件的倒楣鬼），但在這本小說裡，我們看到妳即使不自殺於休斯的感情外遇，也可能死於往後其他事件的發生，誰能保證往後的人生安全無虞？何況妳一直想超越丈夫的詩譽。

死神在旁伏伺，趁機張起祂的黑衣：那一年該死的倫敦惡寒，壓垮了詩人妳脆弱的身心。嫻熟死亡術的妳，迎接一九六三年的生命惡寒。

艱難還是來了。

「生命艱難，但，品嘗它。」妳不是芙烈達・卡蘿，妳是死神之女普拉斯，妳拒絕品嘗這樣難堪的苦楚，妳無法將之吞嚥。

毫無道理該承受的：失愛的身心，嗷嗷待哺的嬰兒，不堪其擾的鼻竇炎，倫敦世紀大雪。

雪封了街也封阻妳的心。

挫敗，作品與愛情妳都輸給休斯。除了死亡與憤怒，妳找不到攻擊休斯的方式。

死亡是最好的攻擊，因爲他一生都將背負著世人殺向他的薄倖漢目光。

目光會殺人，且殺人於無形。

妳的復仇計畫充滿悲傷，哀愁，面對一籌莫展的愛情與生活，還有該死的惡寒，大雪，孤獨。

大雪殺妳

一九六三年，寒冬大雪，百年來惡劣的天候等待著垂釣妳的肉身，泡在福馬林似的孤單。冷到一種苦了，冷得頭痛，手腳麻木，急凍世界裡舉凡提供物質的地方都擠滿了人，工人罷工，暖氣失溫，孩子啼哭，鼻竇炎發作……妳對前來的休斯抱怨，心裡想著這個姓氏快要和自己沒關係了，妳知道很快自己就要從休斯太太這個關係裡塗銷了。

街上的流浪漢許是喝了酒，昏沉地索著錢，妳丟給他銅板，他眼睛沒張開，耳朵卻聽見了銅板聲，他說了聲上帝保佑妳。而另一邊的流浪漢打瞌睡，連手中的紙杯都被風雪吹走了。

妳冒著風雨，開著泰德留給妳的休旅車出門去採買耶誕禮物，該死的天候，沒日沒夜下著的大雪，幾乎要將這座城市化為白色巨塔。新年時，幾乎快全面癱瘓了。

火車不動、汽車拋錨，冰雪覆蓋其上。人們渴望抱著電暖器比情人的身體更甚，但發電廠卻負荷超載，罷工斷電，噩夢連連。冒煙的水管也凍冰了，洗澡成了奢求，沒有暖爐者只好瑟縮著身體，洗碗槽堆滿杯盤狼藉的碗筷，冷水足以凍傷雙手，洗碗洗尿布變成痛苦差事。

據說那年一個水管工的價碼和昂貴的燻鮭魚同等難求，瓦斯可是奇貨可居，沒火可以烤冰箱的肉塊，吃變成難題。電燈也黯淡無光，回到遠古時代的蠟燭竟還缺貨。這時候的妳遇上外在環境最惡劣的時期，內在卻又崩裂，一個單親媽媽帶著幼小的嬰孩，想起丈夫和該死的艾西亞，就近乎發瘋。這漫漫長夜，無休無止的冬寒，似乎永無盡頭？

愛情已經夠讓人受苦了，但生活比愛情還要苦。

兀鷹赤裸在空中的銅鏽

距離妳自殺的一個月前，妳不斷地收到退稿，當時妳那些自白詩恐怕把許多保守的文學編輯嚇壞了，他們認為妳寫的詩太極端了（但妳一自殺，所有被退稿的詩卻全登了，被大眾宰割的編輯台眼光），過於暴露感情皸裂的現實，他們覺得詩作裡有種古怪，但又說不出是什麼地方古怪。

文學編輯嗅到妳可能需要幫助的訊息，但大家都沒有熱情去採取行動，畢竟那是一個酷寒的冬日，出門去幫助一個不熟的朋友確實是有難度的。

不過，妳那敏感但過勞的醫生倒是注意到妳的情況了，他開了些鎮靜劑給妳，並安排妳去看一位心理醫師。然而源於妳過去在美國曾經被精神病院電擊治療的驚恐事件影響，妳一直畏於前往。

死亡合該來到。據說妳後來在精神情況沒有好轉之下，終於提筆寫信給心理醫師，意圖尋求協助，希望可以安排會面時間。但是郵差卻將信件地址送錯了，心理治療師收到信然後再回覆給妳時，這封安排見面的信卻在妳死後兩天才抵達，慢了一步，這巧合就有如超級大雪恰好落在妳最失意的這一年，竟然連信都遲緩抵達，好像冥冥之中有個置妳於死地的命運之手，將妳推入深淵。

妳忽略一個重要環節

星期日，死亡的前一天。

鼻竇炎嚴重得讓妳失去動力，水管凍結，電話斷線，心理師也沒回信，而天氣依舊惡劣不堪。疾病、寂寞、沮喪，加上寒冷的氣候，還要照顧兩個幼兒，這些負荷對妳來說過於沉重。

死去
是一種藝術，和其他事情一樣。
我尤其善於此道。
我使它給人地獄一般的感受。
使它像眞的一樣。
我想你可以說我是受了召喚。——希薇亞・普拉斯一個朋友擔心妳，好意邀請妳帶著孩子們去家裡度過週日，他們盛邀妳星期一上午再回倫敦居所。

原先當妳決定赴約時也許也是這麼打算的吧。但不知爲何，因此，週末妳便帶著小孩到朋友家住。妳原本的計畫應該是在星期一一大早離開，趕在九點回家迎接那個澳洲女孩。但妳卻決定星期天就回去。妳不顧朋友的反對堅持離開，爲此還搬演一齣妳熟練的戲碼——讓妳看起來比以往都要開心，朋友因此讓步。當晚十一點，妳敲門叫醒樓下老畫家，向他要了些郵票。妳沒有馬上離開，故意打開話匣子，直到老畫家說他早上九點以前就要起床，妳才道了晚安。

很多人的看法是「妳並非眞的想尋死」，因爲妳嫻熟從進入死神懷抱卻又能從死神懷抱逃生的法門，何況之前妳有兩次自殺卻奇蹟活下來的經驗，妳和死神拔河時，剛強的生命力尤甚於祂。再者，妳知道潛進死亡那口沉入大海的黑箱時，如何以魔術師般的障眼法取得逃生的勝算，妳知道絕望與希望相抗衡的傾斜不會太久，因爲妳有著近乎完美對待每樣事物細節的絕佳能力，何況妳有詩，妳有文字可以觀照轉化苦痛爲寫作能量的動力。

妳沒有想要死。

但妳遊戲死海，忘了環節終有遺漏之時。

遺漏一個重要的環節：妳忘了勘查地形，那討人厭卻會去開門的老教授房間卻位在妳廚房的下方。

煤氣透過橫條紋的木板縫隙，飄進了老教授的鼻子，他沉沉地昏睡，對外面按電鈴的聲音充耳不聞。

沒人開門，就意味著沒人會叫救護車。開門時已延遲兩個小時，致命的兩個小時，和死神對弈，妳少算了這一環節。

步步驚心，注重完美細節的妳，卻獨獨漏了一個關鍵節拍。

安魂曲響起

一九六三年二月十一日，星期一，凌晨一點。

妳還伏案面對詩稿，激情的波濤已然逐漸平息，恍如航進寧靜海，或者一條寂靜的死路。Dead sea，寧靜海，也是死海。Dead road，死路，也是此路不通。Dead line，截止日，也是死亡線。雙關語，一正一負。

妳慢慢地整理多月以來焚燒心靈的詩作，妳拉開抽屜找出一個黑色彈簧活頁夾，撫摸著一疊熬夜寫出整理的四十首詩作，將原稿謹慎莊嚴地裝入活頁夾。妳早在之前的幾個月就確定編排的順序，〈死亡公司〉是妳收入目錄的最後一首詩。妳之前又寫了十九首詩，其中有六首是完成在妳即將帶著孩子從德文郡搬到倫敦葉慈故居之前，另外十三首則寫於妳葉慈故居。

在這個早晨之前的八個星期前，妳腦中的詩海不斷地傾洩而出。此刻，妳將這些詩和原稿一起擱在書桌上，詩像是遺言的安靜，即使字詞是如此狂烈或者傷感。

妳檢視著原稿，妳在首頁俐落地打上詩集的標題「精靈及其他詩作」，妳喜歡精靈，妳記得這匹馬的名字，如莎士比亞劇作《暴風雨》的精靈，如野性的呼喚，不願委屈地被豢養，寧可奔馳草原，呼息暴風雨下。

接下來，妳想著先前考慮使用的幾個標題，幾個不滿意的標題都相繼被妳塗銷了，妳用筆手寫著幾個標題來取代塗抹的部分。〈對手〉替換成〈生日禮物〉，又改成〈爹地〉，這比較貼近妳的初衷。〈對手〉又出現了，妳恨意滿滿的對手，但妳不要直接取用，妳又將之置換成〈捕兔器〉，妳改來改去，確定完美才合上筆墨。接著，牆上的鐘聲響了，移了一格。妳望著窗外寒冷如霜的薄霧，妳思忖著，咬著蒼白無血色的唇。

一九六三年二月十一日，星期一，凌晨六點。

妳揉揉眼睛，疲憊的眼皮下佈滿血絲與瘀黑。

合上稿子。打開冰箱門。

妳帶著一盤奶油麵包與兩大杯牛奶，走上芙麗達與尼可拉斯的房間裡，他們正在夢鄉酣甜，妳將房間的窗戶開了扇，同時關上了門。沿著門，貼上膠帶，門縫下塞滿毛巾和衣服。

妳下樓走到廚房，妳再次用膠帶將廚房的門縫貼滿。妳打開藥罐子，以水呑服了不少的安眠藥。接著妳打開爐火的門，在爐上放了塊布，妳開了瓦斯，把頭放進爐子裡，頭靠在那塊布上。妳聞到日常爐火燻烤過食物的氣味，妳閉上眼睛，任習慣的黑暗籠罩，妳很快地進入昏厥。

或許妳在等待救援。

因爲妳知道不久電鈴會響起，來照顧兩個幼兒的保母很快就會來上班。樓下的老鄰人會爲妳開門……但未料的是，保母是來按電鈴了，但卻沒有人來開門，因爲那位老鄰人也陷入昏迷。妳漏了一個重要環節：這位鄰居的房間卻恰好位在妳的廚房下方，瓦斯因此也從廚房滲透到這位鄰人的房裡，使他陷入昏睡不醒狀態。

保母一直在門外等著，直到修理這棟房子的工人也來了，不得其門而入時，建商工人只好破門而入。

但遲了，一切都遲了。（死神自妳十歲就徘徊在命運的屋外……）

妳並不想死吧，熟悉從死神掌中脫逃的妳，沒有挑戰衛冕第三度的死亡逃生術。妳想以死亡的召喚，挽回休斯的關注之愛。但沒有，一切回天乏術。如果依計畫，保母來了，鄰居應門，那麼時間還來得及，妳可以再次挑戰成功。但漏了這個細節，使之全盤繳械。

保母和建商工人奔上二樓，見到玄關的搖籃車釘住一張紙條：「請打電話給胡德醫生。」工人聽見嬰兒哭著，上樓發現窗戶開著，瓦斯沒有侵襲到他們，但也因此受了點涼，但安然無恙。

當時妳那三歲的女兒芙麗達，於今也是一位著名的藝術家與詩人。而當年才三個月大的尼可拉斯，則曾是一位在阿拉斯加從事研究的科學人，不幸的是他也感染了母親的自殺絕症，和妳步入了相同的死路。

生命的苦杯，他將之摔碎了。

回顧青春往事

妳為何預感感情風暴即將來襲（未久妳的丈夫也是名詩人泰德·休斯和艾西亞外遇，因而分居）的時間點以寫作回顧了青春時期的精神憂鬱過程？妳鉅細靡遺地描述陷落在療養院的氛圍。接著，妳在隔年自裁。

彷彿告白體小說要為妳的丈夫脫罪（當然這是後人的揣測，一切都是猜度，當死者已然沉默）。妳的這本獨一的小說恍然讓世人知曉妳本來就是有病的人，一丁點雞毛蒜皮的事都會被擴大成一個墜毀的原點，何況是失去所愛。

妳不會不知道自殺將導致丈夫與外遇對象遭遇世人嚴厲的唾棄與指摘，妳知道自此妳的聲名將透過自殺而昂揚，而外遇者將受詛咒（搶奪其愛者艾西亞在幾年後也步上妳的自殺後塵，且更狠的是艾西亞連孩子都一起帶往冥途）。

但一面刀卻兩面刃，妳的自殺不僅傷害了自己的肉身，卻也剝奪了背叛者的往後餘生，泰德·休斯自此生命的上空永遠罩著一朵名為「背叛妳」的烏雲。

尤其女性主義者，常以外遇或八卦事件來責難於他，卻忘了妳就是活著，也可能會是一個感情的加害者，感情兩端，難解誰害誰。

休斯就曾說妳是那種愛他越深，就傷害他越深的人。

還是妳那後來成為詩人的女兒芙麗達寫得好：「我的母親的圖像是一個女人，有優點也有缺點，才華洋溢也情感挫敗，愛意滿滿卻也易於嫉妒……我們和她一樣，只是我們試圖平衡著，而她卻凸顯了那些不平衡的部分……她與本質的負面部分對抗，雖然最終敗役下來，但這些卻化成了詩歌。」

牧師與弔唁者

靈柩，花朵，牧師與弔唁者，綿延起伏的墓地，已然積雪盈尺，墓碑一個個地凸顯出來，像是無煙的煙囪般。

——《瓶中美人》

妳對牧師與弔唁者不陌生。那是安慰人的行業，但常起不了眞正的作用。早在多年前妳就已經看見了自己的死亡面孔，妳曾寫道：「彷彿被神奇的繩線牽引著，她舉步走進房間。」那是何等的神奇，那是什麼樣的房間，她無從得知。但她知道，有才情者，只要願意創作，生命留下的任何蛛絲馬跡，都會爲生命做出時間的最後勝訴。

因此歷經妳辭世如此多年以來，人們猶然看見妳不斷地與各個世代懷有詩心與苦痛者交談，見到妳在人間的夢境邊緣低語生命的幽微與苦痛之難言。

妳除了小說《瓶中美人》之外，共出版了詩集《精靈》《巨神像》《渡河》《冬樹》，妳終於以創作才情向世人宣告妳擁有完整的內在世界，不容侵犯的詩之神諭。

一九六三年妳開煤氣自殺，劃下生命休止符。在妳之後的幾年時光裡，還有兩個和妳有關的女人也步上其後塵，這像是死亡的競賽。

妳的詩人好友安．薩克斯頓穿著母親的衣服自殺，欲圖女兒與母親化爲一體。六年後，從妳身邊奪走丈夫的美豔女人艾西亞也帶著女兒同赴黃泉，艾西亞歸還了她所奪取的一切，連同無辜小孩。

而妳當然也早化爲枯骨，女人的戰爭，都以自毀終結自己。

一切的激情戛然而止。

何贏何輸，再無較量。

東方對女人常說的「忍辱柔和」，妳是絕對不要的。人們聽見妳從黑暗地底嘶吼上來的「絕不」！絕不，一個屬於妳的字詞。

深具才情卻也激狂一生的美麗繆思妳，在陰影籠罩的短暫一生裡，何其誠實，何其激狂，卻也何其幽微。妳以察覺微物的詩意，深深凝視著——由庸俗與妥協所統領的世界，這世界一點也不適合妳。

至於妳的愛，也終於在經歷了癌症十八個月的痛苦折磨後，一九九八年十月二十八日離開了他生活的擾攘人世。

他用一甲子的生命，彌補和妳在一起的六年，僅僅六年，烙印著妳的名字的時光卻緊繫著他的脖子不放。

休斯曾描述和妳的這段時光：「我們每天都寫詩。那是我們唯一感興趣的事，我們所做的就是寫詩，除了寫詩，沒有其他。」

他是愛妳的。

妳在墓裡微笑。

詩是守夜人

妳大學時代的作品當然具有習作練習的性質，每個創作者都有這種習作階段，或長或短而已。

妳也不是一開始就只會自溺在自己的悲傷大海，相反地，妳以前還頗關注社會議題，且對詩的格律節奏很敏感。

對冷戰的反省，如〈野草莓〉，對父親的懷念，如〈輓歌〉〈爹地〉，沉思創作與靈感，如〈女作家〉，對浮華城市的觀照，如〈途中對答〉，對愛與死的強烈書寫，如〈四月十八日〉〈拋棄〉〈致被拋棄的情人〉〈骷髏舞〉等。作品進入另一個階段，開始對告白詩體的迷戀與自由的追尋。

對死亡的關注，反覆出現死亡的意象，纏繞愛慾、憂思，帶著神經質的詩音，帶著絕佳譬喻的詩藝，形成獨特的氛圍與詩的語境。

〈守夜〉（Night Shift）是妳在詩的開場，即強烈否認詩不帶主題的作品之一，詩就是詩，它承載的載體超過詩語與微小的詩容器，且強烈到讓讀者感同身受至無法忘懷。

煩擾這個夜晚。
噪音來自於外部：

……

已陷入寂靜的郊區住户：無人

爲此驚愕，雖然這巨響

已重擊撼動大地。

它源自我即將到來的……

妳的詩不獨有陰性之聲，且蘊含雄性暴力那種隱隱駭人的惘惘威脅能量。過去妳的最初的詩作在評論界看來有刻意模仿華萊士・史第文斯的風格，以過分矯情的停頓語氣來作爲詩的斷句修飾，比如：「很明顯地，對，本地……」（Native, evidently, to），這和妳後來的自白體詩相比，就顯得太做作，成爲只爲詩而詩的作品，沒有後來自白體詩作那般的渲染力與魅力。

妳的第一本詩集《巨神像》評論界對妳的印象是：嚴肅而才華洋溢，但詩仍有所保留，許多人解釋爲妳仍活在丈夫的龐大陰影下。且認爲妳的某些詩受到泰德影響，有的則模仿西奧多・芮德格和華萊士・史第文斯的風格。

顯然妳當時還在尋找屬於自己內在的腔調與風格。

但即使如此，妳蘊藏在詩作下的內在騷動已然在翻滾獨有的氣息了。

隱隱具有一股生命遭受威脅的死亡力量，讓妳的詩作有了特殊的視角。這是最初妳出版第一本詩集時，首次面對外在評論界的眼光所得之詞，帶點讚美，也帶點指出妳拘謹且還未步出泰德陰影的尷尬性。

妳知道那只是首航，首航之作，通常只被看到下水的生命新痕，很多評論者不願意一開始就給予處女作太多掌聲，他們會觀察作者的後來，後來的作品出色者，會有機會平反處女作被忽略的冷漠。

妳即是如此，尤其死後的詩作（即使被退稿的詩作）都不斷被刊登，彷彿死亡的靈界，讓原來被蒙蔽者都開了天眼，詩都被靈光充滿了。

當然妳知道，其實他們只是八卦，媚俗。媒體爲了媚俗好奇的讀者，於是快速地在妳死後將妳的詩作都刊登了。

如果他們早點刊登，給妳更多的信心，或許妳就不會被愛情給打擊了啊。錦上添花，這世界永遠如此。主流的更主流（有名的更有名），邊緣的更邊緣（沒沒無聞者得更激進了，如果在乎聲名的話）。

世界是灰燼

妳善用的變位詞，妳將奪走休斯的艾西亞Assia，拼音成Ash。Assia——Ash-a……最終艾西亞是灰燼。詩人招魂女巫焚身，於是掠愛者艾西亞也化成灰燼，恍如詛咒：幾年後她步上妳的後塵，且更凶猛（連和休斯的孩子都不留於世）。

情敵成灰燼，灰飛煙滅。

寫字者的巫語，看不見的巫術。
我們走了這麼遠的路，終於結束了。

是一種藝術，和其他事情一樣。
我尤其善於此道。
我使它給人地獄一般的感受。
使它像眞的一樣。
我想你可以說我是受了召喚。

——〈死去〉

這幾個月，妳燃燒生命所有柴薪，妳寫下了妳一生中最有力道的幾首詩。
妳在〈邊緣〉（Edge）看著自己，寫下：

這女人已經完美了。
她死去的
身體帶著一抹完成後的微笑
一股希臘命運女神的幻覺
在她長袍縐褶的漩渦中流動

她赤裸的
雙足似乎在說：
我們走了這麼遠的路，終於結束了。

詩看起來平靜，似乎妳已對生命斷了念，也無自憐自艾之感。即使面對殘酷的死神，主題切身，但妳仍以藝術家冷靜地看著這人世，讓詩的意象如油畫般靜靜閃亮，彷彿妳不是寫自己，而是書寫著他者，好像妳不是要赴死，而是看著別人之死。

於是妳靜靜地將書桌上的稿子擺放好後，妳起身拉開冰箱的門，妳取出牛奶，妳仰頭咕嚕喝了一口，冰冷的牛奶讓舌頭一下子清醒著。妳凝視著牆上的指針，冥思著快六點了，第一個看見妳的肌膚呈現玫瑰色斑點的人會是誰？

一個不相干者。

女兒對母親的追憶

三歲對母親的記憶還存在嗎？

芙麗達．休斯，休斯這個姓氏讓她不斷被英國讀者注目著。

妳是守蜂者的女兒，而妳的女兒則成了守詩者的女兒。

很多年後，妳以詩人之死慾，得到普立茲獎，詩人生的女兒也是詩人，女兒代替母親領取遲來的動章。《精靈》原稿是始於愛之〈晨歌〉，而於春日勃發的〈過冬〉結束，這表達了妳從感情破裂之後渴望新生的慾望。

也再度解釋妳沒有眞正的死慾。

舊惠特比酒廠的入口在齊斯威爾街上，循入口進入可以抵達英國一年一度頒獎惠特比圖書獎之後晚宴的現場，這個獎自一九七〇年舉辦以來，倫敦文學界至今談起來依然洋溢著某種感情光輝是在一九九九年一月的那一回，那是休斯《生日書簡》贏得惠特比圖書獎，但他卻在獲獎前三個月辭世，他的女兒芙麗達・休斯代表他領獎，芙麗達的母親是傳奇的妳，因而晚宴現場，也來了許多想要好奇八卦的人。

然而當芙麗達在現場朗讀父親寫給一位朋友的信函內容時，現場卻陷入一片嚴肅的氛圍，靜到只剩下這對夫妻在世代言人的聲音。

他想他確實曾寫過那些詩簡，自一九六〇年以來，規避不談的所有故事也釋懷了。最終是要出版它們了，令人感到絕望的是——他一直都認爲它們太過生澀粗糙，同時太過薄弱，而不宜出版。不過那時，已經到了他沒辦法再吞忍下去的地步了。這好生奇怪，他們必須把他們的私密向公眾宣布。不過，他們就是會這麼地做，要是三十年前他早就做了同樣的事多好，他可能會更有成就——肯定會過著更自由的心理生活……

《精靈》（Ariel）終於在泰德過世後，以妳生前伏案編排的方式，原封不動地出版了，和妳只有三年母女緣分的芙麗達，也以詩人和女兒身分首次打破沉默，爲妳這本詩集不僅發言且寫了序。

芙麗達是詩人，也是女兒。評論自己母親的詩作，她簡潔有力地說：「它們具有某種急迫、自由和力道，賦予詩人作品嶄新的樣貌……大量的詩自一九六二年四月接著出現。從此之後，妳所寫的所有詩作都帶有獨特的『精靈』聲音。它們所描述的風景有著既超凡脫俗又陰森駭人的色彩。」

這是心靈之光，冷冽，如行星般飄忽。
心靈之樹是黑的。光是藍的。
綠草在我的雙足卸下憂傷，彷彿我是上帝，
……
我完全看不到眼前的去向。

——〈月亮與紫杉〉

妳在女兒的眼裡，因爲妳缺席太久，反而不像是一個母親，倒像是一個前輩，一個前行者，一個優秀同業，一個對手。她覺得妳後期的詩具有詩的多重空間向度，既營造出絕佳的詩歌張力，氣質卻又是蘊含獨特的平靜與憂鬱——描繪出暴風雨前的寧靜：

他說他今天早上會殺掉牠。

不要殺牠。她至今仍感驚異，
那怪異暗黑頭頂上的突出物，緩步
穿越榆樹坡上未經修整的草地。

——〈野雞〉

妳直接以〈野雞〉暴露泰德和另一個女人的隱晦私情。黑暗頭髮，那是艾西亞。行過榆樹坡上，也是艾西亞。散發愛情毒氣的，也是艾西亞。妳的詩語自白頻率增強，直接性增大，妳那不顧一切的野性力量和剛猛自信也開始源源奔來，在一九六二年十月妳寫詩的能量達到巔峰，光是那個月，妳竟寫了二十五首一生最重要的幾篇詩作。連赴死的前六天，妳都沒有停歇。

《精靈》的聲音共有七十多首詩作，妳果然是精靈。精靈不死，詩作依存。死的是精靈的色身，那因失愛而感傷赴死的身體，在敵手面前昂然踱步，毫不求饒。

回顧那個奇異的時間點：一九六二年這對租下你們倫敦公寓的夫婦來到德文郡拜訪你們的鄉村生活，敏感的妳已經嗅覺到妳的處境多了一位競爭者。妳將很快就會在休斯的睡袍上聞到另一個女人的體溫與遺下的香氣，妳聽見教堂鐘鳴，鐘聲送走生死，卻送不走愛的傷痕。普拉斯已經先一步瞧見了自己即將墜滅的畫面。

這位美麗女人將讓忙碌於鄉村家庭生活的妳相形失色，艾西亞帶著黑暗女神的引誘神祕氣息，將奪走妳身邊的所愛，艾西亞最後以她的子宮奪得了致命的勝利。

艾西亞是對妳命運最神祕的重重一擊！

妳說妳完全無招架能力。

「這場仗我輸了。」一向擅長死亡藝術的妳，再次感受到被恐懼癱瘓的意志，想要沉沉睡去的美好重量壓向了妳。

但在墜入死亡懷抱之前，妳還不能辜負妳的才情，妳要以詩寫下愛的癲狂與夢的絮語，妳所感知的一切，妳所受苦的情緒深淵，妳要寫下，在赴死前。妳若沒有寫下，世人將會從此稱妳爲「休斯太太」，妳不要這個名號，妳要當妳自己，在死神降下黑袍之前。

死亡成了最大的優勢。

艾西亞看到自己被妳徹底打敗，妳把她徹底推入萬丈深淵，連同妳的愛。往後世人一個字詞，一個目光，一口小痰……都如刀般地砍向他們。妳是悲劇，泰德與艾西亞也不會是喜劇的。

妳在地底竊笑著：
遇到死神要讓路。

詩人的死之後

一九六二年十二月，妳和兒女搬到倫敦費茲羅伊路（Fitzroy Road）一間曾經是葉慈寓所的公寓。女兒對父親一生都背負著妳自殺的原罪請命：「在母親去世之前，父親幾乎每天都到那裡探望我們，時常在母親需要獨處時他會照料我們。」妳的女兒非常理解感情的世界沒有對錯。

妳在葉慈的故居只待了八個星期，當時泰德留給了妳德文郡的房子以及聯名銀行帳戶，還有一輛黑色休旅車，不時拿錢給妳作爲兒女的養育費。

妳死後，據說泰德連現款都不足以負擔妳的喪葬費用，還得跟父親借錢，好讓妳魂安地底。

之後，這個承受強大詩人與情人之瘋狂與強烈死慾的桂冠詩人，在一九六三年九月，他終於帶著一雙兒女回到德文郡，和妳極爲不和的泰德姊姊歐爾溫自法國來照顧妳留下未完的母親責任，這對幼小的兒女就這樣和姑姑一起生活了兩年，才讓泰德有喘息的空間。然而他若有倫敦之行時，泰德才和艾西亞見面，基於輿論壓力，在妳死後的兩年半裡，艾西亞沒有和泰德在一起。可憐的艾西亞，果然被妳的詩下了詛咒，她成了灰燼，帶著和泰德生的女兒走上黃泉路。

先有妳，後有艾西亞和女兒自殺，休斯生前簡直是備受世人指責，但對攻擊他的人從不回應。他有了新妻，在一九七〇年他與卡蘿・奧查德（Carol Orchard）結婚，又搬回了妳曾經和泰德共築之地德文郡，他和孩子過著寧靜生活，文壇或記者從來都無法靠近那裡，對於倫敦的訪晤或酒會當然他更是完全不理。

根據妳女兒的自述，人們發現泰德是深情的，而妳是任性的。因爲在妳缺席的歲月，他將孩子照顧得很好，且保護著孩子不受媒體侵擾。他放棄詩的巨神高度，詩人的桂冠如荊棘，處處提醒著他唯有詩是可以爲亡靈彈奏的。

妳的女兒捍衛著父親：「他始終讓我對已離開的母親保有鮮明的記憶，因此我覺得她一直守護著我，在我生命中未曾缺席。」泰德沒有塗銷妳，甚至讓妳重活在孩子的心中。是妳塗銷了他，是妳放棄了他們。

至於妳嫉妒的男人休斯，仍是強者。

一九九九年五月十三日，那是一個星期四。追悼泰德．休斯的儀式在西敏寺敲響了哀愁之音。在場有許多的詩人作家，單純的眞與堅決的心，他是個絕對的詩人，是一幅織錦畫。英國詩人希尼如此致意，休斯生前的朗讀聲音灑落在聖潔的空間，所有辱罵過他的女性主義者也都寬諒了他，畢竟他也是受難者，他的不回應，且願意繳械詩文之筆（有很長時間他只寫兒童文學），他的堅韌與沉默如山，詆毀者自動粉碎。激情和詩的羅曼史自動退隱，巨神現身，雨中之鷹，美麗異常。

雄者之姿，沉默如風，堅守一生被誤解而沉默這非常不容易。

據說泰德．休斯之所以稱作泰德．休斯，完全是因爲普拉斯在寄發他的一份詩稿時靈機一動，簽署了這樣一個名字（他原來的名字是愛德華詹姆士．休斯，但朋友都叫他的小名泰德）。

泰德．休斯傷憶妳

〈最後一封信〉的尋獲，讓休斯獻給妳的《生日書簡》（Birthday Letters）變得完整。在

〈最後一封信〉公布以前，休斯不曾在作品中直接表述普拉斯的自殺事件。

What did happen that Sunday night?
Your last night? Over what I remember of it.
那星期日之夜發生了什麼？
妳的最後一夜？超過了我所能記憶它的。

泰德・休斯詩作〈河流〉致意著死亡：

用裂開的嘴
在沉默中發出靈魂的光芒。
它那乾燥的墓穴將爆裂成百萬碎片，
並被掩埋，當神跡現於空中，
……
它是神，不可侵犯的神。
不朽的神。它將把自身所有的死亡洗去。

〈參考書目〉：

普拉斯、休斯作品引用出處：
《鐘形罩》（The Bell Jar），黃秀香譯，新雨出版社。
《精靈》（Ariel），陳黎・張芬齡譯著，二〇一三年麥田出版。
《四個英語現代詩人》，陳黎・張芬齡譯著，花蓮縣文化局出版。
《冬日將盡》Wintering :Kate Moses，何穎怡譯，天培出版。
《野蠻的上帝：自殺的人文研究》艾爾・艾佛瑞茲（Al Alvarez）著。譯者王慶蘋、華宇。
《Sylvia and Ted》, by Emma Tennant, A JOHN MACRAE BOOK.
《Crossing the Water》, Sylvia Plath.
Sylvia Plath Reflecting on The Bell Jar
Sylvia Plath: the wound and the cure of words
The Silent Woman Sylvia Plath & Ted Hughes

卷參

憂鬱的歐蘭朵

卷參

憂鬱的歐蘭朵

記住我們共同走過的歲月，
記住愛，
記住時光。

——維吉尼亞・吳爾芙

我自己曾寫過這樣的一句話，現在看來，像是在爲自己的生命做某種捍衛的詮釋：「或許多少年之後才能夠感受得到當時的一個舉動是多麼的驚天動地。」

比如二十幾歲時，突然有天醒來，告訴自己要離開，要到遙遠的國度，開始新的生活。那個國度是一座巨大的島，一座巨大的船艙，擠滿青春與不想老去的人。曼哈頓聳立的是高樓大廈切割成的峽谷，人如螻蟻是風光。

比如某天醒來，告訴自己要離開不斷施打的高劑量愛情毒素。有種人是不該浪費生命在其身上的。

但那種逃離的驚天動地之舉，都是後來才能體會的。

即使只是活一天都是非常非常危險的，一剎那的失心瘋，都會墜向深淵。廣島原子彈僅僅幾秒，僅是一個按鍵時間就足以天崩地滅。

你在癲危時刻仍不忘和時光逆行，並給予歡樂與愛。

時時刻刻，吳爾芙——你啓發了後來的許多寫作者。

你那具有夢想家氣質的側臉，迷濛出世卻又極爲入世。對自我與小說美學實驗的探視，瞬間捕捉流逝的心靈。

小說時間與眞實時間，意識流流過精神的荒土，灌溉成一座奇花異草似的濕地，小說是人類前進的莽原，在歧路中探索，匍匐，爲精神莽原的探勘傷痕累累而在所不惜。

戰將如是，武士精神，你也是刀刀劈進精神荒地，小說的荊棘重重，尤其在你的年代，女作家的騰空出世尤是天方夜譚的一顆明星。

你經歷了十九世紀末與二戰期間，看著大英帝國。一九四一年三月二十八日，你走入隱士之屋附近的河流，跳入烏斯河（最想譯成：勿思河）。

你太瘦了，因此撿了許多石頭放在口袋以增加重量，好讓身體不會因爲太輕而浮上來。一個會游泳者，如何在河裡拒絕求生的本能反應？你不再盡情感受這沒有答案的人生，毀滅將至，敵軍將戰車開入倫敦的日子不遠了。

「壯闊的心靈，卻落入令人窒息的凡間。筆端和命運對弈，到頭來卻難免成爲一個輸家。」有朋友在臉書留言給我，因我提了你。但我以爲你不是輸家，就生命某種程度而言你是，但就書寫而言，你不是，你是眞正的贏家，贏得尊重，贏得價值，贏得精神。

大戰已臨，兵臨城下——你認爲你最愛的城市倫敦將難逃德軍的魔掌，你不想活在那樣的戰火之中。

恐懼的想像往往是培植癲狂的養分，你害怕癲狂至自己都不認識自己，你知道會有那麼一天，因爲過去的經驗告訴你，這一波比之前都強大。以前病發時，你不認得自己寫的文字了，這是對寫字者的最大凌遲，而凌遲是最大的罪。

你逐漸老去，深知這波強大激流襲擊，將連自己都會失去辨識自己的面目與文字。那麼自己將被這世界與文字徹底地隔離，自己隔絕在自我之外，因此你要自己快快出航，比這一天遠航得更快更遠，寧可投入河神懷抱，以更激烈的荒涼方式讓自己不被俘虜。肉身可被燒盡，精神不被摧毀。

盡情去感受這沒有答案的人生，你寫過的。五十九年，已經夠了，你夠盡情感受了，甚至這感受要崩毀失控了。

「寫作治病，寫作就是忘卻，文學是忽略生活最爲愉快的方式。小說是一種從來沒有過的歷史，而戲劇是沒有敘述的小說。」哲學的戲劇化也是小說，以寫作剖析自我與扣問人生也是小說，以小說來疏離自我人生也是小說，小說有各種可能，各種可能都是小說。

創作猶如一趟旅程，創作成爲致力完成自己的舟渡，一個發現之鑰。

寫作猶如縱走黑暗邊境，悠長緩慢，好似永遠踩不到底，但忽焉竟在筆中成形了。小說能比個人眞實活過的人生更加眞實，但也可能更加虛妄。

作品被完成時是如此地神祕，在文學的邊界，在人生的邊界，明亮與黑暗交織命運的房間。寫作猶如探勘，一個鑿光者。偉大的小說家都有個地獄，入地獄卻開出天堂之花。

慌走在靈魂的歧路花園

起先的少女經驗是不愉悅的，你的兩個哥哥曾冒犯你，而他們並不知道那是一種身體與性的踰越。同時依戀母親的你，卻在十三歲時體驗到死亡，死神總是帶走所愛，你第一次精神崩潰，腦中的精密儀器如琉璃，透明繽紛，卻不堪一擊。但琉璃粉碎仍可提煉成不同形狀，本質還是你／妳。

然而另一面的你也是頑強的，精密儀器如精工，摧毀的只是架構，只要重新組合，就可以重回你原初的本我。

之後，你幾乎年年與死神交戰，時勝時敗，努力四十多年，自動繳械。接受河神的盛宴，以肉體供養天地。你長期以河海作爲象徵，接著是將自己變成小說的實體經驗。海洋是人類最初爬行至陸地的子宮母體，時刻相續的海浪也象徵著某種質量不變的永恆，浪是宇宙的心跳節

人不應該是插在花瓶裏供人觀賞的靜物，
而應是蔓延草原上，隨風起舞的韻律。
生命不是安排，而是追尋。
人生的意義也許永遠沒有答案，
但要盡情去感受這沒有答案的人生……
——維吉尼亞．吳爾芙

拍。

生命最後有如你的作品《海浪》，敘事完全走入內心，一種心理的寫實或者不寫實，總之不再受現實外在的細節綑綁。你也不再受軀殼的束縛，航進冰冷之海的苦痛想必深烈，但你知道撐不過這一回。

繁複的低音暗自響徹整座如交響樂的海域，奇特的音波總是難以被聽見。

你曾經用「魚鰭」在寧靜遼闊的海洋上升起如蝶翅的象徵，帶著那樣亙古以來的孤獨寂寥，寂靜的殘敗，與死亡的搏鬥，神祕而哀愁。

「汪洋大海中的一片魚鰭，我是一個隨時在我意識的邊緣記下一些話來以待將來作最後陳述的人，現在我就記下這一句，以待在某個冬日的傍晚使用。」記下語句，雖然不知道何時會用到它們。

「某個冬日的傍晚使用。」你說。

這眞有意思，像是以爲文字可以爲冬日即將到來的傍晚取暖似的。

你有如海域裡最獨特的鯨魚聲音，聽來如鬼魂，也像低音號鳴奏。

據說這神祕聲音來自一隻名爲52赫茲的鯨魚，其歌聲太獨特了，獨特到只有牠自己才聽得見，獨一無二，因此找不到伴。

當然你一生都有朋友與夫爲伴，但你心深處明白人最後都是孤獨的。

52赫茲鯨魚是人的孤獨隱喻，每個人的終站都將化爲52赫茲鯨魚，人生春色凋零，孤獨涉入冥河。

你是希臘的泰瑞西阿斯（Tiresias），盲人先知，卻具有兩性的生活經驗，失去性別，茫茫遊走繁華荒原。

有多少回了，你面對自己的精神生死交關，或者目睹他人肉體的生死交關，太多回了。年輕時當你面對折磨父親的病魔時，你曾經這麼想著：「死神能否加快點腳步呢？」那時你才二十二歲第二次面對至親在和死神鏖戰，第一次是十三歲面對母親的死亡，你目擊著死亡的本身。表面看起來冰冷，一旦遇到所愛，內裡卻是如熔岩的炙燙。

父親過世，你和家人搬遷到南威爾斯。

那是一座介於大海與沙原之間的寂寥荒地，你常在懸崖高處往下眺望，沉思著未來。源於這段漫長的徒步生活，未來要書寫的材料也逐漸在你的腦海浮現。

你寫著日記，一直保有這個習慣。

後來你和姊姊還沒到布倫斯伯里（Bloomsbury）之前，你們去了義大利旅行。在旅行裡，你觀看人的興致大過於看教堂，這也是寫小說者的奇異之眼。在歐洲旅行時，到了巴黎，你和姊姊遇到克里夫．貝爾，他還帶你們去參觀了雕塑家羅丹的畫室。貝爾這個人和你要好，但後來娶了你姊姊。

然而回到英國後，你卻瘋了一整個夏天。

陷在複雜的生命低潮，現實逐漸成了遙遠不可捉摸的狀態。

機鋒處處又柔懷慈悲，
你是雌雄同體。

在文學的邊界，在人生的邊界，
明亮與黑暗交織命運的房間。
寫作猶如探勘，一個鑿光者。
偉大的小說家都有個地獄，
入地獄卻開出天堂之花。

瘋狂的夏天，每個人都在等待你的康復。

瘋狂的生命風景永遠值得描述。這段無法書寫的時間，卻成爲你往後不斷創作的生命基底，創傷若能轉化，就能成爲生命的豐收。

失眠頭痛暈眩心悸……厭食，討厭人……你試圖自殺，所幸一九〇四年五月到八月，三個月裡的關鍵性時間，你獲得了護士與專門神經科及家人的妥善照顧。

家人把你送到約克郡學院，因爲那家學院的校長是你的表親，一來你可以療養，二來和其表親的妻子也就是校長夫人一起共度學校生活。在這段療養期間，你漸漸好轉，除了參加這些夫人們的茶會和教會活動外，在許多你不喜歡的學院場合時，你會到學校鄰近的高原荒地裡漫遊。在岩石間遊走，感受風的刺骨，荒煙蔓草的風土，品味幽微閃過的靈光詩語。

同時學院的氛圍也讓你不斷地自我淬鍊與琢磨書寫的技藝，爲當一名職業作家的入門作進階的練習，爲你日後的文學實驗創立新的敘事聲音。

私密的札記跳躍爲社會的觀察者，書評的鑑賞者。

對於創作胚胎，你就像母親守候著未出生的嬰兒般，將現世風光轉化爲奇魅書寫，你高昂的心性催發你的創造力，不斷鍛鍊與超越自我的窠臼。

這段時間是繁花盛開的金色年華，尤其從瘋狂的黑暗之谷步出後，你更明白時光不可浪擲，因爲在時光之門的是一隻凶猛的獸，隨時匍匐在外，準備狠咬生命幾口。

陰暗與燦亮的兩端，你都歷歷行經，你不是關在象牙塔的小說家，你迎接社會種種，且參與其中。

你甚至去倫敦爲高齡窮人所設的莫利學院參與教學課程，熱情地教著寫作與文學等，甚至爲學生寫課程大綱，但在教學上你的熱忱卻被學生們打敗，你發現賣力地教導著寫作與文學課程，但學生關心的卻和你不同。

比如你賣力地講著文藝復興，學生卻只關心旅館有沒有跳蚤。

於是後來你轉向參與文學沙龍的週四夜晚聚會，也是由你的姊姊凡妮莎發起的，沙龍是藝術聚會，不同創作媒材的藝術家以藝術議題爲討論的聚會，即後來聞名英國的布倫斯伯里團體，將女性主義、社會主義和和平主義發揮影響力的一個重要文學藝術結社。

你關心的女性是和你同一階層的女性，成員竭盡自己來發揮對社會的影響力。

你的愛是我唯一能確認的

生之悲苦，從生提煉死魂，你凝視死，早在十三歲時，就進而參與了死亡事件簿。你從神志清明到癲瘋狀態的見證者雷納德描述過那駭人模樣，你先是厭食，接著拒絕進食，抑鬱環繞不去，被罪惡感與絕望情緒淹沒，接著轉爲興奮無明且又有如一頭失控野獸的狀態。你會對來照料你的護士行爲粗暴，動粗相向，因爲她們都在腦海裡形成幻影，身旁人變成惡魔。接著你會一直說話，從能夠被理解的字詞，逐漸進入分裂斷裂的無意識與不連貫字詞。

瘋癲者大約如此。

瘋狂之後，就像迷霧散去，你逐漸清醒，不僅記得泰半的經歷，且能進入理性的秩序思

THE HOURS
Michael CUNNINGHAM
LETTERS OF
S.ELIOT
VALERIE ELIOT

考。在你五十多年的生命裡，接二連三的瘋癲都沒有擊潰你，即使你曾經航進死神的懷抱，但所幸死神都把你隔離在外，好讓你能持續寫作，活在你所熱愛的世界裡。

你走過第一次世界大戰，但沒能走過二戰。一九四一年，你深知這回過不去了。如果過去的瘋癲是大風大浪，那麼這回即將襲擊你神志的將是席捲一切的海嘯，你知道躲不過去，而你不想連累雷納德，你感到這一生虧欠太多了。

於是你寫好最後一封信，將信放在入門處。

最親愛的：

我知道我自己行將再度崩潰，我們再經歷一次類似的處境，而且這次我不會恢復，我開始幻聽並且無法專心，看來這是我能做到的最好解決之道。你給予我最極致的快樂，無人如同你一般，直到這可怖的病況再度來臨，我向來認爲我們在一起最是快樂。我已經在損毀你的生命，沒有我在，你可以好生工作，我知道你可以的，你看我連寫這封信也不能寫得好，我現在甚至無法閱讀。我要告訴你的是，我生命的歡愉來自於你，你以最強烈的耐心與愛意。我要告訴你的是，假使有任何人能夠救我，那必然是你，縱使我已經分崩離析，你的愛仍是我唯一能確認的，我不要再繼續損壞你的時光了。

我認爲我們在一起的時光，是兩個個體所能達到的最快樂的光陰。（註：此文摘自──《吳爾芙》貓頭鷹出版，二〇〇〇。）

在你最後一本小說《海浪》的最後篇章文字，竟也成了作家最後的墓誌銘：「置身於你的懷抱，我依然不為所動，不受宰制，死亡啊！」

塵埃與光影滿溢的小閣樓

你的眼睛裡的愁思與嚴峻式的知性美，狹長的臉上掛著醒目的挺直鼻梁，如歌德時期的聖母像。

有人覺得你美極了，從古典油畫走出來似的，有人覺得你美得很奇特，帶點不協調，神經質，靜默的尖銳……

你的心智宛如是「塵埃與光影滿溢的小閣樓」。

很多人很容易感到快樂，你卻很難，你不明白為何有人可以什麼都不思考地活著，不管生命來去地活著？

你的性別具有雌雄同體的魅力

關於你的愛情與憂鬱的迷人氣質，為自己的憂鬱症，以長達二十五年的寫作來對抗，卻仍然走上了自殺一途。

雷納德是個激情而執著的人，你相較起來冰冷而脆弱不穩定。

你們去義大利旅行，但你發現對人物與活生生的興趣大過於古蹟。你無法適應當下的處境，但你在等待航過暴風雨，因為晴天麗日正在等著你，「狂亂的生命風光值得永遠敘述下

去。」你的創作意念竟多來自這段無法書寫的時光，你失眠頭痛且拒絕進食，也曾從窗戶跳下去自殺，但窗戶太靠近地面而沒成。

「小山羊發作了。」你的姊姊凡妮莎與兄長們這樣說。

你在某個療養院裡遇到了某院長的妻子，你親眼見到一個本來澎湃著文學野心激情的女子，如今卻在枯燥無聊的學院內度日，這引起你的同情。但你在這裡被照顧得很好，房間有著寬闊的窗子，當你不喜歡學院的活動時，你就會溜到附近的高原荒地去，緩慢地漫遊與遛達。

你開始進一步地琢磨自己的書寫技藝，以爲日後的職業寫作入門進階。從私密的札記，轉爲報導書寫。你爲雜誌寫稿，但看見自己的稿子被裁切成一小塊一小塊，且還被修改，這引起你的惱怒。

意象曖昧，帶著印象派的文字，音律繚繞，是你喜愛的節奏，文字帶著音樂的詩性。

你的時代

你本不叫維吉尼亞．吳爾芙，你在娘家的姓氏是史蒂芬（那是個還要冠夫姓的年代），這眞是一種奇異的身分，你接受它，因爲你知道擁有這個姓氏的雷納德是個在人間最善待你的人，而你本就雌雄同體。你用自己的方式愛他，他也用他本有的方式愛你，於是你決定冠他的姓成爲維吉尼亞．吳爾芙。

一八八二年一月二十五日你出生倫敦，在這座城市展演你的生活。

但你無法一個人單獨去上大學，那是一個女人受高等教育就會引發緊張的年代。所幸你的父親是讀書的一名爵士，家裡有座猶如微縮版的圖書館書房，且他允許你自由出入他的書房，這使得你從小就是書迷，大量閱讀與精讀，眼界寬廣，心智挖掘得更深遠。

十三歲，你的母親過世，你的精神首次出現崩潰徵兆。

深深依戀母親的十三歲年齡，正巧要從女孩跨度到敏感的少女時間節點，逢母親辭世，痛不欲生。你認爲是人生所有可能發生的事情裡最可怕最劇烈的災難。

反而多年後，面對父親的離去，你僅僅希望上帝能快帶走陷入煎熬病體的他，免於受身病苦難的折磨。多年後，你更在日記寫下假使父親還活著，你一定不可能寫作或者讀書，父權對女兒的想像大概就是安安分分當個持家之女。如果父親還活著，那麼你的寫作與閱讀生活將面臨阻力，可能導致終結。

或許可以將你的生命列表，因爲如此可以看出一個十三歲就爆發精神危機崩潰的女作家，是如何地艱難行過這片荒地，直到五十幾歲都還在寫作，從未放棄過。

當人們使用藉口時，其實都是自己的心已經遠離了，然後就會出現許多莫須有的藉口。比如出版書沒有讀者，所以不寫了（寫書和沒有讀者是兩回事）；比如不愛這個人了，就會嫌他周邊沒有的東西（沒有車子沒有房子……但其實愛一個人和這些物質是沒有關連的）……總之藉口是人們最常爲自己的逃避來作爲使用的代替品。

你不逃避，雖然生命這樣艱難。

歷經四十幾年才決定離開，堅持活著已是不易，還寫出作品；堅持寫出作品不易，還寫出本本精彩且實驗性高的作品，這過程像是天啓。

十七歲你進入劍橋三一學院旁聽，只能旁聽，眞是哀嘆。

二十二歲，父親去世，你再度面臨嚴重精神崩潰。同年發表一篇文評在《守護人》雜誌，此爲你的處女作，接著二十四歲，你的哥哥在希臘受到傷寒病逝，二十七歲你和史特雷奇訂婚又取消婚約，但你們終生保有這份深刻友誼。

內含的高度文學微火，一點目光的理解油膏，就可慰藉彼此心靈。

布倫斯伯里團體

如果當年有人誤闖倫敦大學附近的小空間，可能會以爲闖進一座嬉皮之屋。瀰漫著菸味，可能還帶著必要的酒氣，亢奮的能量充溢，辯論的言語彷彿可以炸開深海。房間貼著有點像是歐洲文藝復興的畫作，昏黃的燈下是老舊地毯上散落著書本與黑膠唱片。青年男女或躺或坐，沒位子的也可以坐到別人的大腿上，笑語與喧囂，脹紅的臉頰下一雙凌銳的目光，交織在新興沙龍團體的氛圍裡。

談論一本書，或者一幅畫，暗自較勁的熱流來來回回，隨時被插入或被打斷，或者辯才無礙者勇闖激流，越過高原，爲自己取得發言的制高點，生手也加緊腳步，以累積自己可以存活在此團體的點數。

小心語言的箭矛會突然射向你，這團體不會讓進來者白白看戲。

「輪到他啦！說點高見！」「說個故事吧！」嘿，不是光來吃三明治和馬鈴薯碎片的，不仁慈的檢驗著他者作品或思維。

支支吾吾毫無見解者，下回就被丟出團體了（而此人將再也不敢參加了）。這個沙龍團體，給予你年輕時許多樂趣。因爲團體的成員不會扮演討好的社群，甚至在批評作品時是非常冷酷的，由於團體重視作品的原創與完整性特質，因此你覺得在那裡有著高度刺激，有意思，有成長。

你是惡魔又是天使，以銳利言語嘲諷別人你是擅長的，然而面對生病與情傷的友人時，你又比任何人都懷著強烈不做作的同情心與感知力。

機鋒處處又柔懷慈悲，你是雌雄同體。

你不相信政治活動，認爲那樣的激情是愚蠢的。唯一一次參與是爲了女性投票權，一九一八年女性有了投票權之後，對政治你就再也沒有任何想要靠近的溫度了。

「長年處於學府中，自身的創造力可能被榨乾殆盡。」但這不意味著你拒絕受教育，相反地你的父親一直讓你任意使用家裡齊全的圖書館。

沉浸於寶石般的語言之海有著無上的樂趣。你深入語言，熱切尋找每個字詞最精妙的意義，藉著寫日記、散文以及給家人的書信，你持續地進行著這樣的活動，機智的反諷遠比贊同更有趣。

著眼於日常生活的奧祕，更甚於觀察奇特意象。

不需要制式的教育，透過自身的生命，即可學習到這一切。

黑暗面的孩提時代，被同母異父的兩個兄長視爲成長勃發時的情慾幻想對象，起先是單純的愛慕，後竟演變成實質的肉慾行動。你曾被他們掀開裙子在私處上下其手，這對向來對自己身體極爲嚴謹的你來說，無疑是青春期一個難以抹滅的冒犯印記。另外一個同母異父的兄長喬治也曾多次闖入你的房間，將你擁入懷中，丟到床上。「這樣的行爲沒有比一隻猛獸要好到哪裡去。」據記載喬治並沒得逞，但近乎亂倫的褻瀆已經汙衊了你的純潔青春期。

性的無知與暴力形成你的少女時期陰影，也是你日後傾向雌性身體的感情質素的原因之一。但這件事說法不一，有人認爲喬治即使有想要親近你，但也可能僅止於幻想，應不敢冒這個險。有人認爲你的小說書寫其戲劇性的想像大過於眞實性。

喬治是個頗帥的男人，也樂於爲你和你的姊姊凡妮莎引介至倫敦社交圈，但你回憶這段往事寫道：「一敗塗地的經驗，根本無法發光，一點也不受歡迎，坐在角落裡，倒像是去參加葬禮的無聊人士。」討厭社交的你每回勉爲其難地到一些必須作客之處，卻總是感到不順暢，你總是不時地在心裡想著：「女神啊，請您讓我趕快回到我自己的家吧。」

藉著漫步在山巔海涯之處，你總是沉思著未來書寫的題材，在這段時光的漫步裡，關於書寫的內容逐漸地浮顯於你的靈魂雙眼，夢疊著絮語。

前衛而風格獨具的團體

父親過世後，你和姊姊凡妮莎有了布倫斯伯里（Bloomsbury）團體，該團體影響近代倫敦頗深遠。

寫《印度之旅》的E.M.佛斯特也是這個團體的重要成員，舞蹈家鄧肯・葛蘭（關於她的死，頸上的圍巾捲入車輪而被絞死）和詩人T.S.艾略特，每個人物以各自的擅長各行其道。這個文學結社的成員也都信奉基礎以愛為中心（而非以性別）的信念，「愛我所愛，與我所選擇的所愛同居，無論對方的生理性別或者考慮其他種種，忠於自己的所愛才是最道德的作為，而非選擇死守資源或者財產，與一個和自己了無情誼的人結合。」

我想像著如果當時一個陌生人突然闖進你們的這種場合，可能會被裡面的菸味和酒精以及滔滔言語而覺得彷彿去了什麼祕密集會。

有些人隨意躺坐，笑語喧囂熾熱，有人沉默聆聽，有人只是靜靜地吃著食物。每個人都是對手，敏銳地觀察四周與聆聽評論的言語，好隨時準備入場的發言機會。論文、評論、小說、美學、哲學……有趣的是，你看著這個結社的男人竟被你在書信中寫著：「一群不成熟的生物。」

可以想像你這樣外表靦腆的女子參加舞會的模樣，姊姊凡妮莎活潑熱情，可以跳到午夜，你卻在舞會的黯淡角落閱讀著書，外界的聲光似乎對你不會產生影響。你是如此地怪異，可以敏感到心魂皆碎，也可以無感到排拒所有的外界干擾。

書是你一生的私密好友，不論是靜態動態，你都沉浸在書裡。連去土耳其旅行時，在異國歷史文明與古蹟的遊蕩時光裡，你仍隨時隨地閱讀著書，當然《奧德賽》是你在這趟旅途隨身

在隱士之屋的花園，
聽聞沉默的風吹過耳際，
彷彿答案。

很多人容易感到快樂，你卻很難，
你不明白為何有人可以什麼都不思
考地活著，
不管生命來去地活著。

攜帶的經典。

冰冷與狂熱並置，城市與荒野並進，女性與男性並擁，這就是你——維吉尼亞・史蒂芬時期，仍在父姓年代的時光。

曖昧的戲局

失去父母親之後，你的家族接著又折損了深具才華魅力的哥哥索比。

自此，姊姊凡妮莎成了你的中心，從少女時代你和她就常一起出入社交場合與旅行。你們成了一生的藝術盟友，這才是真正的血緣。

哥哥的摯交克里夫・貝爾也一直都是你們姊妹倆的好友，索比過世，他成了一種精神的替代。克里夫卻在索比過世兩天後向凡妮莎求婚，凡妮莎也答應了，自此你的姊姊也有了夫姓：凡妮莎・貝爾。她也是創作天才，只是表達的工具是繪畫，你一生的繪畫肖像多來自於她。

但姊姊和你們心中共同的精神化身貝爾結婚了，這讓你頗爲失落。

說來有趣，那還是電話、飛機和收音機剛發明的年代，你受邀前往他們的新婚居所，從你在留下來的信件裡可以讀到你對於中產階級生活的枯燥與蔑視，富裕又無知的豪宅與帶著蠻荒感的歌德宅第，讓你戲謔著：「藍絲絨衣服，髮上別著蝴蝶結出席的女生。」都讓你感到未來的姊夫克里夫生長於這樣庸俗的富裕中產階級竟能保有強烈的感知能力與高智能生活，這使你慶幸要走入這個大家族的人不是你。

但你對於姊姊要結婚了，還是感到一種奇異的失落，踩空的心情。尤其是很快地嬰孩竟然開始從凡妮莎肚子裡壯大，然後吐出嬰孩，你對於嬰孩感到恐怖，一點也不想要有小孩。「嬰兒的哭聲恐怖至極，有如是攜帶著惡兆的公貓在嘶嚎。」你帶著克里夫・貝爾逃脫這有如躲著嬰靈的房子，你常和他到處去閒晃，海邊山丘，你們看起來倒比較像是新婚夫妻。

不過後來的傳記家都認爲其實這是你的一場戲局，無關於激情。

然而你的所作所爲確實是對姊姊的一種隱形背叛，你日漸謹愼地對待你所愛的這兩個人，也開始小心地維護著他們的婚姻關係。姊姊偶爾會不領情你的善意，但基本上你們仍姊妹情深，至於往後你和克里夫依然保持精神良友，畢竟他有一雙如何看待你的小說作品的敏銳慧眼，在創作初期你寫的初稿，往往克里夫是第一個讀者。

直到你生命中的丈夫也已經出發前往你生命地圖的路途中了。

很快地，你也要拋棄父姓，換上夫姓。史蒂芬被替換成吳爾芙。

自此你以吳爾芙爲他所寫的每一本書封印上這個姓氏。

文學史上的螢光記號。

精神伴侶

三十歲，陪伴你一生的關鍵人物雷納德終於現身，闊別多年，你看他依然如故，並沒有因爲在外地當外交官而流俗了。

遇到雷納德，是你一生的幸運，你感受到了雷納德・吳爾芙的誠意。結婚吧，爲何不呢？如果一個男人可以不只是男人，如果一個丈夫可以不只是丈夫，他可以成爲你的精神支柱，他

沉浸於寶石般的語言之海
有著無上的樂趣。

冬天總使我們感到溫暖
把大地
覆蓋在健忘的雪裡
用乾燥的塊莖
餵養一個短暫的生命——艾略特《荒原》

看到你那又精密又危脆的精神結構。

雷納德自此成爲你一生最爲重要的精神支撐夥伴，益友。至於愛，成分不高，但卻獨特得超乎尋常。愛裡的成分不是只有高低，更多是獨特的品質。

愛的劑量不用太高，太高會淹沒彼此。責任遠比愛重要多了，婚盟就是一種責任（也因此你覺得雷納德背負你「活著」的責任太高了。最後在你們結合近三十年裡，你才決定丟下他，孤單一人瘋狂赴會上帝的邀約。）。

但原先在愛情世界你不是這樣的。

你像是封了蓋子的熱鍋，既熱切又壓抑，這大概可以用來形容當時的維吉尼亞了。

生命的關鍵人物雷納德在過去你們這個文人圈的聚會裡，僅僅出現了唯一的一次，之後雷納德到外地擔任殖民官，一待就是七年。

七年來，你們這對後來結爲夫婦的兩人是如何度過各自的年輕時光？

重返時光，他是悲傷的。

如之前所言，你親愛而聰慧的哥哥索比不愼感染風寒驟逝，接著是你的姊姊凡妮莎和好友克里夫．貝爾結婚，第一次大戰來臨的前十年，布倫斯伯里這個團體不僅自身是一所發亮的房間，這時間也是你們生命的風華時光，各自準備綻放的花樣年華。

而雷納德在任職錫蘭七年後終於回到倫敦度假，他依然記著你，即使你們只有一面之緣，他還記得你那透亮的眼神，迷濛的微笑，敏感的神經。一面之緣好像一生之緣。

他在朋友鼓勵下，決定追求你且向你求婚。你考慮了一下，你知道這樁求婚是男生愛過女生，女生只是想躲在豐厚的羽翼下覓得一寸安身之地。

但你未料到的是，這位男士竟比你原先想的要好上許多倍，你發現雷納德是個熱情的人，且出訪殖民地多年，竟都沒有沾染到在殖民地的一種氣焰與獵奇態度。你覺得這個男人或許不具機智與光采，但他的心智有著一種豐饒的原創精神，且因為雷納德和你的哥哥索比過去曾有過深刻的交情。

為此，你慢慢地喜歡上他，且愈來愈喜愛。終至和他結婚，甘願自此被稱作「維吉尼亞．吳爾芙」，冠上了夫姓。

當然在答應雷納德的求婚時，你清楚告訴他自己的情緒之病，且甚至惱怒為何眼前這個男人要如此地對自己懷著執念與懷抱著激情。

果然雷納德不以為你說的情緒不穩會是兩人結合的什麼大問題，他願意和你一起承擔生命的種種情緒風暴（他當時不知道你的病情大大超過他所能想像的嚴重）。雷納德求婚後，耐心地等待你的同意，他為了顯現誠意，竟從殖民官退伍下來。

命運之神有一天突然降臨了，你對他說，「我愛你，我願意和你結婚。」愛，從你嘴巴吐出來，這也讓自己著實地驚訝著，原來自己不是冷感的人，冷熱和對象有關。

說完話後，他牽著你的手，一路狂奔至泰晤士河畔，讓河水鎮住自己那狂亂的心跳。

這一年你三十歲了，而他三十一歲。

當時很多人都低估了雷納德，以爲他是個木訥寡言的呆頭鵝。這類人只要一守候就是一輩子，看似呆靜，實則潛伏。他靜靜地匍匐在各式各樣的情況下，低調但銳利。早在第一次看見他時，他就注意到你的沉默與溫婉矜持都只是表象，他形容你就像一匹馬，馬總是低低靜靜地觀察四周的環境，你的眼神犀透，穿越事物與人性外表。你那一切都看在眼底的神色，被雷納德捕捉到，這讓他心神震盪，明白自己正暴露在一個聰慧無比卻又批判尖酸嘲諷者的眼前。以至於僅是一面之緣，竟在事隔多年後，緣牽一生。你看錯了雷納德，他的犀利目光被他的低調與不起眼的聲色給遮掩住了。

好在，眞緣分不怕命運磨。

你有了雷納德的照顧，世界因此有了文學女神的降生。

情緒海嘯狂襲

誰都無法料到你那快如閃電的心靈活動，如露如電如泡沫如幻影，瞬間捕捉意念，如在草原奔跑的思想之兔被筆端瞬間射中。

如此地動員著你的意念是危險的。

冬天總使我們感到溫暖／把大地／覆蓋在健忘的雪裡／用乾燥的塊莖／餵養一個短暫的生命……艾略特《荒原》

隔年，你三十一歲，終於讓雷納德知道什麼是你說的「情緒障礙」。你爆發嚴重的精神疾病，且還企圖自殺（你體內的死亡倒數計時器已然悄悄啓動）。這嚇壞雷納德了，他知道你有病，但不知道情況遠遠超過他所能想像的死境，生命幽谷的巨風吹來時，如此寒冷，難以招架。

厭食症讓你看起來總是風骨清瘦。

往後每次發作，剛開始都很緩慢，感覺頭痛和不明所以的心煩；然後做起漫長的噩夢，你在夢中飽受種種狂躁的折磨，對自己進行指控，對父親感到罪惡，有三位護士照料你，在你的心裡她們卻成了惡魔的化身，你瘋狂抗拒被餵食，而當被帶到鄉下的時候，你企圖自殺。

直到危機緩緩過去之後，海嘯退去，一切歸於風平浪靜。思想的海嘯是如河形成的？它又如何在你那小小的腦袋裡興風作浪著？一切都是無解的嗎？但你記得那些遭遇，狂風襲擊時你如枯枝地屹立著，直到狂風轉爲涼風習習。

浪退去後，你躺在床上想像窗外的鳥兒唱著希臘文歌曲……

你的腦中餵養著一座思想的海洋，你從中淘洗，結晶著作品。

但你也常翻船，甚至沉船，解體。

離岸出航

之後，你邁入三十三歲，才出版了第一本小說《出航》，病情好轉（之後你幾乎每一年出版一本書，最慢頂多兩年一本書，雖然身體微弱，但創作力旺盛。），作品不斷地問世：夜與日、雅各的房間、星期一或星期二、戴洛維夫人、燈塔行、歐蘭朵、海浪、三枚金幣、幕間等等，有如靈魂自省與藝術評論的日記，還有演講論文式的集結之書《自己的房間》，這一本成爲你最受歡迎且最易讀的一本書。女人要寫作，不僅要有自己的房間，還要經濟獨立。

人性的弱點無法避免，但盲點可以避免，你指陳歷歷意識暗影的黑盒子，排山倒海的想像力，卻總讓你徘徊深淵邊緣。

浮雲下的黑暗與荒涼

燈塔行，已展現你那過人捕獲思想細節與自然現實雙重編織的書寫才氣。

「大片的藍色海水在我的面前，老舊的灰白燈塔，遠遠地，嚴峻地立在中央……青草狂野的在沙丘擺盪，像是逸入某個月光國度。」

涉水走過海邊岩石，有如在穿行自己的岩石，她望著海色，撈起黏在岸邊的海葵，接著望了漂浮在上空的朵大浮雲，陽光被遮住了，小說裡的她感到自己好像上帝，望著這空蕩的世界，竟有著千百萬無知又無辜的生命在現場，浮雲下的涼風，吹來黑暗與荒涼，瞬間她把遮擋陽光的手移開，光束傾洩。她看見海中巨獸昂首闊步在白晃晃的沙灘上，滑進了山腳下龜裂的巨大縫隙……

現實與超現實，白沙灘彷彿意識流，燈塔閃爍如延伸無止盡的想像光芒。海中巨獸，想要掙脫海神的自我隱喻。

走在自己的岩石上

生活中城市的聲音構成你的耳朵音譜，圖書館、畫廊、歌劇院、咖啡館、沙龍、讀書會、演奏廳……

你的體內也有著許多聲音，還包括「妳」，你是雌雄同體，男女都愛你。

你愛城市，也愛田園風光，尤其是漫步在空曠的原野。但你對自然與野生動植物是非常陌生的，你不識其名，但喜歡靜坐在某處，聆聽著空中飛過的鳥群，林間的狐狸嗥叫，池裡的蛙鳴，各式新奇的聲音，構成鄉間自然交響曲。

但基本上你是害怕太過安靜的安靜，當外界安靜時，你腦內的聲音就顯得更喧譁了。

如何將現世的實況轉譯成筆下的風光？

「每一個瞬間，都是一大批尚未預料的感覺的薈萃中心。」

一個屬於詩人的潔癖，卻又想在詩歌之樹上伸出手臂，從漫漫流過的日常生活的溪流裡，擷取一些碎片，將碎片編織成一部部的小說。以詩語打造小說城堡，貼近小說的面貌，這形成了你的作品的晦澀成分，阻礙著時空的動能，造成一種獨白的停滯感，因此你的小說並不好讀，甚至有時候因爲大量的意識流而有一種窒礙難行感，少了強烈情緒的渲染，少了一種非讀不可的魅惑性，因此而停留在知識菁英的思索版圖裡，當代的讀者若不熟悉你的語境，往往瞌睡連連。

但若能通過一些阻礙，將發現你的小說含著寶藏。「由於我們生活在血肉之軀中，所以我們只有通過血肉之軀的想像力才能看到事物的輪廓。」

一九三一年，你四十九歲長篇小說《海浪》出版，再度受到嚴重頭痛和憂鬱症困擾。

「大片的藍色海水就在我的面前；灰白老舊的燈塔，遠遠地，嚴峻地，位在中央；而在右側，極目所見，偃偃落落的，輕柔淺褶著，綠色的沙丘和其狂野流淌的青草，總像是正逃入某個月光的國度，杳無人跡。」女主角南西涉水走入「你自己的岩石」並在岸上尋找「你自己的小水潭」。你告別人世之作。

「因爲我的肉體，我的這個總是發出信號的夥伴，它總是心血來潮地一會兒說出憂鬱的不行，一會兒又爽朗地喊著來吧！」你在小說《海浪》以獨白的方式寫道。看得出你對於「身體」感官的細微體驗。

時常感到頭痛欲裂與憂鬱幻聽的身體，是怎樣地折磨著小說家？

里奇蒙區

座落在倫敦市區西南的里奇蒙區，和泰晤士河一同包圍了城市，充滿人文的暈光。Richmond常被我故意發音成Richman，「里奇蒙」成了「有錢人」，放眼路上，確實有種十七世紀以來建城的富庶感。

一九一五年初，三十三歲的你正值寫作顚峰，你極需安靜但又離倫敦近之所，你和雷納德來到了里奇蒙，發現這裡是良居之所。且你們愛上的這棟十八世紀房子竟位在名爲天堂

（Paradise Road）的路上，天堂多好，你正從情緒的地獄爬出，你急需天堂的明光召喚。

十八世紀的房子仍維持典雅新穎，時間遺痕不深。你當時宣稱這棟房子是英國最優美宜人之所。然而命運並不給你享受這宜人風景的時光，就在搬進去未久，你又精神崩潰，雷納德一度送你至療養院，這你口中最優美宜人的房子有一陣子成了雷納德的獨居之所。

幸運的是你只在療養院住了一個月，在四位護士的悉心照料下，你重新回到生活的軌道，終於回到優美的居所，但可怕的日常仍不時侵擾著你。

當時，你就在這間屋子出版了你的長篇小說《出航》（The Voyage Out），只是當時你竟病重至連讀這本小說的評論都無能爲力。

有雷納德這樣的生命陪伴者，你始終是既覺幸福又深覺虧欠於他。你綁他綁住了，但他甘願被你這樣獨特又深具才華的女性綁住，他只怕你掙脫不要他了。（女作家需要召喚雷納德這樣的男人在身旁，才能從女作家變爲女神作家。）

雷納德和你某日逛小鎮，看見一家印刷材料行，各式各樣的印刷機器陳列著，且老闆向你們保證只要讀了工作手冊後，連小孩子都能印刷了。

雷納德決定購進排版機器，一來利用排版的手動工作降低你的高度精神活動，以治療你的精神舊疾（以身體勞動代替精神勞役），二來是可以自己印書。就在你三十五歲這年，你們成立了霍加斯屋出版社。這是你能夠抽離創作的危險心靈之境，這台手操式小型印刷機成了你的文字新樂園，你藉著手工機器的操作而逐漸可以脫離文字的干擾，這是一種分心轉移療癒法。

你爲了將各式各樣的字母與鉛字擺在板上，確實將黑色心靈暫且遺忘。

這手工排版機器，無心插柳成就你們的事業，同時也讓你可以自由出版自己的作品，不需要向挑剔你作品的出版商低頭，也毋須配合出版商的活動需求與邀約而更改自己的寫作計畫與內容。

「我是英國唯一想寫什麼就寫什麼的女人。」幾年後你在日記裡這樣寫道。源於出版的自由，你前進各式領域的實驗，取消故事情節，更是大膽挑戰閱讀的速度與品味。你逐漸跳脫經典文本在你眼前的門檻，你擺脫世紀以來歐美女作家的寫實窠臼，流動自在地前往書寫的本我版圖。倘若失去自我，創作何義？倘若失去創作，生命何義？層層扣問，成了你的書寫的打底功夫，生命框內與框外的彼此交錯與隱喻。

帶著你所參加的布倫斯伯里團體的前衛與實驗光芒，你和雷納德的這家業餘小小出版社，竟吸引了不少創作者想要給你出書。

你享受著這樣的手工排版，食字獸都被你降伏了，化爲一句句有意思或有意義的字詞。

里奇蒙成了你的倫敦新樂土，倫敦泰晤士河的支脈延伸，你也和鄰居作不慍不火的接觸，聽比利時女房東嘮叨講述房客與女僕之間的故事，上校的女兒流落成女僕等故事讓你聽得津津有味，某個人的愛情出現了危機關係也是你不時關切的人性八卦點滴。郊區的生活逐漸把死神關在命運的門外，但你知道偶爾靜下來，心跳加速時，仍能清晰地聽見門外徘徊的死神步履，死神在沉思著，如何才能和你的心緒下棋，你知道里奇蒙只是表面的寧靜，世故優雅的郊區人不過是僞裝的殼，人們躲在漂亮的殼裡，以爲死神就找不到他們。

看不見不是不存在，你知道自己會去找死神下棋，與憂鬱對峙，你的腦海意識流被植入了奔竄的幻相。

一九二三年，你就是從這個霍加斯屋出版了艾略特的巨作《荒原》。這本原始版，於今簡直洛陽紙貴。被譽爲是英語文學世界最稀有的書了，稀有性不獨因爲艾略特，還因爲此書後面的版權書頁印著出版者你的大名。

當然你們的小小出版社只提供排版，印刷與裝訂還是要到商業公司完成。

你是第一個看中艾略特這本書的慧眼之人。

據說艾略特《荒原》這本書的初版有很多的錯印之處，當時你怪這個年輕的作者艾略特是個差勁的校對者，「這奇特的年輕人。」你對艾略特當時在他們的屋子朗誦《荒原》的長詩時有了這樣的想法，「他吟唱朗誦著帶著押韻的詩，非常美麗且很有力量。」你對艾略特的讚許，你的眼光證明了一個好的寫作者，也意味著會是個好的鑑賞家。

擷取某一天，看盡全人生

複眼斑麗的花蝴蝶豈能躲在暗櫃終日？

你以文字捕捉了靈魂神祕世界的一縷幽光，你的那縷微光，就足以照亮大千世界所有逆女烈女才女狂女的黑暗。

GLOUCESTER
AVENUE NW1
the pembroke
Heated
GARDEN
ROASTS
TRADITIONAL ALES
£5
LUNCH

NO DUMPING

在歷史回光返照下悠悠女族，使得許多人將昂首向前，不至於飄忽在茫茫人海無所終。二十世紀，現代文學最大的變革其源頭來自你和喬伊斯、普魯斯特，你和他們運用捕捉與截斷大量的意識流，書寫人的內心與意識界活動，小說從故事走入新心理主義，帶著精神式的剖析，卻又任意識漂浮在寫實的生活裡。

那充滿光輝的小說魅力是一種光暈的環帶狀，微光暈環，從意識的開始到結束圍繞著你們的心緒，半透明地被覆著。眞實的事件對人類意識產生的漣漪，內心戲的舞台裡，你以心理的時間代替了眞實的物理時間。

小說的實驗性讓人著迷，彷彿在微光中的緩慢閱讀。

每一天都是危險的

《戴洛維夫人》這個角色有著奇特的意志，但你認爲幾乎沒有人可以讀懂你寫的小說，突破傳統，在當時算是付出不小的代價，因爲你要讀者負起閱讀的責任，也就是要自行爬梳看不懂之處，作家不可一切都很順暢地書寫著。

《戴洛維夫人》如何書寫最難書寫的「時間」？它是一本小說時間的自由流動示範，其魅力正是讀者在閱讀時，必須同時也啓動自己的想像力旅程。（不然很容易就不知道讀到那裡了，或者覺得枯燥無聊，因爲情節薄弱，但意識流動激湍，意識流的河床石礫處處阻絕閱讀者的前進。意識流書寫，主情節的線索簡白，難的是情節被作者的思緒打碎成裂片，故仰賴的是讀者自行的拼織，縫綴，建構。懶惰的讀者無福享受其中奧妙。）

小說的現實時間只發生在這十二小時內，一天要撐起整個一生的敘述。意識流的生滅長達幾十年的漫漫流年。

內心關於流逝的時光那生的喜悅與死亡意識的交錯，那充實又荒蕪的並置感。過去的情與現在的愛糾纏在人的潛意識裡，那恍然存在又難以把握言詮的意識飄動……

戴洛維夫人，派對女王，面對生命的派對歡鬧猶在，而生命青春已然退場，這眞是傷感啊。小說在這十二小時的前進裡，划進了女王的一生，倒敘了她整個人生的回顧，但又不是依線性發展，而是自由自在地隨著思緒跳動。

「你」的雌雄雙面向出現了。

戴洛維打開早晨的窗，旋即少女時期的殘影與思緒即如浮雲略過，你清楚知悉人在外表之下的內心常常是一個「他者」，常表裡不一且心海翻湧。每一個畫面或每一句話都是一個「對境」的勾招，足以引發一連串的意識奔騰飛越翻轉。

人都是雌雄雙具，你的小說主角多是過著雙面生活，暗室花蝴蝶或者密櫃老玻璃，以及上流社會的派對女王，此皆是戴洛維夫人的寫照。小說的眞實時間往往是極爲短暫的，某個午後到晚上，某個清晨至中午……但回憶的意識卻往往擴達多年甚至一生。

擅長打撈意識與無意識的心靈活動，鄉間生活於你似乎成了囚籠，促使你的憂鬱更趨黑暗。

不要和所愛在一起

戴洛維夫人，這位穿梭浮華派對的花蝴蝶，其實內心有著層層暗櫃，她憶及青春時與莎莉的熾熱之愛。你在當時書寫女子其實內心愛的是另一名女子，但當時社會何能允許，女生又無法自謀生路，爲了附屬上流社會不得不委身嫁給有權男性的前衛內容。戴洛維在你筆下即具有這種雙重性，一方面附庸於男性權力社會，一方面在心裡面保有祕密及對世俗的銳利觀照。

最有意思的是，你寫戴洛維不願意嫁給最愛的人（她選擇一個不是那麼愛的人結婚），因爲她認爲和最愛的人在一起，將失去自我。爲了避免失去自我，所以要將最愛摒除在外（只放在心中）。

這種觀點，不巧和我也同感，我以爲「和所愛在一起，總是引起我們最深的執著。」

這也有點是你自己故事的反射，年輕時你一直和李登．史特雷奇有著很深的交往，你十七歲就認識在劍橋三一學院就讀的他，甚至在你二十七歲時，你們一度訂婚（後來又取消，你知道李登其實是個同性戀者，你們的結合是精神性的），李登這位藝壇的詩評詩論者，一直是你心中的某種典範。你也悄悄把自己對李登的感情移植到戴洛維夫人的角色裡。

寫作多是拼貼，拼貼合適的板塊到適宜的角色與題材裡。

暗櫃與明室的雙重人生

處在光影處處的黯淡，喧囂之中的寂寥，也是你的雙面性。

你書寫另一個副線來塗抹生命暗影：大戰後而精神瓦解的英雄賽提莫斯，他成了你筆下對倫敦的隱喻，大戰後的大英帝國已像一位走入歷史且精神瓦解的英雄，慢慢朝毀滅崩裂的時光傾斜中。

小說最後有幾個片段觀照的銳眼十分犀利，書寫其年輕戀人與賽提莫斯跳樓自殺的片段，尤爲吸引人。

當詩人長期作爲心理諮商的醫師踏入戴洛維家的派對現場時，他邊掛上大衣邊吐露詩人跳樓，以至於他遲到等語，那種像在談著某個新聞或者鄰人自裁事件的口吻，或者一個心理醫師那種對病患無奈卻又有點八卦探看的窺視心理時，戴洛維眞覺得這心理醫師媚俗到極點，她心裡想著，這詩人之死的訊息萬萬不該從這該死的心理醫師嘴裡吐出，那廉價到了無可饒恕的地步。

但同時間他也讓戴洛維夫人自省自己也是父權體制的媚俗者與同謀者。

在派對現場，多少意識的跳躍流動擱淺，層層覆蓋的念頭。一般人都是無意識地任念頭流過，以至於屢屢坐下來回想，近乎空白。

但你不如此，在你的顯微鏡裡，意識是躲不過層層盤查的。

因此你可以寫那麼多心理意識與現實生活雙重交織的書，你住在雙重性的思想之屋，你與相續不斷的思緒對弈著，你與死神挑燈夜戰。意識紛沓，遐想崩落，如雨滴土，如霧縹緲，如風滑過耳際，如星辰幻翳，如夢似幻，如何捕捉？如何打撈？

了世如夢幻，見心無所生。（佛家之語，可惜很難用英文翻譯，否則你讀了一定明白原來你終生追尋的，竟被一兩句話就概括了。但小說家就是要將這種容易被概括的字詞還原「追尋的歷程」，寫出何種人生淬鍊的故事方能抵達或者永遠也不會抵達這個境界？）

戴洛維夫人，是你寫下的一部深邃的經典小說。

我以爲文青世代來到倫敦旅程眞正必備的小說。

影響後來的小說家，如馬奎斯《百年孤寂》，如康寧漢《時時刻刻》，如我自己的第一篇短篇小說《一天兩個人》。

憂鬱的歐蘭朵

雌雄同體，關於《歐蘭朵》——是前衛的性別跨越。

除非他有子嗣，否則他將一無所有。可憐的女人，沒有子嗣就失去一切。世人不知道你的子嗣就是作品，豢養精神子嗣，難度絕不亞於生養血肉之軀。但歐蘭朵失去一切的繼承，吳爾芙讓她穿越三百年的時空，從一個原本是伊莉莎白一世所寵幸的美少男，到了十八世紀搖身一變爲美女。打破性別疆界，你的書寫在當年前衛，爲後來者設下了許多難以超越的障礙賽。

男身歐蘭朵才能繼承遺產莊園，女身歐蘭朵失去繼承權，落得只能逛街打扮自己好消磨度日。有意思的是，你也嘲弄了女人，那些又想掙脫父權社會，卻又難抵女裝世界的魅力誘惑，一身住著男與女，目不暇給。

你看見生命在新生，也在凋零，但身體在時光中遞嬗，前世今生是忽男忽女的。既是這樣，爲何人要仇視另一個性別？（可惜你沒有把歐蘭朵變爲動物，否則還可暢談地球暖化與動物流浪危機。）

為了書寫歐蘭朵，你做足了研究的功課（小說家必備的打底功夫），據說你曾打扮成男身，親訪妓女戶，你想知道男身如何受女身的誘惑（這眞是創舉，誰還敢說小說家要封閉已打造的傳奇？）

瑣碎的日常不在瑣碎，因爲意識流的意念來去更如流水。

你的內心世界豐饒卻時有海嘯將襲，繁花似錦，卻轉眼凋零。

滿目瘡痍的精神世界，對一個夢想家而言，如核爆後的碎片，不斷割裂著你的心靈，割傷你的眼目。

美麗佳人歐蘭朵，時憂時樂，忽男忽女，且悍且魅。

人身在時光流轉的大隱喻。

橫跨三百年，美麗異常。

你四十六歲時《歐蘭朵》問世，寫這本書之後，你終於有餘力至法國度假，返國後訪問當年無法前去讀書的劍橋大學，演說「婦女與小說」，講稿最後集結成《自己的房間》，此書成爲女性主義的啓蒙者。

你對女性的思考，早於二十幾歲的旅行時你就曾驚訝於土耳其人的生命情調，宗教融在日常生活中，但你對於回教女性蒙面是這麼寫著：「何以一個無害的人需要蒙面蒙髮？只不過去

你是都市型的人，生活中喜歡環繞著書店、咖啡店、圖書館、歌劇院、音樂廳、畫廊……

但也你喜歡田園風光，就如年輕時常漫步在空曠之地，讓想像馳騁如鳥飛翔。

買晚餐或者出遊，有什麼好需要遮掩的？」這是你最初對女性的思考。

但你關心的女性議題不是普遍性的，相反地你並不關心中下階層領域的女性，你關心的是和你同樣階層的女性，你覺得這類女性最有機會成爲自己（被綁住非常可惜），這階層女性有知識有理想有志趣，但卻被困在廚房裡，她們必須煮自己與丈夫和全家的早晚餐，你覺得這是一種才能的浪費。因爲她們原可以有更多的機會介入社會，當醫生、律師、老師、政治家、作家、畫家、音樂家……你的意思是一個女知青或一個家族裡的千金，如果開始過著自覺的生活，一定會覺得自己的命運怎麼這麼悲慘（當時還不能獨自去大學讀書，更遑論參與社會），因而女知青可能淪爲一個無法參與決策的祕書，而一個家族千金失去繼承權可能淪爲清潔婦。所以應該從和你同階層的中產女性先著手革命，先改變這一階層的女性命運，如此才能擴大影響力。

至於甘願當一生廚娘且從不思考的女人，你當然不用爲她們擔憂與發聲。

歐蘭朵的思考原型，來自於你和薇塔之間的深刻感情。燦爛華麗的暗櫃戀情，你曾描述自己有如被一隻大螃蟹緊緊夾咬不放，你們造就了女同志經典，薇塔之子奈吉爾．尼可森更是從小就目睹著你的丰采與暗影，他偷覷著成人的女童與自己的母親在愛情的暗流下，如何湍激上岸且不被滅頂。

薇塔提供你對女體的想像，她和雷納德扮演的角色迥異與顚倒，薇塔成了性別的慰藉，男身的雷納德卻倒像是你的保母（甚至母親）。女人與男人，共同組成你的歐蘭朵，他（她）們也保護著你那過於敏感的神經與過於繽紛的才華靈視，脆弱迷炫的你，卻賦予歐蘭朵極為強悍，強悍中卻又迷人至極，恍如鋼鐵蝴蝶，展開難以解析的色彩，但卻永不斷翼，在歷史的時光漫流中。

意識流宣言

你關心靈魂與人心，討厭物性等議題書寫，你總是任意識漂流在靈界。不論稱為生命或靈魂，真理或者現實，寫作不該悖離這眞切的本質，你對於討厭的作品從來不避諱，但你的批評是提出看法。

你和喬伊斯的《尤里西斯》成為當時意識流某種宣言的風格代表作。

你那對新小說所寫下的著名宣言，其實也是非常靠近靈魂的自省與佛家的念頭檢視。

你認為人類的心靈就像一個接收器，每日這心靈容器接收著無數的印象，靈光一閃的印象，有無關緊要，或者神奇的遭逢剎那，也有如「鋼印」般烙入心靈封印般的印象或者事件……每日人們經歷著四面八方襲來的電光石火或者平淡無奇的印象，但大多數人因為不具觀察之眼與自省之心，因而印象堆疊覆蓋，終究逐漸硬化。而作家不同，一個有靈魂自省能力的作家，所經驗的「時時刻刻」都如探照燈地檢查著，然後印象沉澱後，就會日漸清晰。

一個作家應該遵照自己的感覺來寫。

你寫著自己的創作宣言，你認為「生命並不是一組對稱排列的車燈，生命是一團明亮的光暈，一種半透明的罩子，圍著你們是從意識初啓到意識的終結。而傳達這份變化的無窮，不可

你投身的勿思河，你的文字在水中行走。

自己的房間

知的神祕性，無邊無涯的靈魂，不論你們傳達出的可能是複雜或者錯亂的，都盡可能地排除了外來的和外在的東西干擾。而這不就是小說家的工作嗎？」

你的這份小說創作宣言，排除了傳統小說爲情節而情節的那種僵化公式與設計，排除既定文體的愛情與悲劇論。

你對於靈魂與意識的自省自覺，十分地靠近東方。

不是小說，而是輓歌

你在這裡度過生命中少數安靜的幾年，里奇蒙的一磚一石一草一木都有了撫慰，你的愛犬的快樂更勝於你，你知道這已是生命裡難得的寧靜與幸福了。從里奇蒙山丘走下，看著日常人們聊著天寒暄，遛狗沉思，或者喝茶品酒，你感到奇異的存在，卻又不存在這世間。

人們平靜的臉，對生活毫無掙扎的樣貌無疑帶給你更多的震撼，人竟能無視於生活與心的掙扎種種，這才是眞正的超現實，但人們卻認爲你的書寫才是超現實，一種意識的夢幻？

你曾經在日記裡寫過怎麼樣才能爲自己的作品賦予新詞？是否可以不再稱作小說？

你覺得自己的作品比較像是「輓歌」。

這也讓我想到莒哈絲說的寫作就像在寫記憶的死屍。

死屍，輓歌，作家的眼界深入地獄，聆聽眾生之苦，作家進入偉大的地獄，以文字報信給人間，穿越人間燈火，獨上高樓。行住坐臥，呼吸走路，醒夢之間，慾望擺盪，探照人性，試圖以書寫拼出省視的圖案。像是一個把自己圈在苦痛的外圍者，竟能以旁觀的角度書寫自己與世界，這是小說家的能力，一個靈視的能量。

「只要你所寫的就是你想寫的，而這就是最重要的事了。」你認爲世間所重視的財富（或者貞節）比起「自我背叛」就像被蚊蟲叮咬，不要因爲學校教授與外界市場而犧牲自己一絲一毫的視野，也不要因此而黯淡一丁點關於自己作品該有的色彩。只要認爲你所寫的是你想寫的，這就是最重要的。

寫自己認爲該寫的，這種把握是建構在閱讀經典的基礎了，因此才能有如此的自信與不狂妄。就如很多人讀禪宗大師說：「佛來佛斬，魔來魔斬。」若也跟著學，卻根本毫無基礎功夫，不知這句話是建立在完全不起分別心的開悟者身上。

寫你所想寫的，這先要有閱讀千山萬水的基礎。寫作亦然，功夫扎實者，自知自己所寫的作品站在何等位階，故可摒除別人的建議，不爲所動，一味往前即可。你遍讀群書，知悉該爲自己的作品尋找新的聲音。常有人仰慕你，但卻讀不懂你的作品。

而你也是個絕佳的聆聽者，因爲你對他人的生活極感興趣，且心胸開闊沒有偏見，因此許多人的私密告白常源源不絕地往你的耳朵倒。

雷納德對此抱怨過，認爲這些人的故事與各種擺盪的心緒，事實上也干擾著你脆弱的精神平衡。但你仍然興味盎然，以爲這正是小說人性與思想之間，你得勇於划進的探索領域。拒絕他人的心靈寶篋，猶如把繆思關在門外。

觀察生活與自我

火車車廂對座的人，逛街購物的陌生人，派對說話的人……你沉浸於和陌生者的相逢，各種情境的遭逢。

心靈從一串飛馳到另一串，心靈捕捉的是一種現實，心靈可以完整表達出意識，有如是半透明的罩子，秀出各種繁華面貌。接近偉大詩歌裡的「直觀永恆宇宙的心靈」。

你是較爲冷感的之於這人間的溫度，但對文學溫度而言，你又太過狂熱。

堅貞的雷納德總是透過狂熱的工作好排遣對於肉身的烈焰焚燒。所幸你永遠屬於你所熱愛的世界，文學可以把你和外界串連起來。

沒有子嗣的生活，但卻有生產創作的可喜。但接踵而來的卻是你的再次病發，精神崩潰，雷納德就是這個時候才看見你那藏在黑暗底層的腦中爆裂之物，你的睿智與想像力都是張力很強烈的波濤，時時刻刻襲擊著你。

這一次你被送到精神療養院，但卻也嘗試了二度自殺，一口氣吞了近百顆的安眠藥，瞬間休克了。好在有一個朋友的弟弟恰巧在那裡發現了你，且剛好他還是個外科醫生，他首先發現了你那瀕臨死亡的徵兆，火速帶你去醫院洗胃才救回了你。

你們就是這樣才搬來到里奇蒙的霍加斯之屋。

對於寫作與評論，你一向如鷹，從天而降，銳利地殺向對手。當你寫小說的時候，這部小說就成爲你的化身，你將自己深刻地融入其中。

即使不寫也會漫遊倫敦街道時，用眼睛寫，創作必須如影隨形，如螞蟻搬糖的投入，如鷹飛翔的自由，並以夢中漫遊者的姿態和創作一起長途跋涉。

由於雷納德與全職護士的照料，你慢慢地回魂，開始重建心靈的漫長路程，以及你在文壇一波波地丟下許多實驗性作品的金色年代。

這一復活之路是其人生關鍵，自此你開始長達二十五年的寫作人生，幸運的是世界文學有了珍貴的豐收。

心苦了作者，幸福了讀者。

隱士之屋僧侶居所

你喜歡倫敦車子的轟隆聲音，但卻畏懼嬰孩的哭聲，甚至用「極端恐怖」來形容，如獸尖叫。由於凡妮莎結婚，你在未結婚前一度住到了費茲羅伊廣場二十九號，離倫敦大學區域不遠。你是都市型的人，生活中喜歡環繞著書店、咖啡館、圖書館、歌劇院、音樂廳、畫廊……但你也喜歡田園風光，就如年輕時常漫步在空曠之地，讓想像馳騁如鳥飛翔。

婚前你優雅的外表裡頭藏著深度的任性，婚後有了雷納德的建議與關切，他守護著你的精神燭火，小心不讓你的心火熄滅了。

因此你跟著他的選擇，你知道他總是幫你做最好的選擇。

源於每一回你寫完一本書之後，即進入精神危脆境地，時時有崩毀的可能。為此雷納德和你搬到路易士（Lewes）。在鄉間小城有棟臨河居所被你們稱為隱士之屋（Monk House），你們無性的生活確實很像是僧侶。

不遠處有布倫斯伯里團體的聚會所和姊姊凡妮莎的畫室。

你在這間宅院的花園蓋起了一間大廳，一間工作室，很多的玻璃窗，即使在冬日也可以望見庭院的窗外終年流淌的勿思河，雨季時漫過草地的河水，還有遠處的高原樹景。你在靠河岸的庭院裡擺著一張很大的寫字桌，空曠如思想的草原，你待在院子臨河的寫字桌的時間比在屋內的書房還要長，你如垂釣者，慢慢等待思想上岸。

一天的生活

你下午多會出門在附近散步，腦子仍徘徊不去的是之前上午所寫下的文字，小說人物思維和場景，緊扣著腦門，像船錨碇在岸上，雖然已然束縛，卻仍承受浪的擺盪。反覆推敲的句子在散步時跳躍著，傍晚前你再度回到隱士之屋，你再度坐下來打字，寫下之前的思緒。然後，晚餐和雷納德小聚，接著各自又遁回閱讀與寫作的國度。

這大概是你一天的生活，全然投入式的文學寫作生活，讓你偶有滿足之感。沉浸寫作的生活，就是你對世界的渴望，寫作就意味著快樂。

隱士之屋，或許已是你對安逸生活所能想像的盡頭了。

當然，許多後世讀者會以爲你到隱士之屋，想必是想過隱士生活，不和人接觸。這是大大錯誤的，你來自倫敦，你也不曾想望製造隱士傳奇（你不是張愛玲，沒有那麼多精密的算計，你只是順著命運之河的流向。你只是恰好過到了這樣的生活）。但只要有人邀約，你基本上在寫作與精神許可下，是不會拒絕的，偶爾成群的朋友也絡繹於隱士之屋之途，此是你和雷納德的日記裡常寫下的生活片段。

同時間，你和雷納德也常回到倫敦，這時的你不但參加親朋好友的午晚餐邀請，也會參加大型宴會與出現在社交場合。你的心靈如空山靈雨，但卻也能挺進繁華髒汙的喧囂裡。這是你和許多傳奇女作家的不同，你具有兩面性，你的包容也非常大。你知道自己的作品本身才是不朽的，生活本身僅能自然呈現個性本質，至於傳奇，你知道會有就會來。

你具有這兩端，你出生倫敦，成長與發跡倫敦，移到鄉間只是一種生活方式的改變，隱士也只是精神烏托邦的依託，但你深知小說家無能隔絕於人的生活。

除非，你再也寫不出了。

隔絕生活一如死亡。

死亡也一如隔絕。

一切生即一切死。

一切合即一切分。

一切寂靜即一切喧囂。

一切孤獨即一切繁華。

你在這兩端裡，平衡失衡，失衡平衡，比誰都努力最後鎩羽而歸，也博得桂冠與尊敬。努力奮戰精神的人生，比空洞的善終者孰能言何者爲佳？

在隱士之屋的花園，聽聞沉默的風吹過耳際，彷彿答案。

（你當時沒有想到的是，很多年後，有個島嶼寫作者會來到這間花園，我在有著你那著名的瘦削頭像前佇立觀望良久，任冬風吹拂，想著隱士再也無法隱居了……）

這種鄉間的無聲無影，卻讓你的思緒更活躍，如沸騰的水，無法安頓。

厭食症與躁鬱症侵蝕著你的腦波，五十九歲的生命光影化爲文字，無盡的技巧研磨，意象、隱喻、神祕、晦暗……抒情詩與音樂感，把你推上意識流小說的四大金剛寶座（喬伊斯、普魯斯特、福克納），永遠對寫作不會饜足，這推動你的生活與思想不斷往深海潛進。

「僧侶之屋」譯成「隱士之屋」貼近你與雷納德，當然你們不是僧侶，其實連隱士都算不得，你們熱中生活的本身。

不排拒成名後的生活，但寫作仍是生命最重要的唯一大樑，你願意付上一生也要緊緊攀附的唯一港口與碇錨之所在，在生命告終之前，你說你永遠也不會饜足的慾望就是關於寫作。因爲寫作的全盤投入，因此你對別人的生活也極爲好奇，且完全沒有性別偏見，一種開放的心去聆聽這個世界的聲音。「他們打擾了他那細緻脆弱的平衡狀態。」雷納德幫你驅逐崇拜者與靠近者。

你的想像力是沒有煞車的，文雅只是一種氣質，內裡你是牙尖筆銳，帶著如鷹的觀察之眼。你會瞬間抓住剛認識者的某項特徵，從而在腦海裡進行想像畫面的飛翔。

在路易士小城，安靜的生活回饋給你的反而是死寂，鄉間景色的榮枯也增添你對人間生活的空洞感。眼見著無可挽回的生命如流沙奔殞，見著維多利亞的榮光消逝，大英帝國的日沉西山。眼見大戰蹂躪歐洲，倫敦不可倖免地遭到轟炸了，你有感於德軍將毀倫敦，你恐懼這個時刻即將到來。一想到墨索里尼與希特勒的殺戮，你就不寒而慄。

你藉著小說角色佩姬來反映自己的所思所感：「人如何能快樂？在這個充斥著不幸的世界。佈告上公告的戰爭亡魂在街角醒目著，文明的墮落與自由的終結，更是凶殘與酷刑的暴政。」

人如樹上的葉子終將凋零，風中枯葉將飄向何方？

不幸的是，死神加快了索命的腳步。你的外甥朱利安死於戰爭，這加深了你對生命來去的思考，你在案前焚膏繼晷的意義何在？你在案前寫著《幕間》時，收音機已經傳來慕尼黑一片赤土，你試圖以微觀之火來照亮歷史這片重重黑幕，爲歷史辯證提出新視野：文明對抗野蠻，性靈抵悟獸性，愛情掙脫肉慾，正義取代卑鄙，利他推動無私……但一切仍在崩毀中，且比往昔更加崩敗。你覺得筆墨再也流不出力量了……

文字只能照映現實卻改變不了現實。

你寫：一名軍人引誘一個小女孩走進兵營，兵營裡有著：「一匹有著綠色尾巴的馬」，這是引誘小女孩的謊言，但吸引著好奇的小女孩，小女孩一走進兵營就被軍人強暴了……這是你根據新聞的眞實故事所寫的，你轉化在最後的這本小說裡。小說裡的人物儘管感到厭惡與對人們的無動於衷感到悲哀，卻也無能爲力。戰爭的威脅，就連大教堂的寧靜也無法倖免，當教堂的安詳景色都被炸碎時，你知道你已無能承受這樣傷害，你最愛的母城若受到轟炸的灰飛煙滅，將是你無法承受的生命之重。

你的文字深沉美麗，但隱隱浮動的都是哀傷。

藝術家具有先知的預視能力，這讓你感到苦惱。

在夜晚的黑暗之心裡，自我打架，自我和解。但這一回，你知道夜似乎要停駐不走了，倫敦的上空飄著即將投下炸彈的人造烏雲。

遠方的轟炸聲響，不定時的空襲警報聲，讓你的神經一觸即發，對未來好好生活下去的信心將潰堤。你的腦袋進入空洞，幻覺的聲音踩踏著腦門，你看見瘋狂的袍子即將罩下，這回罩下後，就不再掀開了。

在一九三一年這曾經致命的心頭一擊早也來過了。

少女時就認識的摯友李登因癌症的過世，再次引發你對於生命毫無把握的憂愁心緒萌生。

一九三七年，雷納德爲你在隱士之屋拍下的身影，你多是坐在沙發上，手支著臉龐望窗沉思，目光望著河岸上的微光草地，漸漸隱入暮色的樹林，直到冬霧掩上。你一頭暗灰白髮隨意地攏在後頭，臉好似因爲更瘦而顯得更長了，有時你閉著眼，像是沉睡又像是冥思，但看起來都非常疲憊，像是從很遠的遠方跋涉而來，你已經感到餘生在倒數了。多年前開始倒數的死亡計時器又開始啓動秒針了。

一個身上活著所有小說家經驗的小說家，被許多離去的前行者與即將到來的暴行者，壓垮了最後一個支柱了，心火要熄滅了。

風雨來臨前，你選擇先跳入自己的風雨。

勿思　無思

烏斯河（River Ouse），喜歡將它稱為五思河，無思河，或勿思河前進路易士。五思化五感，眼耳鼻舌身意。意最難，如你所寫：「人類的靈智總是不時地自我汰換，永遠持續地運作著。我們無法完全窺得全部風貌，只能從眼神流轉，肉身與肢體之間的流動來獲取一二而已。」但這一二，卻已是寫作觀照的大海。

或稱無思河，人間再無所思，你縱入冰冷的水，接受死神的召喚，文學女神不再讓肉身受精神幻覺欺罔。

你會搬遷至路易士是因為你的姊姊凡妮莎先搬了過來，那是位在路易士的查理斯頓農場，時間約是一九一六年，後來這個地方就成了布倫斯伯里團體的鄉間聚會地點。你和雷納德就住在附近的洛德梅爾村莊的僧侶之屋，僧侶之屋是你們為這房子所取的名字，也可以顯示你們過的是某種僧侶生活。

但是外表的平靜生活卻無法煞住你那奔流的思緒，飛翔與吶喊的意識之心。

那個年代，時間軸線若往後拉十幾年，會找到一個完全迥異於你的海明威，小你十七歲的海明威如此地滾動在浮華的塵世，強悍莽撞，從不被打倒，除非是你自己開槍獵殺自己，絕不軟弱求饒，也不落入他人之手。

在入世生活打滾的海明威，是作家生活的一種強人意志代表。而相較起來，你則是博學又帶著深厚悠遠的美麗氣息。凡聖之間，出世入世的萬緣裡，你常不知如何擺放身體與姿態。你注重美學，實驗，前衛，印象，意識，捕捉瞬間流動的意識。

從識字之後，就一心要當作家。如此一心一意，讓你一生都往優越作家這條路攀爬，從無懈怠，不寫作時就是閱讀，不閱讀時就是感知現實的一切。

你觀察生命的生與死，看見這輪迴似的日月起落，你寫下《夜與日》《歲月》《三塊金幣》，這是你的「死亡書」三部曲。

因企圖過大而失去控制的作品，你當然也有，找不到適當的藝術手法來寫作也時而發生，重寫，增刪，苦痛掙扎，來回擺盪……一九三六年，一度雷納德開車載你來到童年時的海邊荒原，藉著回憶之美來穩定現世生活與精神寫作的彼此糾結，一趟重返童年風光的旅程歸來，你在隱士之屋有康復的跡象，接著你又交出的作品，雷納德讀了大為讚賞（即使他想批評恐怕都不宜，他知道自己的話語對你的重要性），至此，歷史賦予你一種不屈不撓的寫作形象，這種形象通過如此征戰自己的精神海洋，執著深刻。自殺是苦，靈魂飄零，但任何人閱讀你的人生征戰過程，絕對也不敢有所言詞褻瀆，只能心中暗暗悼念這苦澀的苦味，因苦的極致而有了美感。

雖說連這美感也屬於幻覺。

但人生何感何情不是幻覺？

一個作家的日記與書信

除了寫作，你還常寫日記與寫信。

有人認為這麼多年過去了，你彷彿還很立體地活在許多人的心中，且影響依然深遠，有些原因是因為你留下了好多年日積月累的日記與書信。你和許多文壇人士以書信往返的漫長歲月裡，勾勒出整個時代與個體的聲音，使得後人在閱讀你的作品時，依然可以從閱讀你的日記與書信體補足對你的好奇與情感呼喚。

日記與書信體，是最直接的召喚讀者強烈感知作家心靈與生活的文體。（即使像生命短暫的卡夫卡，他留下的寫給父親的信與給菲莉絲的情書，成了日後卡夫卡其人的美麗註記。）

你的書信全集非常好看，文筆出眾，天分流露，思辨雄略。

你的日記則如彩繪，意象精明，情感曖昧，帶著既寫實又印象，意識流派的文字，音律繚繞，流動奔放。

一端是你著迷的自然景觀：海洋、森林、樹木；一端是你離不開的城市文化空間：咖啡館、書店、藝廊、沙龍……藉著自然倒映人工，藉著地景折射人心。日子就像踩著新舊落葉，新生與腐朽並進，如歐蘭朵的雙性。

藉著日記文體的每日書寫，你練筆視心，你凌駕了橫亙的日常無聊。你認為自己已經是一個外表看起來嚴肅又無聊的人了，因此在日記與書信裡，你反而幽默，尖銳，文章有趣，活潑著各式各樣的巧思。

不普通的普通讀者

寫作就是快樂的等同詞。生活就像在打造寫作的胚胎，儲存充分的備戰資料庫，一旦著手，就開始釋出。寫作者的深溝危崖巔峯，我們期盼迷幻夢幻甚至沉醉，卻絕不想召喚瘋狂憂鬱，但迷幻與瘋狂僅一線之隔，沉醉與執著也常比鄰。

閱讀就是擴張心靈領土的出航時刻。

一個寫作者，勢必是專業的評者與讀者。

你常潛入閱讀汪洋，簡直是專業漁人，入海不必靠氧氣筒，直接射中獵物，取經上岸。

你的閱讀版圖走得既遠又深。

一個好作家也勢必是好讀者。

你的小說具有美麗與哀愁的深邃特質，書評處處展現機鋒與睿智，散文則有著音樂與詩性的迷幻與魅力。

可以爲自己的創作與閱讀版圖點亮魔法棒，被你目光欽點的作品猶如鍍上金質，閃閃發亮。

你在長篇小說的中間也有出版自己稱爲的「假期書」，比如傳記、日記、閱讀論文集。《普通讀者》第一冊出版於一九二五年，一直到你過世前一年（一九四〇年）你都還曾經爲該作的事兩肋插刀，爲過世的著名繪畫評論大師羅傑・弗萊寫傳記（你當時想爲這位心儀的評論家寫傳以度過寫小說的暫歇期），雖然你認爲這項工作簡直是折磨，但你仍完成它。

羅傑曾是你姊姊凡妮莎的情人，這讓你困擾過，但離開這種現實干擾，你直接逼視筆下的人物，你非常認同羅傑的藝術觀點。「藝術家不是給我們一幅眞實表象下的蒼白映象，而是激發我們去相信一個嶄新且明確的現實。不尋求臨摹形式，而是創作形式。不是去臨摹生命，而是去尋找與生命對話（對等）的東西。」一九一二年，羅傑爲後印象主義派寫下這段話。

一九一九年，你自己曾在《現代小說》一文寫道：「在所謂的小說當中，未來有可能會有一種小說，我們幾乎不知道如何爲它命名。它將以散文形式寫成，但這種散文卻又具有許多詩的特質。它將具備詩的意興風發，卻又保有散文的平凡性。它將會是戲劇，但又不是一齣戲劇。人們將閱讀它，而不是表演它。要用什麼名稱來指出它，這並不是很重要。

「它將寫出人與自然、人與命運的關係；人的想像，人的夢幻。但它也會寫出生命的嘲弄、諷喻、對比、疑惑、親密……深邃繁複。它將打造生命的模子，捏塑出各種模糊不清的事物之間的各種古怪組合——也就是現代人的心靈世界。」

無止無盡的多樣性與無常性，即是寫作的海洋特質。

你那樣透析一切的能力，卻掙脫不了蓋住自己精神的大網。

生命的黑暗力量逐漸漫過堤岸，無情地呼嘯而來，邪惡性也拍打著人性的心窗。

屢屢讀之，甚感傷懷。

蛾之死，死床……死亡於你猶如生存必須跨越的障礙賽。終有一天，我們要到另一邊，另一邊是什麼樣子？還能寫作嗎？還是貪嗔癡相續心念的擴大衍生？

墜落凡間的精靈

藝術家也是某種美麗的精神病患。

這可從你看出創作者因這種精神疾病所燃起的心靈毀滅大火，這火既創造了你的作品邁向極致之巔，但也把你的靈魂遍體燒得寸土不留，終至走向自我滅頂之河。

對生命熾熱卻短暫的感受，使你像是一個站在礁岩上的人，背對著狂烈昂起，甚至要吞噬你的大浪，你緊緊攀附的船錨就是寫作。

何以你能在二十歲左右就精神爆發危機，卻撐到快六十歲才走向自滅之路？何以能在精神脆弱之時，卻又同時強悍地書寫？脆弱又完美的意志同時在你身上。深困在精神疾病的牢籠，卻又自由在山海之巔之湄。

悲觀厭世嗎？

你厭世嗎？想像人生的狀態是失望、不幸，或苦痛？都不是。即使絕望也還是要寫作的你，那為何最後還是想要自殺？身體的幻覺已經侵蝕了你，充滿不確定性的苦痛本質是悲觀的。無法抵擋的幻滅，悲憫憂愁，沮喪失望，謬誤與荒蕪。

悲憫的感情和力量，讓你感知身體與靈魂的斷裂，你有不屬於世界之感。

但你的小說看起來是走精神性的實驗，氣氛著迷，彷彿在微光中的緩慢閱讀。

《戴洛維夫人》這個角色有著奇特的意志，你突破傳統，在當時算是付出不小的代價，因為你要讀者負起閱讀的責任，也就是要自行爬梳看不懂之處，作家不可一切都很順暢地書寫著。

賣萌讓人喜歡靠近，讓人覺得善良。

但偉大的文學巨作卻都是賣黑暗。

有如是介於大海與荒原之間的寂寥。

如浪打來的思維之海

「曾經有個時期我們能夠遵照自己的抉擇而不去隨波逐流……從一月到十二月，生活是多麼地迅速流逝啊？我們每個人都被各式各樣的事物激流給席捲著，而那些事物也多是司空見慣的，以致於從來不給我們灑下任何生命的陰影，我們也差不多從來都想不起你或者想不起我，在這種無所用心的過程中，我們衝破了那條已經年深日久的河道出口處的叢叢雜草。」——《海浪》

我喜歡的小說片段：

「一串辭藻。一串並不完美的辭藻，辭藻有什麼用呢？當我坐在運動場邊的榆樹底下，讓成串成串漂亮的辭藻從我嘴巴冒出來時，那些小傢伙們聽到常會覺得：『這句話非常精彩，這句話非常地精妙。』然後他們就帶著我那些漂亮的辭藻跑開了，而我卻在孤獨寂寞中越來越憔悴。」

孤獨寂寞是導致人毀滅的內在原因。

「即使我可能會像一隻蜜蜂一樣的被人從向日葵的花朵上拂去，使得我那持之以恆，點點滴滴所累積起來的哲思之書將如水銀瀉地般的轉瞬之間消失得無影無蹤。」——以三女三男的獨白寫成的《海浪》

這是你生命晚年的風景，體察時間的流逝，那種對世間瞬間的變化覺受似乎時時刻刻侵擾著你。

死神到來前遺留著徵兆。

一九四一年，三月十八日你一身濕透地回到隱士之屋，你騙雷納德說不慎跌入溝中。

這是你嘗試投入河神的預習。

十天後，你眞正接受死神請帖，於是原本寧靜的屋前河水竟成了最凶險的勾招對境，成了致命的誘惑。你步入了無思河，河水滔滔，你口袋置入石頭，以增加瘦削身體入河可下沉的重量，那樣求死之心，和我每天在自己島嶼的公園一帶所見的求生之人竟是一樣的堅決。

你求「新」心切，作品實驗性強，遐想可近如周邊小事，也可大及天下事。

外貌無法窮窺，現實充滿破綻，世人認爲微不足道的東西，往往卻闖進人的生命裡，卻悄悄偷天換日地成爲關鍵封印。

一切終歸會被大自然所吞噬，消失得無影無蹤。

「溺死並非是最痛苦的死亡方式，但卻是最容易自殺的方式。」雷納德想起狄更斯在《老的古玩店》一書裡的鮮明之語，這讓他打了一個寒顫，想著孤單沉在河底的孤單才女愛妻的薄弱身軀，會不會隨著河流而被帶到遙遠的外海去呢？投入海的懷抱，也許是你對自己所寫下最美也最哀愁的預言。

你的作品太多關於海的描述了。

三個星期後

三個星期，焦急如焚的雷納德找不到你的屍體。

這三個星期，你躺在河底，看見昔日那個瘦削的少女，窩在龐大的書庫裡嗜食著文字，最後你吐出文字，化爲字神。你想起曾住到里奇蒙的天堂路，而天堂在哪兒？你也想起自己曾獲頒「幸福女性」的謬感，如果自己是幸福女性，那是因爲自己的一生都活在所熱愛的世界裡仰息，而雷納德是和你同屬所熱愛的這個世界的。忽然你想起雷納德，在這個世界上唯一可以解救你的人跑去哪兒了？

三月底的春水仍冰冷著你的軀體，魚兒與水草在你的四周游晃，它們覷瞧著你，耳語著怎麼聖母來到了龍宮，它們守護聖母殤像。直到冬日的雪融，上游河川沖刷，將你送回了隱士之屋前。

一度認爲你只是迷路，找不到回家之路的雷納德，在見到躺在河神懷抱的你，終於死了心。

隱士之屋的花園前有著一排榆樹，其中有兩棵榆樹的枝幹緊緊相纏，你們將這兩棵交纏的榆樹命名爲「雷納德與吳爾芙」。

你的身體被海神送來，卡在榆樹前就不再漂流了。你沉默地漂到隱士之屋的附近，離你投河處不遠。你如耶穌躺在草蓆裡，神色平靜。

最先發現你的是一群在河邊遊戲的孩子，起先孩子們以爲你是河中浮木，繼之有眼尖的孩子發出了尖叫。

你被撈起，濕透的身體如海洋。生命的劫火溫暖了你，也瞬間消熔了你，你化爲灰燼。只有雷納德陪著你，你和他在火葬儀式現場，那望著火光燒向你的那一刻。一生所繫所愛，就剩眼前這些了。

你被雷納德埋在那株被命名爲吳爾芙的榆樹下。

兩年後，你的榆樹被一場颶風吹倒（你果然是又堅強又脆弱），而那棵叫雷納德的榆樹卻挺立如昔，依然保護著樹根下的你。

一九三一年史蒂芬．湯姆林曾爲你塑造鉛模半身塑像，半身雕像被移到花園，這塑像成爲後人憑弔你的標記（如悲傷聖母肖像，瘦削頸長，大眼睛下有種悲鬱，直挺的鼻子，收攏腦後的髮髻），多年後雷納德的塑像也來陪你了。

你們的塑像背對著房子，面向花園的工作室前，彷彿你仍在沉思下一部作品，而雷納德永遠守護著你，如天使罩下的美麗陰影，讓你發光發亮。

在人間找不到出口多愁善感的靈魂，以深刻的美麗思維作品回饋給這庸俗世間。

你從一個文學的激情見習生，歷經生命寫作的漫長艱困與喜悅榮光，這場生命的精神荒原征戰，你已光榮征戰過，頂著桂冠勳章，即使亡靈接受審判，你亦將挺身而出。

一個人活過
一個人在海邊活過
有時很害怕
我想那海一定清涼極了

颯颯的涼風吹起，我在無思河望著無數如你的文學經典前行者，不意卻忽然想起了中文世界的顧城之詩。

我想那水一定清涼極了。

你的文字在水中行走。

而我為你朗讀而出，為所有偉大的文學前行者。

我勉勵自己將來也會加入這個光榮的隊伍裡，微小而壯闊。

〈參考書目〉：
Virginia Woolf, John Lehmann《戴洛維夫人》，志文出版。
《找不到出口的靈魂》，奈吉爾・尼可森，洪凌譯，左岸文化出版。
《靠岸航行》吳潛誠，立緒出版，1999。
《吳爾芙》約翰・雷門著，余光照譯，2000年，貓頭鷹出版社。

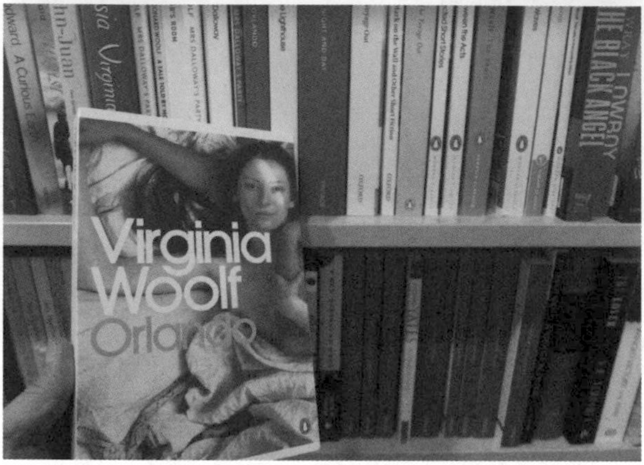

我為你朗讀而出，
為所有偉大的文學前行者。

卷肆

戀人的雙重房間——為愛翻譯　為愛扣問

你爲我朗讀，我爲你翻譯。你問我答，我問你答，我們像是住在雙重的房間。作者與作者的靈魂書房，讀者與讀者交織的私房。

我們雌雄合體，是作者也是讀者。我們是合謀者，愛與寫作，東與西。可惜我讀你，你卻無法讀我，我的島嶼中文比起你的英文世界那是孤單太多太多。我在旅途裡回憶著莒哈絲的《英國情人》、《廣島之戀》，被城市與時間壓縮的愛情，一生的愛情濃縮成一天，二十四小時的愛情，分秒都是搏鬥，剎那是一天一生的延展。

戀人起先和身體搏鬥，之後和時間搏鬥。時間不多了，我的戀人，英倫情人。過了今夜就是別離，過了今宵就是貪愛。

過了別離，僅存相思。

美好一日，早被寫下。

一則真實的小說

美好的一日

男人看了一下地圖，覺得從旅館走去博物館是簡單的一趟路。此刻他看著街道上，那些根本不能化成單一字母的陌生標誌和店家名稱，並且聽到隨著人群行過留下那既奇怪又快速的語言，他清楚地知道這是一條屬於男人的道路。有些女人在這溫暖的天氣裡還披著圍巾，感覺穿得似乎太多了。他握著兒子的手，現在是清晨時分，孩子的母親還在被窩裡昏睡著。

他的兒子才五歲，非常安靜且嚴肅地正跟著他過街。這小孩從來沒見過這麼多人，汽車的喇叭聲和市街聲使得他們無法交談。男孩通常很愛說話的，他說話說得相當好，當他看到一個他不懂的單字時他也會發問。

舉個例子來說吧，有一次這個當父親的帶他去山溝裡釣魚，男孩很快地就無聊了。「你沒有耐心。」他告訴男孩。

「什麼是耐心？」

男人想了一會兒回答道：「耐心就是給每一件你正在做的事情有足夠的時間，好好地完成它們，所以，要釣魚，你需要耐心，要等著魚來找你。」

稍後他問男孩什麼是耐心，男孩回答：「等待。」

或是，當他們在收集魚餌時，使用石頭將帽貝敲打出來，珍愛動物的男孩便問父親說：「難道這樣打它們不痛嗎？」

「魚餌。已成歷史了。」

「什麼是歷史？」

他之前想過。他喜歡以分析一個單字的過程來簡單解釋一個概念。這樣他能審視每種概念的關聯性。還有，像是握著男孩的雙手，解釋單字能賦予他在世界中一個地位。他給男孩一個個簡單的單字積木，並看著男孩玩著它們，將它們轉來轉去就像是對待有形事物一般，並研究著它們的用途。他觀察著男孩的世界在成長著，邊收集著字彙邊往新鮮未知的方向伸展而去。

「歷史就是有件事情已發生過了，然後你告訴別人這個故事。」

「所以，就是一個故事。那是眞的了。」

「對，但是當你說它們是歷史時，你意思只是，就這樣了，這個故事已經結束，結束了。」

男孩，蹲在潮濕的沙上，在浪潮邊思索著歷史的意義，他點點頭，嘴巴微張著。

稍後，當男人用一條掙扎著的蚯蚓做餌時，男孩隔著浪潮大喊：「它是歷史了！」男孩的爸爸大笑著，風和陽光吹拂停駐在他的臉上。在那些時光裡，他感覺孩子們是燦爛新世界裡的天才們，但長大後，光芒卻逐漸地黯淡。他想要握著男孩的手久一些，當他還屬於燦爛新世界的時候。長大後，人們總是找尋黯淡的方式好使他們的生活容易忍受一些，或是根本不找任何方式。

而現在他們正走在一條奇異的街道上，車聲喧囂，路警在十字路口吹哨，面向著古埃及文物博物館。

他們來到一個「廣場」，一個開放的空間，面對車子四面八方地湧來，他們停住腳步，往前看，握住手，像是他們來到海邊一樣。完全沒有任何地方能穿越過去。

車子游來游去像是螞蟻正在爬上螞蟻峰，互相避著相碰觸。車聲非常地大，車子的喇叭聲比引擎聲還要大。他們看著車陣，男孩等著他的父親做下一步。父親看著人們穿越過正在移動的車陣像是被魔法保護般。但他不敢嘗試這種魔術，更不用說帶著小孩了。接著他看到捷運站的標示，並看見人們走下地下道。

男人和男孩走進在廣場底下的地下道。地下道轉彎極多，他們走上走下階梯。男人看到一些以阿拉伯文及拉丁文標示著他看不懂的街道名稱。

「爸爸，你知道怎麼走嗎？」

「大概知道。」

「什麼叫做大概。」

「就是差不多。」

當他們從地下上來，接觸到廣場及天空時，他們比較接近博物館了，而且沒有大馬路要穿越了。

「開羅眞的有許多車子，爸爸。」

「是啊。」

「你覺得大約有幾輛呢？」

「很多很多輛。」

「但究竟是多少，爸爸？」

「上百萬。」

「那眞的非常多輛！爲什麼它們沒撞在一起？」

「我不知道，我想它們有時候會吧。」

博物館位於一條不對外開放的道路上。只有警察、軍隊及觀光車輛能允許進入。那裡有普通的警察、軍隊和防暴軍隊。防暴軍隊站在盾牌後面準備著。

「爲什麼會有軍隊呢？爸爸？」

這是個以軍隊執政的國家。執政者曾以接受美國金援作爲條件與以色列簽下和平協議，他們且開發了觀光工業，這也是國家唯一眞正的工業，這工業必須防炸彈客攻擊，還有他們致命的炸彈碎片。

「爲了看東西。」

「像是什麼東西？」

「從尼羅河跑掉的瘋狂鱷魚。」

男孩微笑著。他們現在已遠離車陣，與觀光客和軍隊站在一起，比較容易說話了。

「爸爸，他們的槍裡面眞的有子彈嗎？眞的子彈？」

「我想有的。」

他們從博物館前面的主要出入口進入，男人買好了票，拒絕了幾位想帶他們參觀的導遊。他們很快地休息了一會兒，站在外面聊著天，大都是討論著鱷魚和河馬，接著他們進入了全世界最好的博物館之一。

男人感到古埃及文物博物館很明白地代表了這個國家。一些發霉的流浪民眾，一間賣棺材商品的店，一座放石棺的倉庫。展出品的周圍總是混亂擁擠。在玻璃櫃內的展示物，是以阿拉伯文說明，以英文說明的是小卡片，上面印著來自古老打字機打出的笨重字體，英文字有著字體、文法和印刷上的種種錯誤，這對於以尊重科學而聞名的博物館來說是相當諷刺。這城市的混亂無序，已經蔓延到博物館內了。

他們從一個玻璃櫃遊走至下一個，在他們從一個玻璃櫃遊走至下一個時，在他們逛到展示物吸引著男孩時，他們停下並討論。男人盡他所能地解釋著。但男孩只對普通的家用器具感興趣，一些他可以輕易辨識的器具。這些器具平庸到令人感到奇怪，因爲它們被陳列著。看著這些東西，男人感覺過去的世界，雖然要透過扭曲的博物館玻璃才能見到，卻和目前他身處的世界一樣眞實。並不是死人的世界令他感到奇怪，而是分析死人的過程，將東西自曾經拿過它們的手裡拿走，從曾經有小孩子成長過的家庭中拿走，並且放置這些器具在展示玻璃內，好像它們是非凡的物件一般。然而它們並不是非凡的物件。它們只不過是使用過這些器具的人們已經離開很久了。

當他走在死人迴廊上時，他無法將瘋狂的城市喧囂拋在外頭。他突然有種撩亂的錯覺：正在進行的城市只是層層死亡的城市的最外面一層。所有外面的動作、愉悅、刺激的感受——一隻嗡嗡作響的蒼蠅飛撲在玻璃窗上。

他看著簡單功能性的器具，像是鍋子、刀子和拖鞋等，接著眼睛往上移，看到觀光客在活動著，而觀光客的行爲是最沒意義的。哪一種的人類會需要仔細觀看這些事物，好像這些事物很難了解似的？竟然還有古代的麵包陳列著。原本保存在墳墓乾燥的空氣內，現在和石頭一樣硬了。但如果不能再吃了，它還算是麵包嗎？而什麼樣的人類會需要看著這曾經是麵包的物品，並需要被陳列處的標示告知「這是麵包」？

他曾經有過類似的感覺，幾天前在飛機上，當他透過小窗，眼光穿越看起來看似虛假的雲層，望著古老的沙漠，思考著飛行是多麼不適當的事情，在地球天空上搭乘一架鐵鳥航行，完全不在意這魔術是怎麼變來的，還完全不怎麼驚奇。竟就這麼地把信仰寄託給科技，飄浮地進出夢裡。

在博物館最後方有一個長長的房間，他聽到導遊解釋這些超大型的箱子。那是一列列的棺材。每一具都是美妙的藝術傑作。小棺材被裝進大棺材中，當最後的棺材和整個房間一樣大之後，被放進地球裡面，永恆地被封印住。現在「永恆」已被掘起且被打開，死亡儀式的祕密已被解碼。觀光客拿起他們的相機拍照，認爲這樣才值回票價，這也是一種習慣吧。接著他們會搭乘有冷氣的公共汽車到販賣垃圾的跳蚤市場。

他晃到從墳墓挖掘而出的物件展示列，這些東西並非日常用途或是用來展現美好生命，他無法抑制自己地感到自己好像處於某個人的夢境裡。有可能是他們夢見了未來，還是他們回到了過去他們的生活裡？他們可會夢見這些人穿梭於他們的寶物之間？

一個五歲大的男孩，醒來並嘗試告訴他的父親有關白色鬼魂沿著聖殿漂浮著，並直奔法老的黃金而去的故事。男孩揉著眼睛坐在一個木製的碗前，有個女人前來，帶了個鍋子，放在他的前面。父親舀起磨碎的豆泥並放進男孩的碗裡。接著，男孩說，爸爸，他們在看我的碗。爸爸微笑著並將手放在男孩的頭上。他喜歡看著男孩吃飯和長大。他們開始吃早餐，就像每天早晨一樣，太陽從田野中升起，尼羅河永不疲倦地流逝著歲月。

他們停在一尾木製的蛇前面，後面有黑色的箱子控制著。一尾蛇的聖殿。抽屜或是門，打開後一尾蛇進出著木盒的底部。爲了觀賞用，蛇自門後竄出。

「是條眼鏡蛇，爸爸，爲什麼牠在箱子裡？」

「這樣牠才不會咬人。」

「如果牠逃了會咬人吧？」

「眼鏡蛇就是這樣的。」

「如果眼鏡蛇咬了人，牠肯定會有大麻煩。」

「什麼是肯定？」

「就是一定的。」

「肯定會有大麻煩。蛇叫女人去吃蘋果，對不對？接著神把牠的腳拿掉，讓牠去吃沙。」

他們繼續手牽著手走下去，兩邊是玻璃櫃。他告訴男孩許多故事：有神祕傳說、傳奇、聖經故事和男人即興發明的故事等等。還有蜘蛛人、蝙蝠俠和耶穌。有趣的細節讓男孩聽得非常地興趣盎然。「吃沙」的表情，如同聖經裡面的情節，男人表演得像是動作片一般。他讀過這故事，再重讀並講給男孩聽時發現蛇原本是有腳的。是神爲了處罰蛇誘惑人類的罪才讓牠沒腳的。

他讀到另一個細節還驚訝到，在一個聖經故事中，神說謊了。神告訴亞當和夏娃如果他們吃水果，甚至碰一下，他們都會死。這意味著他們會死在當下。蛇解釋著這是不盡然的：神不想要他們吃水果是因爲他們如果吃了水果，將會像神一樣能分辨善惡。夏娃希望能有智慧，所以才吃水果。蛇講了實話。她變得有智慧。她懂得她是個凡人。

神說謊就像父母對孩子說謊般，爲了警告他們不能理解的事情。

他們走過一些平凡無奇的陳列品，接著來到下一個有趣的展覽物，一把弓和一些箭。男孩喜歡這些玩具。他喜歡騎士和維京人，現在他也喜歡埃及人了，因爲有戰車和武器。父親讀著卡片，跟男孩解釋在某些箭鋒上的紅色物體是毒藥。

「爸爸，是蛇毒嗎？」

「可能是，不過也有其他的方法取得毒藥。」

男孩湊進玻璃箱裡面瞧。他的嘴巴是張開的。這通常發生在他很努力思考的時候，也會發生在他累的時候。他們已經逛近一個鐘頭，男孩嘴巴張開可能代表他會越來越難驚奇了。當他還小時一個小時很長，他也會在裡面迷失掉。男人決定他們不看圖坦卡門的寶藏。他想像著男孩的母親已經吃完了早餐，正在休息著，並會微笑迎接他們的歸來。

「爸爸，爲什麼箭會是那樣？」

「爲了防止侵入，箭被分裂開來以便更快速地戳傷肉體。」

「爲了弄得更痛。」

「喔。」

他輕撥了男孩的頭髮。「現在要走了嗎？」

男孩點點頭。他們往樓梯方向走去。他們經過了陳放木乃伊的房間。他不想帶著男孩看屍體。他自己也不需看。實際上，他記得報紙上寫過沙達特已關閉此項展覽，因爲伊斯蘭人反對公開陳列死屍。有一些基本教義派殺了沙達特。在外面廣場的地下鐵就是以他來命名的。

他們踏在陽光灑滿的階梯上。他們可以聽到來自廣場的車聲。

「我們何不坐在這裡休息一下，接著去吃冰淇淋。」

男孩跳了一下，彎著膝蓋落地，他的體重輕輕拉扯著爸爸的雙腕。他們坐下了。

他們身處整個城市之外。無數百萬之人在那裡，在街上開車奔跑著。蹲著祈禱者。工作完回家的，走在路上聞到烤魚的香味的。爲了錢奔波的，有的在工廠做事，有的開計程車，有幫人開門的小弟，有掃街的，有做三明治的，有會計，有開店的，有替開店的掃地和拖地的。有的在他的晚餐上面撒荷蘭芹的。有爲他的房間買些飾品的。有當球隊獲勝時尖叫的。有的，在他剪頭髮時，讀另一個國家暴亂的報導。從七樓公寓往外看著在鋼筋水泥之間的夕陽。記得他兒子出生的時候。記得他妻子年輕的時候。

所有的人都在做著自己的事，他這樣想，就好像同樣的事件不曾存在過一般。

如果人可認知到他們所有的情感都將無止境地老去，他想像著，那麼也許廣場上的車會戛然停止，引擎和喇叭會無聲無息。計程車司機會坐在車子裡面，失去開車去哪裡的理由。客人會說：「停這裡就好。」並會掏出錢包拿出有顏色的鈔票來。但這些法定貨幣將會失去意義，落在地面，且無人拾起，接著，乘客會下車，發暈並漫無目的地，像夢遊般地晃蕩在有如靜止的車海之中。駕駛者將會將他們的雙手盤繞在方向盤上，並將下巴靠在手上邊休息，他們將邊望著擋風玻璃發呆。

他看著他的兒子。他是如此眞實地活著，這是最眞實不過的東西了。他可以告訴他在過馬路之前，要注意兩邊的車子，但有關另一件事情他卻無法說些什麼，因爲另一件事對他而言只是個故事。戰士們都倒了，但他們會再度起身玩著下一場的遊戲。

他跟男孩在陽光中坐了一會兒，享受著這樣美好的一天眞好啊。

「我們去吃冰淇淋吧，爸爸。」

「走吧。」

他們走過軍隊和警察，背對著整座城市的喧囂之聲。男人和小孩手牽著手。

——END

我爲你翻譯的小說作品。

你聽著，笑著說：「轉成中文，完全是一個全新而陌生的作品。」

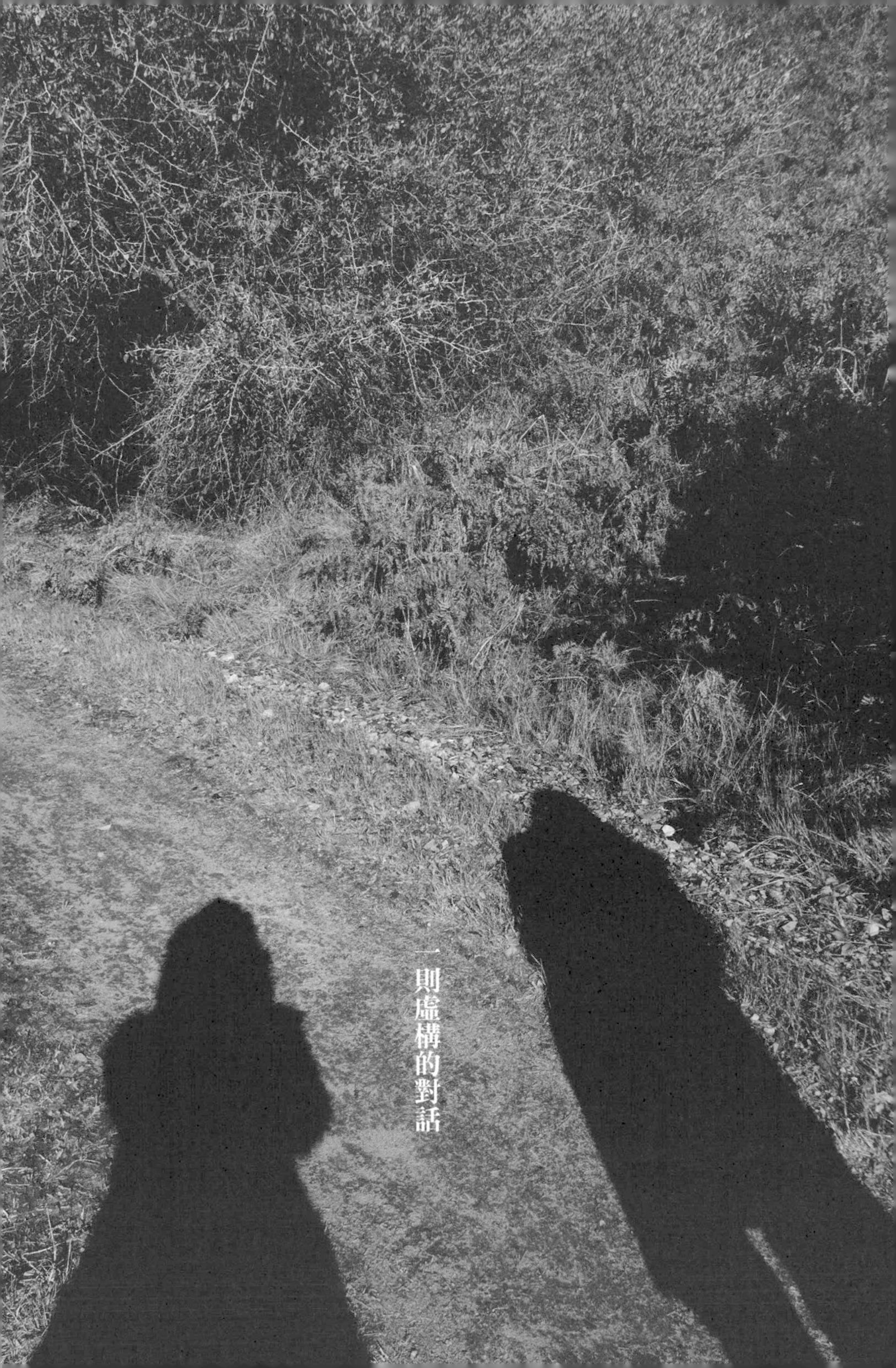

一則虛構的對話

一則虛構的對話

A：說說妳的愛情看法？

B：我覺得人世間也是一種相欠債……差不多也是……人的愛其實很難平衡，因為平衡是一種激情，多一點少一點都不行。刺激的平衡點是最難的，我們通常以為平衡很庸俗，因為我們都很喜歡狂烈激情，其實那是最容易的，我後來發現：你就做到極端，但極端帶著任性，反而平衡很難，因為你差一絲一毫就不平衡了，所差的那一點可能就是「致命關鍵」，所有的生活啊、愛情、親情最難的都是平衡，還有包含我們日常生活的一切。

A：妳說極端的平衡是最難的？

B：不是任性的那種極端，任性的極端容易，但極端的平衡很難……比如你縱慾，苦行。一般人容易偏頗、傾斜，這是人比較容易生活的樣貌，或者情緒傾斜，但平衡很難。我年輕的時候覺得平衡很庸俗，何必過平衡的生活，就是要傾斜，就這樣一路慣性傾斜。直到現在慢慢才扶正起來，不然一不小心情緒過不去就變成了普拉斯……平衡最難，像走鋼索。

但人生因為很難平衡，所以就會有一邊虛一邊多，就會形成虧欠或罪惡的這樣感受。

A：妳寫作裡有自己的故事嗎？

B：自己的故事……有，多少都有，像是馬賽克拼圖裡多少都會有幾塊磁磚是屬於自己的原型。作者多少都會投射，因為虛構也是基於現實的經驗基礎，所以通常都會有自己的影子，否則至少也會有自己的所思所見，所聞所觀察。

A：我記得妳寫過虧欠的愛情裡，妳說愛過的才算數……

B：愛情是雙方面的，愛過才算數，不愛的都不在這棵生命樹裡……

A：當中也有不愛的人虧欠過妳嗎？

B：你是說不愛我，還是我不愛他？

A：哈哈！（你的牙齒真好看）

B：（回了神）我的意思是說既然不愛了那就沒有意思了……不算數了，因為就不愛了。可是如果還有愛，但卻沒辦法履行對他的愛，心中就會形成愛的虧欠。

A：（你盯著我的瞳孔深潭裡望去）

B：我的意思是說：因為愛才有所謂的虧欠感，比方說對家人也好，常常也有一種虧欠感是因為還愛著，但是沒有時間陪伴。

A：（你摸著我的髮絲）

B：那是一種虧欠感。那如果是你，可是你不愛他就沒有這種想要陪伴卻又無能陪伴的虧欠感，不會有沒有時間履行或實踐的問題。所以其實虧欠的意思是說：沒有辦法去實踐，你心中愛他，但生活卻不得不被迫兩地相思，或者被一種東西隔絕以至造成你心中有愛，但實際的生活裡他不在你的身邊了。比方像是我們這樣兩地相思……你對我會不會有虧欠感？

A：（你摸著心，笑著不語。）

B：如果彼此都轉身了，這個虧欠就不形成了。我的意思就是這樣子，虧欠是兩方還綁在一起。

A：（你聽著，像是在聽物理或數學題目，關於平衡與誰欠誰。）

B：所以這個虧欠的前提是因為你愛他，才會有虧欠感。不愛就分道揚鑣，你走山路他走水路了。以我們做例子的話，就是如果我不愛你，你就不存在了；你若不愛我，我也不存在你的世界了。所以我說的這個基礎是站在自己的這一邊去感受的，不是以對方的觀點。

A：所以妳對愛還有遺憾？妳以前提過一個過世的異性朋友，妳對他有遺憾？

B：倒不單是為他，人生的遺憾太多，虧欠不是一種遺憾，虧欠是說：我們常常不太珍惜現在，以至形成往後回憶起來，有種虧欠，但又不是遺憾，是真的有欠他之感，很想回報他，但他已經不在了。有的不在是離開了，有的是失聯，有的是過世，以種種方式消失在我可抵達的世界。

A：那為什麼會覺得對過世的那個人有虧欠感？

B：可能真的感覺到他的好，但他已經遠在天邊。當時不覺得愛他，他走了才覺得愛他，想起他單方面對我的好。

A：這段可以談嗎？

B：我不想談，該保留給寫作。

A：想他？

B：偶爾想，想念很奇怪，是一種對境才會升起的召喚。比如說突然聽到和他一起聽過的歌，一起去過的地方，他使用的語言，某個人和他很像等等，這時心才會被勾招起思念的感覺，感覺來來去去，說來也是幻滅。現在反而覺得我可以和他走到超越情人的關係。因為他離開了，我才覺得我可以愛他，這種愛比較是放心之愛，因為沒有失望，沒有所求。但他在世時，我並不是沒有愛他，我只是以另一種方式愛他，但沒說出口，怕他失望，怕他有所期待，因為我愛的方式不是一般認定的情人的一種愛。我對他的那種愛，如果放到他身上，那就可以點燃一座屬於他的愛之森林了。我覺得我當時對他很吝嗇，給他太少的關愛，這就是虧欠之感……

A：離開者忽然時間靜止，因此一切都擱淺在美好的懷念裡。

B：嗯，死亡帶走了一切壞的感覺，因為我們是倖存者，所以會懷念別人的好，不好的都不會再思起了。我父親過世的最初一年，我每天晚上都會從母親的房間裡聽見她啜泣的聲音，有時還會嗚咽地哭著，那聲音很傷心。但我分明記得從我小時候母親就不斷地咒罵父親，喝酒喝死最好啦，不然就是吵嘴，嘮叨著他。但父親走了，母親忽然把他的不好全忘了，完全陷落在頓然失去他的傷慟裡，因為虧欠吧，如果她要是知道他不會活那麼久，那麼一定對他會寬容甚多，但我們總以為對方會活很久，久到我們得傷腦筋何時可以拋掉他。然後忽然才發現，生命脆弱，來不及珍惜彼此還在的時光。

A：我珍惜妳在我身旁的每一刻。

B：因為你知道我們明天要分離。分離和死亡差不多，讓人只見此時此刻此地此人……

A：如果父親沒死呢？

B：哈，這種如果是沒有意義的。如果沒死，那麼我們就依然活在對他的壞想像裡，很容易看見負面的，比如我父親如果還在世，母親一定繼續罵他，而他也繼續喝酒抽菸賭博等習慣。人生長河裡，很多感情的對象至今也是下落不明，分明曾經如此深刻地以身體與靈魂交疊過，但離開好像就徹底離開，不再聯絡了。有點生死兩茫茫之感，這些都不是年輕時可以體會的。

像雷納德那樣的老公，吳爾芙真是三生有幸。而普拉斯是不知道她遇到太陽之神，她太靠近他，反而被燃燒而化成灰燼。如果能跟泰德．休斯這樣的巨神有愛情，但又能有點距離，那麼就可以全然地進入彼此的創作世界了，但可惜我們都要有點年紀了才能體會出愛情底層的真正況味。

A：說的好。（對於我，你也是需要保持距離的情人。）

B：如此實在每天的生活裡，很多的愛情是再也觸摸不到了，類似這種感覺，有點奇特。發生過卻等於沒發生過，存在又不存在，只剩下回憶，但漸漸地回憶也變淡了。回憶是不值錢的東西，但作家一生都陷在回憶的凹巢裡，一方面知道不能回頭看，一看成鹽柱，一方面卻又奔馳往前，毫不留情將創作的列車往前開去。

A：（我看著你，你的藍眼珠裡彷彿有一

座海洋。）

B：人間失聯，不一定是過世的，也有的是不知去向，怎麼樣也聯絡不上了，試圖用臉書用谷歌用雅虎，用各種搜尋引擎竟沒有找到任何關於戀人的一丁點消息，能躲開搜尋在這時代很厲害。我曾經因為谷歌搜尋，而找到昔日好友竟然死於一場瓦斯中毒，冬日裡，她和母親住的公寓緊閉窗戶，被發現時已經呈現玫瑰屍斑。這是從網路得知的死亡訊息，搜尋到這消息時非常震撼。

A：確定不是同名同姓？

B：因為她的姓非常少，且年紀與經歷都和我的同學一模一樣，連母親名字也一樣。所以我斷定是了。

A：但如果妳不查，妳會一直以為她活著，反正也不會見面聯絡，就當作她還活著，這有差別嗎？

B：其實說來也沒差，確實也不太有機會再見面，就是安排見面，往後也又遁入茫茫人海。還不如就讓她仍活在記憶裡。就像有個朋友學佛多年，有一天考驗來了，她的母親忽然過世，她往日所學的完全被擊潰，陷入憂鬱症兩三年，和吳爾芙喪母之痛的憂鬱狀態差不多。但有一天她轉念一想，母親在世時常居新竹，而她住台北，一年有時還見不到一次，生活裡也很少想起母親。但她過世，忽然就悲不可抑。其實母親一直活在她的心裡，死亡帶走的只是肉體，這樣一想，她才逐漸從憂鬱的谷底攀爬上來。

A：（我看見你眼裡的這座海洋，激起著點點漣漪，像是告訴著我希望我們往後可以不要失聯。）

B：情人曾如此真切地存在過自己的生命

裡，可是忽然就再也看不見對方了，好像冥河之路一樣，沒辦法跨越那條人間的春河……火照之路已然黯淡，春色已然渡過冥河。

A：（你摸著我光滑的臂膀，像是在摸著寫字的鵝毛筆，寫字者的手很溫情，帶著知識的力量。）

B：發現有些人是離去了我才開始思念他……走到時光的布幕之後，才看見他的存在。夏娃與亞當被趕出伊甸園，踏上流浪的旅途，我常有這種人世流浪的雲遊之感。

A：妳若轉身了，我會想念起妳，島嶼的妳，我從未去過的亞洲成為我感情的懸念地誌。

B：我其實常在提醒自己說：能不能在感情尚在的時候我們都能感受到愛的存在，我覺得這有點難度，因為我們每天都被日常的重複性疲倦了很多感覺，渾渾噩噩地忙著，有時候基本上每一天的泰半時光都和不愛的人處在一起，留給所愛很少的時間。一天一天地過去了，包括珍愛的友情也是，其實這個情、這個愛不只是愛情，還有包括我們對身邊的友情、親情，這個人間的愛是三體的，多方位的。

A：（你朝我笑著，起身倒了杯威士忌喝。）談一談妳這幾天去遊走的吳爾芙與普拉斯故居之感。

B：看到她們的死亡之所很感慨，冬日下的黃昏，逐漸調暗的河流成了魅惑之心，自殺者有時候反而比我們還要珍愛自己。因為他們太過重視自己對愛與這世界的感受，所以也就異常地執著，創作的起初就像修行，要執著於寫作，要執著於修法，但最後要學會放掉，不然光是得失心與評論就會吞噬了創作者的內在平衡。還有她們自視甚高，異常自戀，作家都是某種自戀的變形，只是自戀裡有深刻的反省。和一般人的自戀不同在於自戀是為了「自省」。

A：自殺是因為太愛這個世界與自己，作家的自戀裡有自省的成分。（你重複著我說的話）

B：不自戀沒辦法創作，創作者不可能不關注自己（即使關注社會議題，也會對自己異常敏感），因為創作是從自我出發。自戀或許不準確，因為也可能為了自傷而創作，為了自毀而創作，但基本上這裡說的「自戀」是把目光定在「自己」身上，不管是戀或是厭。

A：（你點頭，我聞到一股甜味。）自戀偏執也是創作的出發點，要帶點不馴服的野性。

B：創作時，那個「作者我」要比「作品」還強大。所以我現在生命很艱難，因為學習佛法需要鍛鍊的是「無我」，可是住在裡面的「這個我」又變得很強大，還有自己很愛孤獨，但學習佛法後常要入眾，把自己化為什麼都沒有的團體一份子，拿掉個性與拿掉喜憎好惡，把自己化為沒有面目的人，和創作完全相反。我發現佛法為何很多人會學不久，因為佛法是要我們去面對自己「不能」與「討厭」的那一面，它不是讓你選擇你愛的那一面，所以這很難。常會有矛盾掙扎的狀態跑出來，但這也是好事，因為先懂執著才知什麼是不執著。

A：（你聽著我說執著，你生命很少用的字眼。）不執著妳就不會出現在這裡了，妳要以很大的渴望才能抵達這座陌生之城。

B：所以這兩端又得再找新的寧靜，新的平衡點，所以我覺得，我一直慢慢地在學習平衡，這真的是最大的學習。我的寫作與佛法兩端有點像是入煙花又入佛家。

A：像我之前幫雜誌採訪人物，只要對象體有一個觀點出來就可以寫了，因為我採訪的是他們生命的本體，他們其實本身都已有一個強烈的生命故事。

B：你怎麼找到這些人？

A：就好像我如何找到妳的心靈之旅一樣，像妳想寫吳爾芙來到英國，很奇怪，意念自己會去把他們召喚到我們的生命現場。

B：意念是佛家很重要的觀想功夫，大千世界都在意念裡。

A：當你想要的時候，你慢慢等它出現，意念可以催發事情的產生。所以我喜歡妳的東方思維，意念很強大。

B：嗯，所以我們東方常說，心存善念。

（終於換我點點頭了，我望著你的瞳孔，看見這座海洋裡，映著我的米色肌膚。）

A：以前有一個老師問我：失戀多久才走得出來？有些人說三天，有些人說三個月，然後我就想……我大概要……

B：一生……（妳幫我回答，我大笑著。）

A：好在妳不會傷害我。像我以前有一段戀愛一談三年，我知道為什麼了，每個人需要的療癒過程不同，且因對象不同而使癒合時間迴異……

B：有些感情比較像是地標性的，感情的地圖裡會浮起幾座地標式的人物……

A：地標性的人物。妳的感情經典地標？

B：嗯，有些人是站在經典的位置，幾乎就是等同於我的人生，有些感情是把我推向作家的重要關鍵人物。

A：那我把妳推向那裡？

B：你把我推向慾望的試驗場。（我笑著）其實很多女生在年輕的時候，多會遇到一個比她大很多的情人，他扮演一個知識的啓蒙者。尤其在台灣這個文化社會裡頭，女生也比較不容易遇到比自己年紀小的，加上男生又比較晚熟，所以二十出頭時，女生常會遇到三十幾歲的社會老江湖……

A：我們相仿，同世代的，各自都經歷過經典地標式的感情淬鍊，雖然我是異性，但異性也有感情的啓蒙者，只是未必是從對象而來，有時候是來自於工作場域的人。

B：所以二十幾歲的女生很容易遇到比自己大上十幾歲的異性，且那時候他們魅力正勃發之時，在女生還很迷惘與青春動盪的時候遇見這樣的老江湖情人時，如果愛情談得夠透徹，通常感情即使失去了，女生卻也成長了。

A：妳當時很仰慕他吧？

B：我記得第一次看到他時還會發抖。後來都沒有這種經驗，之後我一直在尋找生命再次的這種經驗，卻都沒有再遇到。幾乎是第一個搖撼我精神面的啓蒙者，故稱為愛情的經典地標。像巴黎鐵塔，高高聳立在整座城市的目光裡……

A：我最近剛寫完一個劇本，結果和導演吵架。電影不好搞，作家通常很受傷。

B：我大學剛畢業的時候也去當過電影劇照師，那是我比較廣泛接觸影像的年代。

A：後來怎麼離開了？

B：因為發現自己是可以好好寫作的人，

只是當時好像沒有人提醒我而已，或者沒有機會去寫。我遇到經典情人的時候，他覺得我的文字風格可以寫作，當時我當記者，但他知道我只是在報社經驗一段生命而已，且我的語言一點也不記者，文字風格很華沁，每次都夾議夾敘，很不客觀，很多字詞都不是報導會用的。所以他就跟我說：喜歡寫作就好好寫，可是最主要的不是他鼓勵我去做什麼，其實人要做什麼都是自己才能決定的。而是他給我成為作家之前的龐大養分，他給了我很多閱讀世界的開展途徑。

A：開書單啊，學校老師也會，我也會啊。（你笑了！像個孩子，帶點不屑與嫉妒口吻……）

B：可是他做得好細好細，像是瞬間要把我推向閱讀寶藏國度似的。做到讓我感動，因為我當時也在報社，所以我不太願意提起往事，事實上那一年八個月是一個知識性上的震撼學習，所以後來我就去紐約讀書了。如果沒有那一年八個月，我也不會去紐約讀書，那時候幾乎每天回到報社的位子上，都會收到他把當天精彩的文章剪給我。我每天都期待到報社，期待收到他的剪報，真是懷念手工年代。

A：對方是媒體前輩？

B：不是，但也算是……

A：我不是要問妳他是誰，妳講了我也聽不懂。我是要問妳，他那時給妳的感覺是這條路上的前輩。

B：可以這麼算，或者說對人生探索的前輩。但是因為他會剪些文章給我，然後……我覺得那時候，去這個報社上班是因為有他在，這非常吸引我，否則我一點也不想去上班……我每次都會要在一個地方找一個會讓我朝思暮想的人，這樣我就有了前進的動力了……再苦都有動力前進。比如來英國，沒有你，當然就少了泰半的動力。

A：我真幸運，可以讓妳有出發的動力。

B：如果沒有動力，就會覺得索然無味。

A：對方當時已婚嗎？妳不想講的話就繼續跳過往前。妳每次回想到他的心情是什麼？

B：一種會莫名憂傷的感覺，發現憂傷的盡頭原來是愛情。愛情的盡頭是一座海，非常的戲劇性，充滿變化。

A：這麼慘又這麼美？

B：其實說就是每回想起來都有「無智亦無得」之感，往後感情走下坡了，像是一個孤獨者再也找不到同類的友伴，突然在茫茫人海啜泣起來，想起他有這種感覺。其實走下坡也很舒服，不是悲慘之感，憂傷倒是真的。因為走上坡比較累，跟他就一直要走上坡，因為他一直要拉我跟他成長，走下坡其實就賴著懶著，或者是不前進，不一定走下坡就不好，滾到一個位置自動就會停止了。

A：這段感情無以為繼的原因？不能走下去的原因？

B：因為我去紐約了，所以兩地相思就來考驗脆弱的我，當時年輕，沒有意志力……

A：既然這麼愛，怎麼捨得分開？

B：其實是我個性的缺點，應該說是我年輕時意志力很薄弱，我去紐約都被紐約繁華與邂逅給吸引住了，忽然就變心了，雖然心裡愛他，但身體卻變心。有點像泰德·休斯，管不住身體了。

A：被紐約的帥哥吸引走了？

B：嗯……有那麼一點，對，就跟看見他一樣。沒有移情別戀，應該算是嘗試新的生活……其實這種東西很難被解釋，心裡愛一個人，但身體卻想體驗新的人生。感情是殘酷的，他一見面就已經知道我奮力地往紐約來擴建自己的感官帝國，他已經知道他不再是我的帝王教師了。他非常明白，看一眼我的眼神就明白了。有一次在兩岸三地的機場碰面，一碰面，他就明白了。情人的眼光如檢驗師，他很厲害，我卻以為自己偽裝得很好，那個明白倒不是說知道我的身心，反正就是……就是他覺得他不再是我唯一的感情上岸之地了。

A：他當時散發出怎樣的氣息？

B：我也不知道，往事如煙，我都快忘了。我一定是很忽略他吧，他知道，忽略一個人時，即使一個眼神，對方都會感受到。我覺得情人很容易從小動作看出對方有沒有變化，很厲害，所以每個情人都是最好的偵探家。

A：妳見到他時，他依然熾烈？

B：人的本能。當他跟我相處的時候，一個很微小的事情都足以使愛情崩裂，好像當時我買荔枝吧，我記得我把整串荔枝都吃完了，竟連給他一顆都沒有，……我就在通往廣西的火車上一直吃，完全忽略他的存在，太明顯了，可是我當時竟一點察覺也沒有。忽略，就是忽略，忽略最容易勾起情人的痛苦，就像泰德．休斯當時趕著去倫敦見艾西亞時，竟忽略了疼愛的女兒等著他抱她一下，普拉斯完全目睹他的心慌意亂，男人心急如焚所導致的眼前忽略，忽略是最大的殺傷力。

A：妳年輕的時候是怎麼樣的一個情人？

B：我以前跟現在不一樣，包括長相，所

以……很多人，很多年輕時候的朋友看到我說差異很大，因為我以前長得比較野性，相由心生……

A：他以前追逐得轟轟烈烈嗎？

B：也沒有追逐，就是本性表現而已，我以前比較任性，所以工作也都做得很短，最多兩年。（拿出皮夾裡的年輕照片）我覺得以前跟現在簡直像兩個人，這是我紐約時候的樣子，大鬈髮，眼神迷濛……眩惑……

A：覺得妳當時頗有敢愛敢恨的樣子。

B：就是個性比較有稜有角……這些都是當時紐約拍的。

A：很有神祕感，很有味道，很異國情調……

B：他那時候認識我時我就是長這個樣子，就是比較自我的人，現在比較圓融。

A：連臉型都變圓了。

B：那是變胖，也是被歲月磨圓的。我現在看起來反而比較年輕，完全是不太一樣的人。我最近去拍照的照片，你看，是不是比較沒有煙火味，反而有一種「退靈」之感，愈活愈回去……

A：是這樣啊，怪了。

B：我記得以前在紐約超市買東西的時候，還有人以為我是西班牙人，因為我那時候也不太保養，曬得很黑又燙鬈髮。很奇怪人的個性會使得面目不同，以前我眼睫毛很長，現在慢慢地竟掉了，疏了……

A：嗯，慈眉善目。

B：以前比較有稜有角，我就是個性與長

相像是從異國來的，在台灣被誤以為是異國，我以前走在路上還常有外國人搭訕，現在都沒了……

A：那妳覺得自己會被外國人勾走嗎？

B：你就是外國人啊。我以前在台北常一天到晚認識外國人，二十出頭時我走在永康衝師大一帶，夏天穿著夾腳拖花裙子，幾乎每回連走在路上都有外國人來跟我要電話，後來我去紐約，到紐約也是一天到晚有人跟我講話或幹麼的，可現在就完全沒有，但我現在看起來反而比以前年輕呢，可見愛情與年輕與否無關，愛情是一種慾望，女人有慾望，就會召喚愛情。所以我覺得那是人的外相反映了內我，相由心生是真的。

A：妳現在沒有慾望？那妳為何來倫敦？

B：說真的，沒來也沒有關係。你聽了不要生氣，但來了很快樂。

A：不會，這樣很好，成熟了。沒有苦苦哀求的東西。所以妳那時候就比較喜歡轟轟烈烈的？

B：我覺得其實當時並不知道自己喜歡或不喜歡什麼，但是會想要去經驗生命與各種愛情，體驗生活，心裡愛著一個人，但卻不想單單守候著一個人。

A：說來個性比較濃烈？

B：兩極，貓與豹。

A：在談感情上是這樣，濃度較高。

B：所以很多人都誤以為我很溫和，那只是短暫遭逢時的浮光印象，其實深度接觸才知道我這個小貓是會抓傷人的。而且我無法和同一個人在屋簷下生活超過三天。

A：但我們已超過三天。

B：那是因為我們之後會分離，且一分離就不知見面的時間。那三天就不是三天了。三天像三小時。

A：其實妳是個好情人，是因為妳說話的樣子。

B：嗯，因為講話的腔調會讓人家以為我很溫和。

A：帶點溫柔的低沉與神經質的性感嫵媚。

B：可是……那是假象。我的月亮是火象的，太陽金星是雙魚，水象只是外表和內在的黏膩。

A：妳會怎樣抓傷人？當妳很有個性時，什麼是妳沒辦法忍受的？我得提防著。

B：這以後你會知道。等你發現。

A：妳什麼時候決定不婚的？

B：我的經典情人當年早就看穿了我，他說我比較像是一間很好的咖啡館，而不是一家吃正餐的餐廳，咖啡館是一種情調的培育、撫慰，情調式的，所以他說很多人不會跟我結婚，那時候我想也是，因為那時我給人不安全，應該是不安定，因為我隨時都可能從咖啡館跑到其他的地方。

A：從來都沒有家庭的幻想？

B：因為我比較自我一點，就是說對獨立的空間很要求，我發現跟別人在屋簷下生活幾天就會很恐懼，想要奪門而出，慢慢體會到這一塊，就想不要結婚。

我沒辦法一天到晚家裡的空間有別人存

在，我連女性朋友都沒辦法住在一起，我喜歡回家時家裡空蕩蕩的沒有人。

A：我是一半一半。需要一個人，也需要有人。但不至於像我有一個朋友很嚴重，他只要回家發現沒人，就開始call家人一定要回來，他無法一個人在家裡。

B：我跟他相反，我是回家最好完全不要有人。我最多只能忍受一隻貓。

A：妳不會覺得很孤獨嗎？

B：不會不會，我太喜歡孤獨了。我跟你說我可以一整個月都不跟人家相處，現在是不得已，因為我學習佛法，要跟別人結善緣，我是這樣慢慢被改變的，學習佛法就是得去面對的，要慈眉善目，要有菩提心。不然我最想過阿羅漢生活，當然我走在繁華市區裡也很開心，只是我不會渴望要有人陪，一個人到處晃晃很好。

A：所以我們可以兩地相思。

B：對啊，我不用找別人。

A：妳不怕我找別人？

B：你應該去找別人，因為我會離開。

A：妳好奇怪，老是把拉近的人又大力推開。

B：個性，本質喜歡一個人。但好像被懲罰，我現在卻一天到晚總在人群裡。

A：既然喜歡一個人，為什麼要改變？

B：其實沒有改變，是多了訓練。融入各種情境的一種學習，因為……喜歡只是逃避嘛，因為一個人是容易逃避的，畢竟得之於這個世界很多眾生的恩德，願意去給予，因為光是一個人是不能給予的，是鎖在自己的繭裡面，現在學習給予，大部分都是因為看見別人的需要，才跟別人見面的，因為對方想跟我聊天講話，我才出門的。

我幾乎很少主動打電話跟人家說：我想跟你見面，我想你陪我去做什麼……我的生活裡幾乎沒有這塊，從來沒有打電話說，你要陪我幹麼，幾乎都是別人打給我，問我可以見面嗎？然後我聽見對方很期待的聲音，所以我才奔赴，我覺得朋友需要。我印象裡同一個對象只有兩三次會主動打給對方，但打兩三次就不會再打。我很少打電話，電話裡都是為了談公事，或因為佛法中心有事需要我打電話。

A：這樣怎麼認識別人？

B：不會啊，因為別人很喜歡跟我在一起，我也會赴約啦，我常跟很多朋友說：請你們主動找我。他們知道我不太會找人。

A：這我聽進去了，要主動找妳。

B：兩地分隔反而在一起會久一點，我們如果常見面，很快就燒完了熱情。

A：妳最短的戀情多久？

B：三個月吧，常看到對方，他也常看到我，太密集了，而且看到彼此的醜陋面。或者覺得沒有話可談，我覺得沒話可說是最可怕的，都已經沒話了，然後……最長有三、四年的……反而友誼很久，甚至一生。很奇怪，因為我覺得自己是一個好朋友，但好像在愛情裡頭，我能給予的東西比較少。因為要錢我也沒錢，要時間我也沒有……要長時間陪伴我也不能……但我有一對聆聽的好耳朵，一顆傾聽的心……

A：如果對方希望結婚呢？

B：到現在都沒遇過要跟我結婚的。可能我給人的感覺就不是要結婚的，這也是缺點，因為代表不會走太久，好像還沒有人跟我說我們結婚吧。

A：如果有唯一的男人邀妳走入家庭，妳會考慮一下嗎？

B：是你的話，我會考慮。呵，開玩笑。其實我們在感情上都一直在假設那個人，如果那個人真的出現也許會啊，就是……也許選擇不婚是因為那個人沒出現。你懂我的意思嗎？就是說沒有舒服到可以讓我走進那個名為「家」的城堡，所以我沒有結婚。

A：所以妳的意思是說……沒有真的不婚的念頭……

B：也可以這麼講，就是沒有遇到，我認為我可以跟他日夜不離地相處超過七天以上的。在同一個屋簷下，要很有默契與舒服，還有那種放心，瞭解。

A：早上男人問妳說：嗨，達令，早餐要吃什麼？

B：我對這種日復一日的生活會很煩倦，很害怕。每天都要講一樣的話。其實人是複雜的，我現在說的也還是會變化的，因為我此時此刻是在我這個固定模式的思緒裡頭。人是會變的，沒有變是因為對象體或際遇尚未來到。念頭來去……

A：人生還未定稿。

B：我很怕被約束，我喜歡自己是人生劇本的導演與編劇。

A：妳是怕被管，而不是怕人……

B：對對對，怕被管，如果那個人很放縱

我，比如我母親是個很嚴厲的人，包括我穿的衣服啊，什麼都會管，但目前我很少遇到那種很縱容我的情人……都是我縱容他們，然後我又想當回自己，所以我就跑走了。吳爾芙不和李登在一起，因為愛一個人會失去自我。

A：他們對妳的要求，是哪一方面？

B：因為每一個情人都不一樣，我也都忘了，可是我的印象多是不太美好的……

A：還是說潛意識裡，會不會妳知道對方要跟妳講什麼妳就跑掉了，就是當他要求妳要做到某個樣子時……

B：會啊，我其實就是過著比較像繭居的人，不是很會什麼事都跟別人分享的人，我常會躲在自己的世界。情人就會覺得被我關在門外，用一般人的話來講就是我沒有全心全意跟他們相處。以前，有一個紐約男朋友就跟我說，我的心永遠都躲起來的樣子……

A：永遠都躲起來是什麼意思？

B：所謂躲起來就是我好像表面跟他們在一起，可是事實上我的心沒有打開來跟他們相處，而且我有時候腦子裡在想事情，或者跑到遠方……

A：妳現在有躲起來嗎？

B：有打開，至少打開三分之一。

A：妳對於哪一些人是有過他覺得虧欠於妳的？

B：虧欠是一種心理的感受。

A：對，但有沒有具體的？……

B：具體的……虧欠的……其實虧欠就是得之於人者多，大部分在感情上，尤其年輕的時候，其實我現在都是給別人多，所以人生反過來，比如現在一天到晚要講話，不想講話也一直講這樣，所以就和以前的沉默生活很不一樣。奇怪，然後現在也是給得很多，我對外物與金錢什麼的都不會太執著。

但我年輕的時候是得之於人者多，我的意思是說所有的感情裡，發現有些人的感情非常的細膩，不斷的陳述給予，過去有幾個對象。愛情的天秤很難維持，因為當對方給得太多的時候反而沒有珍惜……等他不再給的時候，才發現時間已經不回返了。

A：這樣子聽起來好像男人主動跑掉的比較多。

B：主動跑掉的比較多，對對對。因為我常說不出口……所以心會躲起來，躲久愛情就走了。

A：是這樣啊。

B：但是短期情人多是別人先跑掉，長期情人則多是我先跑掉。短期的比方說兩三個月那種的，別人先跑掉的也有不少，可能是先發現他這種人是比較屬於玩咖的，先跑掉的都是這類型。

A：好在我不是玩咖。

B：短期情人有時候也會把我誤認為感情的玩咖，所以好像在比賽誰先跑掉，我跑得太慢了。

A：感情不是比賽誰先跑得快吧。

B：開玩笑，有些沒有很認真的反而會先跑掉，就是誰先忽略誰，就會有一方受不了如此的忽略而先轉身……

A：妳剛剛提到的虧欠是指那些人，那些

情人是他們先跑掉？……

B：我先跑掉，是我虧欠，我先感情變異，先質變了，可能在這感情的純水裡頭突然被加了什麼其他東西，於是戀人再也喝不下去的感受了。

A：那個時候怎麼做都沒辦法挽回嗎？

B：對，我覺得感情最難的就是我們看見一個人的心跑掉了，然後他告訴妳他沒有跑掉，可是對方明明就覺得他的心跑掉了，因為心跑掉，於是關於任何物質、言語都是多餘，都是辯解，都是一種贖罪……

A：何種狀態女生會失去愛情？

B：我體會到的比較是當愛情的姿態很卑微的時候，這個愛情就失去了，我沒有先跑掉的那段感情，就是因為那時候我的姿態太卑微，從女王的舞台走下來。忘了有些人只是對自己好奇而已，就好像菩薩從蓮花座上走下來，眾生獲得功德了，就又忘了菩薩。我們是從我們寫作孤獨的房間走出來，但他發現我們跟一般的女生也沒兩樣……頓時神祕感消失了。

我們真正虧欠愛他的人是因為我們沒有看見他們的深情，玩咖通常都比較瀟灑，女人被某種姿態吸引，那時候就顯得她的姿態很卑微，因為她會討好，討好卑微都不是愛情的好良方，其實感情跟美醜沒什麼關係，只要有那種情慾的感覺，通常都會被吸引，一種魅惑。

A：內在的神祕性。

B：所以年輕的女孩子就是本錢，有些女孩子看起來滿醜的還是有人追，就是因為身體的賀爾蒙啊，莒哈絲說女性只要有情慾就可以吸引人（艾西亞就是因此奪走了普拉斯的巨神）。所以我現在連穿著大都改變，以前多穿較合身的，你看我現在大都不穿了，意思就是我現在不太希望再去結交或談什麼感情了，可見人的「姿態」是會被感情連結的，包括衣服打扮等等。外在就是一個訊息場域，會散發密碼給接收端。

A：妳以前喜歡的男性形象是怎麼樣？

B：好像很多種欸。

A：口味很多種（笑），那不喜歡的？

B：我很怕很自私的，很勢利眼的，很小氣的，很自以為是的，很沒骨氣的。

A：但我很自私喔。

B：喔……會說出來的就不怎麼自私。

A：那種看起來很是菁英分子的男人，妳好像也有點不喜歡？

B：我也怕滿口都是投資啊理財的。

A：穿西裝的不要，要藝術家那種樣子的？……

B：我很怕一種故作瀟灑的偽藝術家，我還寧可選穿西裝的……那種穿得髒髒的窮酸腐氣一身的假藝術家。

A：有和妳在一起反差很大的情人，值得在妳回憶生命時，拿出來談的嗎？

B：好像不太值得談，因為他每天就讓我開心而已，搞笑啊，就是他想要笑的時候，跟他講幾句話，就笑翻了……

A：這樣不好嗎？

B：很好，可是就不會留下什麼東西，我知道為什麼人對刻骨銘心的事記得，而不會對搞笑的事情記得，搞笑就就好像去吃頓飯啊，不會記得欸，可是就覺得他很好，開心果，溫暖可愛。

A：可是這樣每天日子很好過啊，因為現在很多現代人就是要笑啊……

B：跟臉書貼的文章的感覺很像。

A：妳周邊有過類似的朋友嗎？為了結婚而妥協？

B：有啊，有個頗有才華的女友，但她不那麼確信自己，所以她走入了一個相較性最容易最安全的容器，就是去結婚，然後剛好那個時間點那個對象出現的話，自此她就不採用她人生有才華的部分，就相夫教子，她曾經跟我經歷她生命高峰的那種才華還沒出來，也還沒成為任何什麼作家、創作者，可是我可以看到她年輕生命的動盪，覺察她有特殊的觀點在看自己的生命。如果可以把那個平凡的對象踢掉，她會有機會成為藝術家，但她就是不安全，不信任自己，當然舞台也沒有那麼及時地出現，她會等不及等待，然後就投入平凡的生活，然後那個老公跟她過去交往的對象完全不一樣，所以她的故事非常適合寫成小說，其實每段感情都有痛苦的本質吧。我會很心疼，可這就是她人生的選擇，想要過一個相夫教子的生活，就像電影「烈火情人」，那個女生最後就是。她吸引人就是那種魅惑的情慾。後來男人在機場看到她抱一個孩子，跟一般的平凡婦女一樣，我常常想到那個朋友，我身邊滿多這種女性，因為女生的不安全感大過於男性，而且某個時間女人會想要孩子……

A：女生的不安全感來自於哪裡？

B：女生包括身體老去，青春不再，然後生育的年齡，有些女生是真的很渴望有孩子，如果……那個生育的年齡恰好是她生命最動盪的時候，又在二、三十歲時，時常會投入一個不正確的婚姻，可是身體的需求告訴她要養育孩子，所以等到她差不多四十幾歲很容易離婚，因為她過去年輕的選擇，被呼喚出來的不一定是感情的課題和愛情，可能只是她的生理現象：她想要生孩子，然後遇到的這個男的也還不差，也還可以，可是他們沒有思考夫妻是兩個完全不同的個體，然後就結婚了。

A：很多女生安頓在一段關係裡面，可是這段關係，沒有給她一個名分的時候，就很難再走下去。

B：大多數女人不就是想要個夫妻名分，我不需要這個名分。作家就是我的名分……

A：但社會與家庭會有期待的壓力，尤其你們東方。

B：比較成熟之後女生就會發現不一定要夫妻的名分，伴侶的實質才可以走得很久。

A：婚姻有一種外在體制，親人家屬的力量可以把人拴住。

B：嗯。但關係要靠別人來幫自己拴住，那不是太累嗎？

A：因此有些女生會變成指使老公做這個做那個的魔女，妳一路走向不婚這條路，妳怎麼樣去說服自己不要有老公，可以一個人過日子……

B：我不是當家庭主婦的料。作家這個角色是需要大量孤獨的人，所以沒辦法放在家庭這個天秤上面，這個其實是最大的關鍵：我不寫作的話，也許會結婚。

A：所以妳建議年輕女孩都要學會與孤獨

獨處？

B：一定要啊，每個人生都要學習，不一定年輕女孩，年老也要學習，因為這是生命的真相。因為我寫作，旁邊有別人走來走去也沒辦法寫，所以其實……其實後來會演變成跟我的寫作有很大的關係，一來本來就有……有這樣的資質特性了，然後寫作又強化了這個特性。有人說寫作完全是孤獨的結果，真正的寫作是孤獨的。

A：選擇這條路有一絲的後悔過嗎？

B：沒有沒有，這是我最喜歡的生活。

A：包括沒有孩子……

B：對啊，我最熱愛寫作這件事，作品就是我的孩子。

A：這我也最瞭解，但我仍渴望有小孩。

（你伸過手掌，希望我幫你看手相，用東方的預言，來看你會有幾個孩子。）問題是妳老了之後呢，老了的退休生活呢？

B：不用想啊，沒有退休，寫作沒有退休，就是寫到死亡啊，寫到不能再寫，而且這是我最熱愛最適切自己的生活方式，太喜歡了。

A：妳現在的牽絆？

B：真的是為了親情與看見眾生的需要，比如母親的需要、比如學生的需要……還有對於「明心見性」的渴望。

A：金錢呢？

B：有不少負債，但相對於感情的牽絆，這反而好處理，可逐步還清，雖然濟弱的心仍常被滾進現實的災難裡。

A：不會去羨慕那種「老伴，今晚吃什麼？」的手牽手畫面？

B：沒有沒有，我覺得這種畫面對我都很恐怖……（和你牽手還比較雲淡風輕）

A：為什麼會覺得恐怖？

B：因為我不要過這種身心被牽絆的執著生活。就像我們，雖然在一起，但白天我們仍各自出去的多，晚上再一起用餐，一起回到旅館，總之有段時間要完全屬於自己的。連旅行都是這樣子……

A：有點像是可以分享晚上的短暫體溫，但天亮了妳就沒辦法，妳有點像吸血鬼……

B：呵，不知道誰的血會剩比較多。我覺得每個人都是獨立的個體，所以很多人跟我在一起都很自在自由，因為我不會干涉別人，我真的不太管別人要做什麼事。

A：妳這樣放心，會不會很容易被劈腿？

B：劈腿就轉身啊，雖然很受傷。

A：那妳自己有過劈腿狀況嗎？

B：我是美人魚，不會劈腿，但小心我會游走。游入大海，就很難回到屬於情人的海岸……

A：一個人睡覺寂寞嗎？

B：不太寂寞，我和很多大師共枕同眠，我把他們的靈魂都帶上床呢。

A：請妳把我的靈魂也帶上床。

B：好的，那請你的靈魂不斷前進。

在暗室裡顯影定影，

智慧田 104

憂傷向誰傾訴

鍾文音◎著

出版者：大田出版有限公司
台北市 10445 中山北路二段 26 巷 2 號 2 樓
E-mail：titan3@ms22.hinet.net http：//www.titan3.com.tw
編輯部專線：（02）25621383 傳眞：（02）25818761
【如果您對本書或本出版公司有任何意見，歡迎來電】

總編輯：莊培園
副總編輯：蔡鳳儀 執行編輯：陳顗如
行銷企劃：張家綺 / 高欣妤
校對：黃薇霓 / 鍾文音 / 蘇淑惠
印刷：上好印刷股份有限公司 /（04）23150280
初版：二〇一四年（民 103）六月三十日 定價：380 元
國際書碼：978-986-179-331-3 CIP：855 103003455

廣	告	回	信
台北郵局登記證			
台北廣字第01764號			

平　信

To：**大田出版有限公司（編輯部）收**

地址：台北市 **10445** 中山區中山北路二段 **26** 巷 **2** 號 **2** 樓

電話：（02）25621383　**傳真**：（02）25818761

E-mail：titan3@ms22.hinet.net

憂傷時，請換上另一張臉……

凡於活動期間，在讀者回函寫下本書中你最喜歡的句子，並寄回大田出版即有機會獲得「花柏納 La BERNARD」（單片市值百元）面膜乙組（共三款）

《憂傷向誰傾訴》中，你最喜歡的句子是 ________________________________

____

【百合＋玻尿酸】水涵 深透保濕面膜

【雛菊＋熊果素】瞬白 去黑透亮面膜

【銀杏＋EGF】魔齡 抗老化面膜

贈品贊助：

花柏納 LA BERNARD

Discoverer 發現者旅行社

活動日期：103 年 6 月 1 日至 103 年 8 月 1 日

注意事項：

(1) 大田出版保留活動辦法及贈品更正的權利。

(2) 將於 103 年 8 月 10 日抽出得獎名單，公佈在大田出版粉絲專頁

＊請沿虛線剪下，對摺裝訂寄回，謝謝！

讀 者 回 函

你可能是各種年齡、各種職業、各種學校、各種收入的代表，
這些社會身分雖然不重要，但是，我們希望在下一本書中也能找到你。
名字／＿＿＿＿＿＿ 性別／□女 □男 出生／＿＿＿年＿＿＿月＿＿＿日
教育程度／
職業：□ 學生□ 教師□ 內勤職員□ 家庭主婦 □ SOHO族□ 企業主管
□ 服務業□ 製造業□ 醫藥護理□ 軍警□ 資訊業□ 銷售業務
□ 其他＿＿＿＿＿＿＿＿＿＿＿＿＿＿＿＿
E-mail/＿＿＿＿＿＿＿＿＿＿＿＿＿＿ 電話／＿＿＿＿＿＿＿＿
聯絡地址：
你如何發現這本書的？ 書名：憂傷向誰傾訴
□書店閒逛時＿＿＿＿書店 □不小心在網路書站看到（哪一家網路書店？）＿＿＿＿
□朋友的男朋友(女朋友)灑狗血推薦 □大田電子報或編輯病部落格 □大田FB粉絲專頁
□部落格版主推薦＿＿＿＿＿＿＿＿＿＿＿＿＿＿＿＿
□其他各種可能，是編輯沒想到的＿＿＿＿＿＿＿＿＿＿＿＿＿＿
你或許常常愛上新的咖啡廣告、新的偶像明星、新的衣服、新的香水……
但是，你怎麼愛上一本新書的？
□我覺得還滿便宜的啦！□我被內容感動 □我對本書作者的作品有蒐集癖
□我最喜歡有贈品的書 □老實講「貴出版社」的整體包裝還滿合我意的 □以上皆非
□可能還有其他說法，請告訴我們你的說法
＿＿＿＿＿＿＿＿＿＿＿＿＿＿＿＿＿＿＿＿＿＿＿＿＿＿＿＿
你一定有不同凡響的閱讀嗜好，請告訴我們：
□哲學 □心理學 □宗教 □自然生態 □流行趨勢 □醫療保健 □ 財經企管□ 史地□ 傳記
□ 文學□ 散文□ 原住民 □ 小說□ 親子叢書□ 休閒旅遊□ 其他＿＿＿＿＿＿＿＿
你對於紙本書以及電子書一起出版時，你會先選擇購買
□ 紙本書□ 電子書□ 其他＿＿＿＿＿＿＿＿＿＿＿＿＿＿＿＿＿＿＿＿
如果本書出版電子版，你會購買嗎？
□ 會□ 不會□ 其他＿＿＿＿＿＿＿＿＿＿＿＿＿＿＿＿＿＿＿＿
你認為電子書有哪些品項讓你想要購買？
□ 純文學小說□ 輕小說□ 圖文書□ 旅遊資訊□ 心理勵志□ 語言學習□ 美容保養
□ 服裝搭配□ 攝影□ 寵物□ 其他＿＿＿＿＿＿＿＿＿＿＿＿＿＿
請說出對本書的其他意見：

大田出版有限公司編輯部 感謝您！